Karin Alvtegen

EN SANNOLIK HISTORIA

Anderson Pocket AB

Av Karin Alvtegen:
Skuld (1998)
Saknad (2000)
Svek (2003)
Skam (2005)
Skugga (2007)

Anderson Pocket AB
Box 55777
114 83 Stockholm

www.andersonpocket.se

Denna pocket är utgiven enligt överenskommelse
med Brombergs Bokförlag AB

© Alvtegen Produktion AB, 2010
www.karinalvtegen.com

Pocketutgåva © Anderson Pocket, 2011
Omslagform Johan Pettersson
Omslagsbild Matton

Tryckning: Nørhaven

ISBN 978-91-85567-71-3

Karin Alvtegen

EN SANNOLIK HISTORIA

"Ingenting existerar utom atomer och tomrum - allting annat är bara åsikter."

DEMOKRITOS FRÅN ABDERA
CA 460 – 370 F.KR.

KAPITEL I

"Anders, kan du höra mig?"

Den främmande rösten var vänlig och varm men kom från en plats utom räckhåll. Han borde väl svara, men innan tanken var färdigtänkt gled han tillbaka in i dvalan. Befriad från alla begränsningar svävade han ut i en sorglös rymd. Där fanns inget dömande, inga övertygelser, inga invanda tankespår. Allt var i sitt ursprung och fyllt av möjlighet.

"Anders, hör du mig Anders?"

Sluta störa! Jag vill stanna här.

Han kunde inte förstå varför hans svar var meningsfullt. Han försökte fly undan men nu var det något mer som hindrade. Där fanns en lukt. Sekunden senare var den filtrerad genom hans erfarenheter och då förstod han vad den innebar – Fara! Du befinner dig i fara!

Han drogs uppåt genom flimrande bilder. Ett stegrande rytmiskt brus. En smak av metall, hans huvud värkte, någon befann sig i hans närhet. Ögonlocken klippte efter förklaring. Ett skarpt ljus bländade och blicken irrade. Bredvid honom stod en vit gestalt och han kände svala fingrar runt sin handled.

Endast lukten var distinkt.

Den omisskänneliga lukten han en gång lärt sig avsky – lukten av sjukhus.

"Anders, ska du försöka vakna lite. Minns du var du är nånstans? Du har varit med om en bilolycka. Du är på Sundsvalls sjukhus."

Orden svävade runt och var svåra att greppa. Någon sa att han varit med om en bilolycka. Det var ett orimligt påstående. Själva upplevelsen saknades. Hans rädsla steg av allt som förvirrade och överallt fanns den där lukten. Han ville därifrån men hindrades av milda händer.

"Det är ingen fara, Anders, vi har gjort en skallröntgen och allt verkar bra. Försök att ta det lugnt, du behöver inte oroa dig. Är det nån anhörig du vill att vi ska kontakta?"

Munnen var torr och tungan klibbade. Han var avklädd i bara kalsongerna och kände behov av att skyla sig. Han ville ha sina kläder, vem hade klätt av honom, vad hade hänt under tiden som han varit borta?

Under timmen som följde försökte han göra som sköterskan sa. Trots att han gång på gång dåsade bort besvarades lydigt alla frågor. Har du känsel i tårna här och kan du säga ditt namn igen? Ideligen väckte hon honom, nöp i hans fötter, lyste i hans ögon, blodtrycket togs och pulsslagen räknades medan han fick rabbla sin hemadress.

Hans medgörlighet hade ett enda mål – att snarast få komma därifrån.

I smyg undersökte han sin kropp. Försiktigt trevade fingrarna över huden men fann inga spår av skador. Alla leder gick att böja och bortsett från huvudvärk och en ömmande vänster-axel verkade resten av kroppen hel. Åtminstone utanpå.

Han mindes inget av vad som hänt. Ett stycke av hans liv var försvunnet. Skrämd av förlusten och med ett desperat behov av sammanhang famlade han efter trådar. Minnet upphörde tvärt på den bensinmack där han köpt sig en korv med bröd. Han mindes en man i dunjacka som beundrat hans Aston Martin. Därefter upphörde tiden. Bara ett blankt ingenting där han tydligen ändå deltagit som hjälplös medelpunkt. Utlämnad till människor som skulle minnas.

Vad hade de sett, de som bevittnat hans utsatthet?

Oombedd berättade sköterskan vad hon visste. Olyckan hade skett några mil norr om Sundsvall där bilen kört av vägen på en raksträcka. Räddningspersonalen misstänkte att han somnat vid ratten för där fanns ingen annan förklaring. De som sett vraket hade pratat om mirakel. Med bara några meter hade han undkommit en bergvägg och sedan passerat två träd.

"Du måste verkligen ha haft änglavakt."

Anders lyssnade och förundrades. Att han skulle ha somnat var ingen rimlig förklaring, alltför lång tid hade gått sedan han lyckats utan att först ta en insomningstablett. Hela saken var obegriplig.

"Jag ska hämta nåt till dig att dricka."

Sköterskan gick och han såg sig omkring. I sängen intill sov en äldre man med vita plattor över bringan. Sladdar var kopplade till en monitor och på skärmen syntes hjärtslagen som toppar i ett slättlandskap. Anders betraktade hans gapande mun. Såg bröstkorgen höjas av sjukhusluft och sänkas av nyutsläppt sjukhuslukt.

Han slog undan blicken.

Sköterskan kom tillbaka med en tillbringare och han hävde sig upp för att dricka.

"Hur känner du dig nu?"

Han sjönk tillbaka mot kuddarna. "Vad är klockan?"

"Tjugo i åtta, på kvällen. Du ska strax få nåt att äta."

Fem timmar var försvunna. Raderade ur hans liv. "När hände det? Hur länge har jag varit medvetslös?"

"Du kom in strax efter fyra. Du var bara medvetslös precis efter olyckan, kanske nån minut eller så, sen har du förstås sovit lite från och till."

"Nej, jag har varit medvetslös. Jag minns ingenting fram till nu när du väckte mig."

Hon log och slätade ut hans lakan. "Det kan kännas så, minnesluckor är normalt, men du har pratat en hel del. Även om det har varit lite osammanhängande."

Hennes leende var säkert välvilligt men underläget späddes på hans obehag. Han ville bort från de öron som lyssnat.

"Ibland kommer minnet tillbaka efter ett tag, ibland inte, men det är inget du ska oroa dig för. Huvudsaken är att allt såg bra ut på skallröntgen. Vi ska röntga igen i morgon bitti för säkerhets skull men som sagt, det finns inga tecken på skador. Du har fått en lättare hjärnskakning och tyvärr kommer vi väcka dig under natten med jämna mellanrum för att se att allt är okej."

"Hur länge måste jag stanna?"

"Det avgör läkaren men normalt brukar vi behålla patienten för observation i tjugofyra timmar."

Hans ångest steg. Ingen kunde tvinga honom kvar men det var långt hem till Stockholm och dessutom var han utan bil. "Då är det så här att måste jag stanna ett dygn så vill jag ha ett eget rum."

Hon klappade honom på armen. "Försök att vila lite nu."

"Jag betalar om det är nödvändigt."

"Jag ska hämta några smörgåsar. Det finns ost eller skinka."

Hennes nonchalans fick honom att tappa fattningen. "Vad är det du inte förstår? Ska jag stanna så länge så kräver jag ett eget rum."

"Vi kan inte erbjuda det. Dom rummen är till för svårt sjuka patienter." En skärpa hade smugit sig in i hennes röst.

"Då vill jag tala med den ansvarige på avdelningen och som jag sa, är det pengar det handlar om så betalar jag." Först då slog det honom – Var fanns hans plånbok, hans Iphone, väskan som legat i bagageluckan? "Var är mina saker?"

Hon drog upp en nyckelkedja ur fickan och öppnade ett skåp intill sängen. "Din plånbok och telefon är här, dina kläder och annat från bilen i skåpet där borta. Du behöver inte vara orolig Anders. Det är helt normalt att känna sig förvirrad efter det du har varit med om. Försök att vila lite nu."

Än en gång närmade sig hennes lugnande hand. Den här gången hann han undan. Han sträckte sig efter plånboken, bläddrade fram ett kontokort och la det på rullbordet intill sängen. God för en dryg miljard vore det väl märkligt om det inte gick att köpa sig ett enkelrum.

"Där, ni kan dra vad det kostar. Och mer därtill om det behövs."

Hon betraktade kortet och gav honom en svårtolkad blick.

Därefter gick hon mot dörren.

"Nu är det ju inte hotellverksamhet vi bedriver här utan intensivvård. Ville du ha ost eller skinka på mackorna?"

Natten kom och rummet släcktes ner. En ensam nattlampa gav ledljus. Besegrad hade han fått ge upp kravet på eget rum men tjafset hade naggat personalens vänlighet i kanten. Inte desto mindre blev han oklanderligt vårdad. Några gånger i timmen såg de efter att han levde men utan onödigt småprat. Mellan varven slumrade han till. De frågade igen om han ville kontakta någon anhörig och han ljög för att slippa säga som det var. Visst fanns det bekanta, men knappast någon han ville ringa från intensiven på Sundsvalls sjukhus. Det hade blivit tunnsått i umgänget och han var medveten om sin egen skuld. Vänskap krävde ömsesidighet och han hade blivit allt sämre på att höra av sig. I ärlighetens namn var det mycket som försämrats sedan han valt att sluta arbeta. För sent hade han insett sitt misstag. Inget hade blivit som förväntat.

Han sträckte sig efter glaset och tog en klunk saft för att få bort den unkna smaken i munnen. Han tittade på smörgåsarna sköterskan hämtat. Osten hade torkat och böjts till en skål och han sträckte sig efter den med skinka. När han satte tänderna i brödet kände han plötsligt smaken av varmkorv. Trådarna fann sina fästen och eftermiddagens upplevelser tog form. Nu mindes han vägen ut från macken, vilken musik han lyssnat till, hur senapen kladdat på hans byxor.

Dessvärre mindes han också vad som hänt på den där raksträckan.

Med dystert sinne begrundade han det faktum att han hamnat där han låg. Det alternativet hade inte ingått. Det var mellan två konsekvenser han bett ödet att välja då han överlåtit ansvaret för sitt beslut.

Jag blundar och räknar till trettio. Gör vad du vill med mitt liv.

Allt han velat var att få ett slut på meningslösheten.

Att dö och slippa undan – eller att efter att ha vistats i dödens närhet få tillbaka en känsla av liv.

Med slutna ögon hade han inväntat svaret och fyllts av en egendomlig förväntan.

KAPITEL 2

Helga Andersson var död och därmed hade Helena ingen hjälp till morgondagens frukostservering. Inte för att Helga själv ingått i personalen, men hennes brorsdotter Anna-Karin ryckte in vid behov men hade ringt och sagt sig vara alltför uppriven för att arbeta. Helena tog beskedet med jämnmod. Det hände ganska ofta att Anna-Karin kände sig uppriven. Dök det upp en aldrig så liten bit elände gällde det att grabba tag ordentligt så att juvelen inte slank ur händerna. Men ett dödsfall var ju ändå ett dödsfall, även om Helga Andersson sedan åtta år legat på långvården och varit bortom all kontakt.

Utanför fönstret hade det hunnit bli mörkt. Bergens svarta siluett vilade mot den månbelysta himlen. Det slog henne hur lång tid det gått sedan hon unnat sig en promenad. Bara gett sig av och låtit marken visa vägen, såsom hon älskat att vandra, då skogens mångskiftande tystnad sköljde rent och gav plats åt nya tankar.

Numera blev det sällan tid till sånt som var möjligt att försaka.

Hon plockade ihop bakom receptionsdisken, släckte och gick mot matsalen. Nattens två hotellgäster hade försvunnit in på sina rum och hon plockade undan efter deras middag. Kranen i köket läckte. Hon skrev "byta packning" på komihåglistan och ögnade snabbt igenom resten, strök över "beställa mejeriprodukter" och "laga lampan vid magasinet". Det var alltid samma tillfredsställelse var gång hon förde pennan över det som blivit gjort. Ett nödvändigt självbedrägeri att allt en dag skulle bli klart. Men att driva hotell var ett evighetsgöra. Även om det bara hade tio rum och sällan var fullbelagt.

Det hade varit nog att göra redan när de varit två.

Skillnaden sved i varenda syssla. Vetskapen om att de händer som förr varit delaktiga numera sysselsatte sig med annat.

Hon såg sig om i köket, släckte ner och låste. Månadens momsredovisning fick vänta. Orken tröt och gästerna ville ha frukost klockan sju. Hon gick mot trappan och fortsatte upp mot de tre rum som gjorts till privatbostad.

Ännu en dag att lägga bakom sig.

I Emelies rum var lampan tänd och hon satt vid skrivbordet framför datorn. Alltid satt hon där, som vore den en förlängning av henne själv. Och som vanligt då Helena närmade sig släcktes skärmen ner och blev svart.

"Har du inte lagt dig än?"

"Jag ska."

"Vi har ju pratat om att du sitter uppe för sent om kvällarna."

"Jag ska säger jag ju, jag ska bara göra färdigt en grej."

Helena stirrade på skärmen. Den svarta ytan var ett hån

mot allt hon ville, en visuell bekräftelse på avståndet som växt emellan dem. Där inunder fanns den värld som dottern gjort till sin och dit Helena inte ägde tillträde.

"Allvarligt talat Emelie, hur många timmar om dagen sitter du där egentligen? Varför träffas ni inte istället för att sitta och chatta på varsitt håll?"

Emelie teg som alltid då frågan kom upp.

"Du kan väl ta med dig nån hem nångång. Du? Om det blir svårt för dom att ta sig hem kan jag köra. Eller så kan dom sova över om du vill. Lediga sängar har vi ju gott om."

Hennes försök till lustighet gick dottern förbi.

"Nej tack."

"Varför inte?"

"Men lägg av att tjata."

Hon visste att hon borde backa nu men olusten drev henne vidare. Sin egen bedrövliga tillvaro kunde hon gömma i dagens måsten, men ställd inför dotterns blottades misslyckandet och det gav henne andnöd.

"Kan du inte försöka hitta på nåt annat att göra ibland? Jag tror du skulle må bra av det, att göra nåt annat nångång. Du kanske kunde börja med nån idrott eller spela lite mer på din gitarr? Du gjorde ju det förut och hade ju blivit så himla duktig."

Så annorlunda allting blivit mot hur hon tänkt att det skulle bli. Gården där uppe i Norrland, barndomens andrum där hon vistats som sommarbarn. Inte bara befriad från skolan utan också från mor och syster och två rum och kök i Stockholmsförorten Vällingby. Som hon längtat till sommarloven. Korna hon fick hämta till mjölkning och hönsen som skulle ha mat. Alla kojor de byggt i skogen. Flottfärder på sjön. Skrynkliga fingertoppar efter timslånga bad och blåbärsfläckade kläder. Nätterna de sov på höskullen, nerkrupna i sina sovsäckar, då okända ljud kommit smygande och antytt ett stort mysterium.

Och de två vuxna som blivit hennes sommarföräldrar. Så förunderligt närvarande trots att de alltid var i färd med sitt. Aldrig låg de till sängs till långt inpå eftermiddagen för ledsna eller trötta för att gå upp.

Det var den barndomslyckan hon velat ge sin dotter då hon och Martin fått möjlighet att köpa gården. Lämna den stressiga vardagen i Stockholm och förverkliga drömmen om ett litet hotell. Emelie hade varit tio och skulle äntligen få bo på landet.

Tre år hade gått sedan dess.

"Det finns massor att göra om man bara har lite fantasi."

"Jaha som vad då? Om man bor mitt ute i skogen så finns det inte så himla mycket att göra. Och det är ingen som vill komma hit heller, det är alldeles för långt att åka."

En knut i mellangärdet där allt låg samlat. Det hon bara stoppade undan i hopp om att det en dag skulle försvinna. Emelies ord hade träffat med exakt precision.

"Du skulle ju kunna hjälpa mig lite mer om du nu ändå har så tråkigt."

Förslaget var synnerligen dåligt. Hon förväntades hitta en lösning trots att det ingen fanns. Sedan ett halvår famlade de bland spillrorna av det som en gång varit helt. De två hade lämnats kvar och det borde stärkt deras gemenskap. Istället tycktes de undvika varann för att slippa påminnas om det som gått sönder.

"Jag kan också flytta härifrån om du vill, om jag nu är så jävla jobbig."

Emelie reste sig och stötte till hennes arm när hon trängde sig ut genom dörren. Helena blundade och värjde sig mot smällen från badrumsdörren. Så var de då där igen. Hon försökte verkligen nå sin dotter men Emelie gled genom fingrarna som en förebrående skugga. En lönlös jakt mellan rummen där hon själv hastade runt för att hålla allting uppe. Det var inte bara det dagliga. Husen var gamla och krävde underhåll men allt hon hann med var det löpande.

Inget hade varit riktigt färdigt när Martin lämnat henne. Under åren de bott där tillsammans hade de fixat lite här och där i någon idiotisk tro att det gick fortare om allting gjordes samtidigt. I ladugården var bara fem av de tio planerade hotellrummen klara. I de övriga väntade inplastade golvtravar längs kala gipsskiveväggar. Lister låg på hög i magasinet och färgen till väggar som aldrig hann målas hade frusit till klumpar i burkarna. Spackel, träpaneler, radiatorer och kakelfog – ett förråd av slocknad entusiasm. En gång råmaterial till deras gemensamma vision, fastän han plötsligt påstått motsatsen när han låtit bomben brisera. Då hade han hävdat att drömmen bara varit hennes. För henne var Norrlandsflytten en hemkomst, för honom ett uppbrott från allt han känt som sitt. Mängden fulländade minnen hon redan trampat ner i husets golvbräder hade omöjliggjort en gemensam nystart. Hon sprang före och visade, han skyndade efter och försökte hitta ett hörn där även hans visioner fick plats. Och under åren som gått hade hon aldrig lyssnat när han vädrat sitt missnöje och velat flytta hem till Stockholm.

Hade han påstått när allt redan varit för sent.

Noggrant hade han tänkt ut sitt ynkliga försvar för att dölja sitt sanna motiv. Ormen hade Helena själv bjudit in genom sin marknadsföringsidé att erbjuda naturastipendium till forskare och doktorander. I fyra veckor hade deras första stipendiat avnjutit förmånen. Helena hade gjort sitt yttersta för att göra vistelsen minnesvärd. Iklädd färgfläckat blåställ hade hon ilat runt och ställt in färska blommor och frukt-skålar på rummet och serverat vegetariska måltider enligt önskemål. Under tiden hade gratisgästen suttit tillbakalutad i någon av trädgårdens vilstolar, djupt försjunken i en bok, förstrött lindande en bångstyrig hårlock runt ett finger. När hon äntligen rest hade Helena fått veta att även hennes man hade ingått i naturaförmånen. Tillvaron hade rämnat och den framtid hon räknat med hade upphört att existera.

Badrumsdörren förblev stängd och det var alldeles tyst där innanför. En tydlig markering att samtalet var över. Kvar fanns stinget av orättvisa. Det var inte hon som valt att gå, ändå blev hon måltavla för Emelies besvikelse. Martin satt tryggt förskansad i Stockholm. Han och den nya bodde i kvarteren de själva lämnat inför Norrlandsflytten.

Hon gick till sovrummet. Kylan slog emot henne när hon öppnade dörren, hon hade glömt att gå upp och slå på värme-fläkten. Elementet var sönder och det hade aldrig blivit tid till att installera ett nytt. Hon hade frusit under vinterns nätter. Trots pyjamas och dubbla duntäcken – kylan tycktes komma inifrån. Den hon trott sig vara fanns inte mer och tomrummet var isande kallt. Hon hade betraktat Martin som sin närmaste vän och varit stolt över deras målmedvetna arbete. När det tagit emot hade hon drömt om dagen då hotellet skulle vara färdigt, gästerna komma strömmande och de äntligen kunde unna sig en semester.

Gud så dum hon varit.

Hon satte sig på sängen. Sovrummet var oförändrat. Han hade bara tagit sina kläder och böcker och lämnat deras gemensamma saker till henne. Av hänsyn, hade han påstått.

För han ville ju henne inget illa.

Påståendet var ett hån eftersom han tagit allt av värde. När han så hänsynsfullt packat sina kläder och böcker hade han roffat åt sig det enda viktiga. Fundamentet till deras kärnfamilj. Vreden hon kände gav fart under fötterna, den väckte henne om morgnarna och drev henne genom dagarna. Hon tänkte fortsätta driva hotellet, inte unna Martin glädjen att få se henne ge upp. Inte låta honom få rätt i påståendet att idén redan från början varit ett misstag. För Emelies skull skulle hon kämpa vidare så att något förblev normalt. Hon om någon behövde kontinuitet nu när allting rasat.

Martin hade avsagt sig ansvaret. Helena var fast besluten att fortsätta bära.

Emelie var *hennes* dotter och hon försökte förtränga att han en gång varit inblandad.

Men ibland kunde hon skymta hans närvaro, i en nedärvd gest eller blick.

Och var gång det hände fick Helena vända sig bort för att dölja sin avsky.

KAPITEL 3

Någon störde Anders behagliga slummer. När sköterskan gått låg han klarvaken med ljudet från ventilationen som enda sällskap. Mannen i sängen bredvid sov djupt och Anders avundades hans fridfulla andetag.

Sedan han slutat arbeta hade något hänt med hans sinnesstämning. Tankar han aldrig haft bröt sig in där det förr varit fullt. En osynlig gas från en gåtfull läcka förpestade plötsligt hans livsrum. Förr hade ögonblick hakats på ögonblick, eftertanken skickats mot framtiden. Nu låg den i oanade mängder och väntade på hans uppmärksamhet. Han som trott att det var skördetid. Var fanns då tillfredsställelsen över framgången? Stoltheten över det han byggt upp? Glädjen över förmögenheten? Han förvirrades av svårmodet och begrep inte varför han vid fyllda fyrtiosju plötsligt började ifrågasätta vilka val som egentligen varit hans.

Det hade gått två år sedan han sålt sitt investmentbolag och avsagt sig alla styrelseuppdrag. Några affärsbekanta hade varnat honom men han ville få ut något mer av livet. Vad var oklart, men för första gången ville han göra ett medvetet val när så mycket annat bara känts som slump. Ibland slog honom tanken att hela hans liv hade glidit fram på bananskal, men det krävdes ändå viss talang för att halka på de rätta.

I tjugofem år hade arbetet varit hans liv och runt det hade tillvaron anpassats. Mobilsignalen hade haft högsta prioritet om han så legat till sängs med någon av de kvinnor som kommit och gått och till slut flyttat ut. Han tänkte ibland att han prioriterat fel, men det han känt för dessa kvinnor hade aldrig kunnat konkurrera med intensiteten han upplevde i affärslivet. Det taktiska spelet, risktagandet, den beräknande strategin i utdragna förhandlingar och segerruset när han lyckades. Miljonerna som rullade in och revanschlusten när några gick förlorade. Upplevelsen av att vara oövervinnlig, att befinna sig så högt upp i hierarkin att inget kunde hota honom.

När mättnadskänslan kommit smygande hade han till en början inte kunnat identifiera den. Han fann sig allt oftare drömma om annat och till slut tog ledan över. Det var dags att gå vidare. Så han sålde allt och bestämde sig för att inleda sitt nya liv med en resa. De otaliga arbetsresor han gjort var förvillande lika och gav inga särskilda minnen. Då var han inställd på prestation och resultat, att söka upplevelser var något annat. Han bad resebyrån planera en rutt och komponera ett äventyr. Full av förväntan gav han sig av. Storviltsjakt i Zimbabwe, dykning utanför Borneo. Under en månad bodde han på hotell Martinez i Cannes och spelade golf. Sedan var det rundresa i Ecuador. Han åt avsmakningsmenyer på världsberömda restauranger och såg det vackraste jorden har att erbjuda. Men till slut blev även vacker utsikt enahanda. Resan var planerad att vara ett år, efter sju månader for han hem. Då bestämde han sig för att flytta. En av fastigheterna han ägde låg i Gamla stan och där lät han bygga en etagevåning av vinden och de översta våningsplanen. De tomma rutorna i hans kalender fylldes av möten med arkitekter och inredare.

Han hade alltid tyckt om Gamla stan. Han fann det vilsamt att vandra i gränderna, på gatstenar som trampats i hundratals år, mellan hus som hyst så många generationer. Alla dessa människoliv vilkas trådar löpte genom varandras öden. Han fann det oavbrutna flödet betryggande. En vag känsla av odödlighet. Samtidigt bekymrade han sig över funderingarna. Den sortens tankar var nya och ovana och tycktes komma från en lömsk del av hjärnan som aldrig tidigare gjort sig påmind.

Renoveringen av lägenheten tog sin tid och när det var klart hade han tänkt börja njuta. Det var inget fel på våningen, så mycket begrep han, ändå drevs han mellan rummen utan någon ro. Och för varje morgon blev bilden i badrumsspegeln alltmer främmande. Han såg en man med samma anletsdrag som den som oumbärlig hastat mellan möten. En respekterad chef och efterfrågad styrelsemedlem som fått sin skicklighet bekräftad i kvartalsrapporten. Ingen ringde längre och behövde hans råd eller tvingades foga sig under hans beslut. Motvilligt erkände han att bortom yrkesrollen var han vilsegången.

I grevens tid dök det upp något nytt. En bekant bad om sällskap till en samlarauktion. 368 000 kronor fattigare kom han hem med ett trasigt fickur av märket Waltham och en ny passion i sitt liv. En ödets ironi för Carl Asplund som den

19 april år 1912 steg ombord på Titanic. Med sig hade han fru och fem barn och biljetter till tredje klass. Tolv dagar efter fartygets förlisning skulle man hitta Carls livlösa kropp. Hans enkla fickur hade förevigat sekunden då han och tre av hans barn drogs ner i djupet.

En raritet för världens samlare.

Anders auktionsfynd slog an något i själen och ett nytt projekt tog fart. Jakten på nya klenoder blev framgångsrik då det enda som hindrade köp var nivån på hans eget intresse. Samlingen växte snabbt och upptog numera tre av våningens rum.

Men det var inte mästarnas konstverk som lockade, utan penseln som vilat i konstnärens hand och paletten som burit dess färg. Inte förstautgåvor av kända romaner, utan pennan där tanken passerat. Stolen som burit författarens tyngd och brevet som skrivits till en älskad. Nycklar som passat i ryktbara dörrar, ett ur från geniets arm. Berömdheters dagböcker fyllda av tankar, legendernas redskap och plagg. Ting som bar spår från tider som flytt och som upplevt historiens vingslag.

Hans samling blev en tillflyktsort. Omgiven av skärvor ur andras liv spillde lite över på hans eget. Han fann en svår-förklarlig trygghet bland de döda tingen, de som lämnats kvar efter dem som gått före. Det förflutnas löfte om att vad som än hände så gick alltid tiden vidare. De dödas hälsning till de levande – även era bekymmer ska en dag vara borta och ingen ska minnas deras tyngd.

Hans hem var utrustat med säkerhetsdörrar och samlingen i nuläget värderad till 390 miljoner kronor.

Men som med allt i hans liv hade även denna passion ett bästföredatum. Allt färre tips satte känslorna i gungning, han gav halvhjärtade bud som ibland gick hem men egentligen kvittade lika. Rastlösheten gick att likna vid klåda på ställen dit fingrarna inte kunde nå. Livet krävde en ny utmaning men rådvill inför riktningen stod han still och stampade på mark som höll på att ge vika. Under sig anade han ett bråddjup.

Han tvingades erkänna att drömmarna lyst med klarare färger då tiden saknats att förverkliga dem. Han var utan begär och likgiltig för framtiden. Dagarna förflöt i känslan av att han långsamt sjönk.

I detta tillstånd sände ödet en granne i hans väg. Av en tillfällighet möttes de i trapphuset och trogen sin vana att hålla omgivningen på behörigt avstånd hade Anders inte tänkt stanna för en pratstund. Mannen var pensionär och den ende som undrat över bullret när Anders säkerhetsdörrar installerades. Han kände till Anders samlarintresse och nu ville han berätta vad han nyligen varit med om under en Norrlandsresa. Tämligen ointresserad fick Anders höra om den märklige man som grannen mött i skogen. Om hur han blivit inbjuden på kaffe och hur stugan varit så fylld av prylar att det knappt gått att komma in. Vid det laget hade Anders slutat lyssna men plötsligt hörde han några ord som väckte liv i hans uppmärksamhet.

"Han hade den under sängen. Han sa att han vunnit den i poker på en bar i San Diego i början av sjuttiotalet. Att han sparat den som ett minne eftersom det var en av Beatles gamla gitarrer. Lucy påstod han att den hette. Jag tänkte att det kanske kunde vara nåt för dig, du som samlar på gamla grejer."

"Vet du vad det var för märke?"

"En röd Gibson. Jag fuskade lite på gitarr förr i världen och en sån drömde man ju alltid om att ha."

I look at the world and I notice it's turning
While my guitar gently weeps

Sjunde spåret på första sidan av Beatles vita dubbelalbum. Ett spektrum av känslor gav sig till känna som hade han fått kontakt med ett dunkelt lager under förnuftet.

Han gick raka vägen till sin dator. Det han fått höra gick enkelt att avfärda som en skröna, men med några sökord klickade han sig runt på nätet och hans hjärtklappning ökade. Inget han hittade motsade historien. Om det grannen påstått mot förmodan var sant var det inget mindre än en sensation. Ändå fylldes han av olust. Samlaren inom honom borde jubla. Något annat därinne värjde sig och ville glömma alltihop.

Det fanns en tid då han lärt sig allt om Lucy. Gitarren var en cherryred Gibson Les Paul från 1957, använd av Eric Clapton när George Harrison bett honom spela på *While my guitar gently weeps*. Efter inspelningen hade Harrison fått gitarren i gåva. 1973 blev den stulen i Beverly Hills och förmodades ha försvunnit till Mexiko. Anders behövde ingen karta för att förvissa sig om att San Diego låg längs tjuvens väg.

Kanske fanns den nu inom räckhåll, bara några timmars bilresa bort.

Tanken var omtumlande.

Medan priset på konst och antikviteter följt den allmänna konjunkturen hade värdet på vintagegitarrer bara ökat. De var numera eftersökta investeringsobjekt av män med grånade tinningar och förvuxna förmögenheter som till vilket pris som helst ville köpa tillbaka symbolen för sin aldrig förlorade pojkdröm.

Även om de inte längre kunde spela.

Var gitarren berömd gick prislappen bara att ana. När Eric Claptons "Blackie" sålts på auktion hade slutbudet landat på 7,7 miljoner kronor. Om ryktet spreds var Lucy kunde finnas skulle kufens stuga bli invaderad.

Anders hade undvikit gitarrer i sin samling, men nu lockades en del av honom mot Norrland som dragen av en magnet.

En annan del ville att dammet som rörts upp skulle lägga sig.

I denna förvirring hade dagarna gått. Inom honom växte en oklar längtan. Den var ordlös och gick inte att greppa, den var inte till en plats, inte till en människa – den sträcktes mot ett annat tillstånd. I nuet var han vilse. Han ville bort från det som var och hamna i ett efteråt. Han ville stå där och titta tillbaka när allt blivit inordnat i ett begripligt sammanhang.

Varje morgon när han motvilligt vaknade skyndade hans tankar till Lucy. Att hon kanske fanns där uppe i Norrland gick att likna vid en förhoppning. Rädd att förlora sitt halmstrå sköt han med avsikt upp sin resa. Och varje dag skrev han med bävan in "Lucy" i rutan på Google, rädd att någon annan hunnit före.

Kluven hade han slutligen åkt och lyckats ta sig så långt som till Sundsvall.

KAPITEL 4

Helena hörde badrumsdörren öppnas och hallens trägolv knirra under Emelies fötter. Hon reste sig men kom inte längre än till sovrumsfönstret. Huset var omgivet av svartaste natt, inte ens månen syntes på himmelen. Ett par billyktor svepte förbi ute på vägen. Hon följde ljusen med blicken och undrade vart bilen skulle, om någon väntade vid resans slut.

Hon bytte fokus och anade sin siluett. Utan skarpa gränser vilade den mot fönsterglaset. Lika vag och konturlös som hon kände sig.

De två största rollerna i hennes liv hade blivit överflödiga. Martin var borta och hennes dotters försök till frigörelse var påtagligt. Hon var varken behövd eller önskvärd. Kvar fanns en spillra som drev ett hotell, den enda lilla del som fortfarande var förankrad. Resten tillhörde en främling.

En ensamstående mor till ett skilsmässobarn.

Den identiteten låg så långt från hennes föresatser att avståndet gav henne svindel. Ändå var det vad hon var, resten var bara tomrum. Så hur skulle konturerna ha något att fästa sig i? Hon tänkte på dagen då det hänt.

"Sätt dig lite Helena, vi måste prata du och jag."

Det är med de vardagliga orden det börjar. Ändå vet hon direkt att något hotfullt närmar sig. Det är som om luften i rummet är laddad av varsel, ett bälte dras åt runt hennes bröstkorg.

Han har blåstället på sig och ska snart gå ut och måla i lagården. Hon har hastat förbi med en inköpslista, på väg ut till bilen för att fara iväg till en färgaffär.

En skenbart vanlig dag.

Det som ännu inte blivit sagt dallrar i ett sista ögonblick av tillförsikt.

Efteråt har hon svårt att minnas vad som sagts. Han har talat i änden av en tunnel, beskrivit en verklighet hon inte visste fanns. Hon vill inte kännas vid den verkligheten, för om hon medger att den är sann förlorar tillvaron sin riktning.

Hon reser sig och går ut till bilen. I färgaffären betar hon noggrant av sin inköpslista. Med vana rörelser plockar hon saker från hyllorna och lägger i vagnen, utbyter vardagliga ord med kvinnan i kassan och tankar bilen på vägen hem. Den vanliga verkligheten tycks intakt.

De följande nätterna sover hon dåligt, det trycker över bröstet, om dagarna försöker hon bete sig normalt. Martin verkar ledsen och vill fortsätta prata men hon har så mycket annat att göra. Se till att gästerna får frukost, städa rum och bädda sängar, laga middag på kvällen.

Upprätthålla tillvaron.

Han förföljer henne mellan rummen i jakt på ett fortsatt samtal. Hon skyndar vidare och ser till att det aldrig blir av.

Den fjärde dagen ger han upp och börjar packa. Hon ser hans kläder försvinna ur skåpen, ner i väskor och flyttkartonger. I bokhyllan gapar hål efter hans böcker och cd-skivor. Allt annat lämnar han kvar. Ibland frågar han något men hon rycker bara på axlarna. Hon är yr av de sömnlösa nätterna. Tankarna spretar åt olika håll, hon har svårt att få överblick.

Trots att han verkar förkrossad anar hon en återhållen iver i hans rörelser. En svårligen dold förväntan. Han är på väg. Hon ska bli kvar. Ensam, i det gamla.

Den sjätte dagen släpper spärren. Hon råkar höra ett telefonsamtal. Det han sagt blir plötsligt verklighet, för tonen hon hör har förr varit ämnad för henne. Kroppen förvandlas till en smärtpunkt. Skräcken gör henne stum, hon kan inte andas och tankarna rusar likt instängda djur i panik.

När han ser hennes förtvivlan håller han om henne. Hennes armar hänger längs sidorna, oförmögna att röra sig. Det är sista gången de rör vid varandra.

Allt hon vill är att tvinga honom uppleva det hon känner, att han ska gå sönder i samma vanmakt och hjälplöshet.

När han åker dagen därpå står hon och målar i rum nummer sju.

Dörren till Emelies rum var stängd. Helena la örat intill men allting var tyst. Hon lät knackningen bli små morsesignaler. *Snälla låt oss bli sams innan sömnen skiljer oss åt.*

När svaret uteblev gläntade hon på dörren och hallampans ljus föll i en strimma på täcket över Emelies rygg.

"God natt då, vi ses i morgon."

"Mm."

Emelie låg kvar med ansiktet mot väggen och för att slippa

gå till sängs med olustkänslan gick Helena fram och strök henne över håret.

"Jag är ledsen om jag lät sur förut, det var inte meningen. Jag är bara så himla trött men det var orättvist att det skulle gå ut över dig."

Emelie drog upp täcket över axeln. "Det är okej, gonatt."

Helena stod kvar, trots att responsen var avklarad. Det fanns så många osagda ord. Helenas egna blev färre och färre, de orkade inte kämpa sig fram mot någon som inte tycktes vilja bli nådd. Själv kände hon ett djupt behov av tröst. Hon ville få höra Emelie säga att hon förstod om hon var trött. Att hon var tacksam över hennes ansträngningar att få deras vardag att fungera. Att om de bara höll ihop skulle allt snart kännas bättre. Men Emelie sa aldrig de ord Helena behövde, även om hon visste att det var för mycket begärt.

Emelie hade nog att bära på sin egen sorg.

Emelies mobiltelefon låg på golvet bredvid sängen och Helena fick lust att ta den med sig. Det hände att hon smygtittade i samtalslistan för att se hur ofta Martin ringt, och ikväll kändes det extra angeläget. Några sms hade hon aldrig hittat, vare sig inkomna eller skickade, och hon misstänkte att Emelie raderade dem. Det var Martin som gett henne mobilen. Helena kunde knappast förbjuda henne att använda den. Men det störde henne att de kunde hålla kontakten på egen hand och utan att hon själv var inblandad. Och att hon inte visste hur frekvent den var.

Hon lät mobilen ligga. Blev hon påkommen skulle Emelie bli arg och värdefulla poäng förloras till Martin.

Helena gick in i badrummet och vaskade av sig i ansiktet.

Kvällstoaletten gick fort för något smink fanns inte att ta bort. Sedan de flyttat ut på landet hade hennes vanor förändrats. I början hade det känts befriande att slippa makeup och den korrekta klädsel som förväntats på hennes forna arbetsplats. Med tiden hade hon helt slutat sminka sig. Efteråt, med facit i hand kunde hon ångra att hon inte ansträngt sig mer. Månat lite om sitt utseende. Tagit sig tid att åka till frisören istället för att klippa bort de slitna topparna på egen hand. Försökt göra sig fin ibland.

Även om det bara var för Martin.

Hans nya kvinna var av den sort som alltid väckt hennes avund. Liten och finlemmad och som gjord för att bäras över trösklar och varsamt läggas ner på mjuka bolstrar. Även om Helena alltid varit slank kände hon sig ofta stor och klumpig med sina etthundraåttioen centimeter. Den nya var naturligt vacker, till synes alldeles osminkad, men Helena hade minsann sett arsenalen av sminkattiraljer under veckorna då hon varit snyltgäst på hotellet och Helenas uppgift varit att städa hennes rum.

Hon lät lampan i badrummet lysa, lämnade dörren på glänt. Ljuset i springan gav ledljus i hallen och fanns där för Emelies skull. Dottern hade ärvt hennes mörkrädsla. Den hade varit ett återkommande problem de gånger Martin behövt resa bort. Men sedan separationen var den som bortblåst. I de öron som förr om nätterna lystrat satt det numera öronproppar, värmefläktens brummande hölls borta men också de ljud hon förr alltid sökt som tecken på främmande inkräktare. Nuförtiden sov hon obekymrad om vad som än hände i huset. Allt var ändå förstört, några inbrottstjuvar mer eller mindre skulle knappast göra någon skillnad.

Hon drog på sig flanellpyjamasen och kröp snabbt ner under duntäckena. Öronpropparna låg på nattduksbordet och medan hon omsorgsfullt pressade ihop den gula skumgummimassan la hon sig tillrätta. För det var när ljuden tonade ut, i väntan på sömnen, som risken att övermannas var som störst. Om natten blev huden som tunnast. Att somna kvickt var ett måste, de gånger det dröjt hade hon förirrat sig farligt nära den gräns hon nödvändigtvis måste upprätthålla. Hon hade anat något hon inte skulle överleva om den överträddes. En förtvivlan som måste hållas stången tills den berövats sin udd. Tills hon i efterhand hunnit förbereda sig för det handlösa fall som kommit så oväntat, från allt hon varit van vid ner i ett hål där tillvaron mist sina väderstreck.

Där fanns skammen över misslyckandet.

Över det gigantiska misslyckandet.

Ibland kunde hon se en skymt av den tjugofemåring hon varit en gång. Den som Martin mött och som skickats ut i världen med en själslig ryggsäck full av skräp. Hennes karta var ritad i mönstret hon lärt sig under uppväxten, där allt var oberäkneligt och livet kretsat runt en missbrukande mamma. Och runt att dölja faktumet att det var så det var. Någon pappa hade aldrig funnits, han hade försvunnit långt innan hon fått chans att skaffa sig en minnesbild.

Hon mindes inte när hon första gången hört ordet maskrosbarn, men hon hade tidigt fått höra att hon var ett sånt. Kanske någon lärare i skolan hade sagt det, efter att ha genomskådat hennes lögner och förstått hur hon hade det hemma. Under skolåren hade lärare förundrats över att hon klarade skolarbetet så bra, hon var nästan alltid bland de bättre. Att det i själva verket varit en livsnödvändighet visste de mindre om. Att vara duktig och till lags var ett sätt att försäkra sig om en plats. I vad visste hon inte, bara att det var genom goda prestationer hon säkrade sin överlevnad.

Folk kom och gick i deras lägenhet. Vaksamhet var nödvändig. Vem som gick att lita på var omöjligt att veta, likaså till vem man kunde gå för att få beskydd. Som alla barn hade hon älskat sin mamma och längtade lojalt efter de tillfällen då hon visade sin kärlek. Både Helena och hennes syster lärde sig när chansen var som störst. Det hände sällan under de nyktra perioderna, då klarsynen om den egna oförmågan höll hennes mamma inkapslad i skam. Inte heller under fylleperioderna, då smetiga kärleksbetygelser duggade tätt men inte räknades när de kom från en främling. Nej, det var under bakfyllan oddsen steg, veckan då hon ömklig och ångerfull lovade att allt skulle förändras om hon bara blev förlåten. Det blev hon alltid, men förändringen uteblev. Barndomen gick ut på att försöka förhindra det alltför avvikande, släta över och i desperation normalisera det som gjorde för ont.

Det var med denna instruktionsbok hon gett sig ut i livet. Pojkvännerna blev därefter. Hon drogs till oberäkneliga, olyckliga män och fann dem spännande och gåtfulla. Utmaningen bestod i att vinna deras kärlek, ge dem förståelse och tröst och försöka hela dem. Förhållandet byggde på deras villkor och ville hon ha deras uppmärksamhet fick hon anpassa sig. Så som hon lärt sig att kärlek fungerade. Deras självupptagna lynnighet passade precis och uppfyllde alla hennes förväntningar.

Men så mötte hon Martin.

Han var en alldeles vanlig kille med vanliga intressen som läste sociologi på Stockholms universitet. Han kom från en vanlig familj med två vanliga föräldrar och hade växt upp i ett vanligt radhus i ett område med till synes vanliga människor. Det var just normaliteten som väckt hennes intresse. När andra velat bli flygvärdinnor, läkare eller skådespelare hade hennes barndomsdröm alltid varit att någon gång få bli som alla andra.

Det var ingen omedelbar passion, snarare ett försiktigt närmande som gång på gång gick i stå på grund av hennes oförmåga. Präglad av en annan bakgrund var Martin pålitlig, hänsynsfull och förutsägbar och hans sätt att vara ställde genast till problem. Det skar sig mot hennes erfarenheter om människors nyckfullhet. I början försökte hon provocera fram hans rätta sida, vilken hon förutsatte var dålig och fanns gömd under den inställsamma fasaden. Men Martin förblev den han var. Då inget längre stämde blev hon förvirrad. För han lät sig inte provoceras, han blev mest förundrad och frågade *henne* av alla människor vad han skulle göra för att få henne att må bra. Flera gånger bröt hon upp förhållandet, adrenalinkickarna hon vant sig vid från sina tidigare instabila förhållanden uteblev och hans uppenbara intresse uppfattade hon som suspekt. I lugnet som uppstod blev hon nedstämd. Hon visste inte vad hon skulle göra i utrymmet hon förr aldrig tillåtits ta.

Men Martin gav sig inte. När hon ser tillbaka är det ett under att han orkade de där åren, när hon ständigt såg sig tvungen att pröva hållbarheten på hans kärlek. Många år och många samtal senare skulle Martin berätta att en av anledningarna varit hans studier i sociologi. Att han fascinerats av hennes beteende som så tydligt gick att koppla till uppväxten.

I hemlighet hade hon begrundat hans erkännande. Trots all tid som gått hade hon blivit ledsen, känt sig förminskad till ett studieobjekt, men besvikelsen hade hon noga dolt i rädsla över att verka otacksam. För det var Martin som hjälpt henne att bearbeta barndomens oförrätter. Som hållit om henne under ångestnätter då försvarsmurarna rämnat och hon gått sönder inuti. Som kombinerad terapeut och älskare hade han lotsat henne genom smärtan när de tätt tillsammans gett sig in i hennes barndomsland för att lösa knutarna som höll henne fången. Varje sten blev vänd och varje mask dissekerad. När hon sent omsider vågat röja det svartaste, de minnen som tärt den innersta kärnan, hade hans kärlek ändå förblivit orubbad. När smärtan klingat av och hon accepterat att inget kunde göras ogjort, hade hon äntligen blivit den hon ville vara. Känslostormarna hon förr stått maktlös inför hade bedarrat. Hennes karta hade ritats om.

Omvandlingen hon genomgått under deras år tillsammans var så genomgripande att en del av hennes minnen tycktes gälla någon annan. Så mycket i henne var förändrat.

Nu i efterhand, då hon begrundat äktenskapet, blev det tydligt att det var de där första fem åren som varit deras mest intima. Ibland tänkte hon att det kanske var projektet Helena Alkoholistdotter som varit hans primära intresse. Kärlek sammanflätad med passionerad rehabiliteringsiver. Den nya Helena hade modellerats fram under hans fingrar och hon hade försökt bli den hon trodde att han ville att hon skulle vara – en relativt okomplicerad kvinna som äntligen förmådde stå på egna ben. Kanske blev resultatet en besvikelse. Kanske hade han saknat den vettskrämda varelsen som i det längsta hållit distans men som sedan blivit beroende av hans väg-

ledning in i själens dunkla gömmor. För henne en mardröms-
färd, för honom en fortbildande forskningstur. Kunnig om
termer och orsakssamband, men i avsaknad av egen erfaren-
het var han fullständigt oförmögen att förstå hur hon egent-
ligen känt.

Kanske var det ändå anpassning som alltid varit hennes största
begåvning. Att läsa av omgivningens förväntningar och se till
att leverera med bravur. En kameleont i jakt på gemenskap,
redo att anta den skepnad som önskades.

Skilsmässan krävde en ny förvandling. Hon befann sig i ett
ödsligt övergångstillstånd. Den här gången stod hon ensam.
Det fanns ingen omgivning att formas av, ingen som kunde
ge henne en enda ledtråd.

Frågan var bara hur många gånger en människa orkade
förändras.

Sedan somnade hon, så ända in i märgen trött.

KAPITEL 5

Ovanför dörren i det rum där Anders låg vaken hängde en klocka. I brist på andra tilldragelser betraktade han genom dunklet minutvisarens regelbundna steg. Med jämna mellanrum förpassades en minut till det förflutna, i samma takt som hans framtid kortades av. Honom kvittade det lika. För honom var döden inte mer dramatisk än att upphöra att finnas till. Vad som däremot störde honom var att livsleden han kände egentligen inte innebar att han ville sluta leva. Tvärtom upplevde han att mycket var ogjort, men framåtandan var som förlamad av en obegriplig känsla av misslyckande. Han förstod inte varför och ibland blev han rädd att han förlorat förståndet.

Det var alla dessa tankar. Ändlösa grubblerier och meningslösa frågor som varken han eller någon annan kunde besvara. Vad som helst kunde utlösa en invecklad tankekedja. Nu letade sig blicken tillbaka till klockan där visaren fortsatte att förkorta hans liv.

Var fanns den tid som gått? Varifrån kom den som väntade?

Vad var *tid* annat än ett mått på avståndet mellan olika händelser? Pålitlig var den bara så länge man med blicken på klockan följde dess gång. Tittade man bort kunde tiden hasta iväg eller sakta ner beroende på med vad den fylldes. Hur kunde den påstås vara konstant när vissa ögonblick färgat alla de följande?

Alla dessa val han gjort och de han aldrig gjorde.

Om man med "fri vilja" menade människans förmåga att rikta uppmärksamheten dit hon vill, hur mycket fri vilja fanns då kvar efter det som sker när skalet ännu är mjukt och präglingen når som djupast?

Sent ska hjärtat glömma vad som hänt.

> *I look at the world and I notice it's turning*
> *While my guitar gently weeps*

Sjunde spåret på första sidan av Beatles vita dubbelalbum. Hans tillflyktsort när han nio år gammal insett att världen var en bedräglig plats eftersom grundvalarna gett vika. Ingenting kunde någonsin mer bli som det skulle. Därför tog han en av hennes favoritlåtar och skapade sig en värld där allting annat hölls på avstånd.

Som förblindad gav han sig in i melodin. Med livet som insats trevade han efter tonerna och lät dem återuppstå på gitarren. Inte en tanke fick slinka iväg. I månader tragglade han, ton för ton, LP-skivan repades av alla omtagningar och fingertopparna ömsade skinn, men omsluten av ljudet från Eric Claptons Gibson gick tillvaron att uthärda. Det han inte kunde uttrycka i ord fick han fram på gitarren, den blev hans vittne och tolk. Med den i händerna vågade han känna. Sorgen fick en ton men berövades kraften att förgöra honom.

Han gick till skolan som han skulle, men varje eftermiddag skyndade han hem. Upp för trappan och in på sitt rum. Musiken blev ett andningshål, ett gömställe medan tiden gick vidare. När han till slut vågade sig ut ur ljudbubblan hade omgivningen fått färger igen och luften gick till hans förvåning att andas. Det nya hade blivit det vanliga.

Då blev det han och gitarren mot världen.

Sparbössan tömdes och för pengarna köpte han skivor. Men han lyssnade inte, han dissekerade dem, bröt ner dem i beståndsdelar och med gränslös envishet och ursinnigt begär pusslade han ihop dem på gitarren. Jimi Hendrix, Jeff Beck, Peter Green, Jimmy Page och Ritchie Blackmore. Varje erövrat solo förde till nya nivåer, nya mysterier att lösa. Gitarren fanns alltid där och lockade honom till det yttersta, det gick inte längre att ha tråkigt. Han var en alkemist i jakt på den rätta formeln, på färd i ett ändlöst rike, han passerade gräns efter gräns utan att någonsin vara framme. Det fanns alltid mer att spela, något nytt att lära sig.

Den euforiska känslan i att vara bra på någonting.

Framtidsdrömmen var väckt att en dag bli lika bra som sina förebilder, de med förmåga att mejsla fram tongångar världen aldrig hört förut. Att till fulländning behärska instrumentet som vore det bara en uttänjd del av kroppen. Pengar hade han inga, men det han önskade gick ändå inte att köpa – priset var tid och den enda begränsningen uthållighet.

Och uthållighet hade han gott om.

Hans gitarrlärare imponerades av hans begåvning. Han började användas som dragplåster till konserter med Konst- & Musikskolan och en dröm gick i uppfyllelse när han erbjöds att spela i ett av stadens bästa band. Alltid yngst men ändå i särklass och för pengarna han tjänade på spelningarna köpte han sig en Gibson-gitarr.

Under tonåren fick allt annat stå åt sidan. Han hade funnit sitt kall och fann ingen anledning att slösa tid på något annat. Nu var det gitarrister som Angus Young, Eddie Van Halen, Mark Knopfler och Rory Gallagher som ledde hans väg över strängarna. Nya ikoner och förebilder som visade möjligheternas vidd. Han lärde sig allt om gitarrer. Såg dem som konstverk med alldeles egen särart och ton, varje detalj fann han fängslande.

Bara ibland hann en underlig känsla ifatt. Passionen var kommen ur smärtsam förlust, ur den hade glädjen spirat. Var då lyckan han kände tillåten?

Så kom den första kärleken. Inte tassandes försiktigt, frågandes om han som redan mist så mycket ändå ville leka denna lek. Nej, från första stund tog den honom i besittning. Med vidöppet hjärta hungrade han efter kärlek, hans längtan tycktes bottenlös. Allra längst in blev hon insläppt utan ett endaste förbehåll. Han lät sig överskäljas, uppgå helt och fullt tills de smält samman till en och han inte längre visste vems hjärta det var som slog.

Katarina hette hon och de var båda sjutton år.

Hon kom från ett välbärgat hem där det till skillnad från i hans var liv och rörelse. Runt middagsbordet fördes högljudda diskussioner, utan att de för den skull var osams. Det var bara olika åsikter som ventilerades utan krav på samstämmighet. Föräldrarna drev ett förpackningsföretag och var så vitt han visste de enda i Huskvarna som hade swimmingpool på villatomten. Han kom bra överens med alla i familjen. Katarina hade två systrar och hennes pappa som känt sig ensam på mansfronten såg honom som ett välkommet tillskott. Han tillhörde ett sammanhang igen och tillbringade hellre tiden i deras hem än i sitt eget.

Ibland kom hela familjen till hans spelningar. Liksom Katarina beundrade de hans gitarrspel och han njöt av att visa sin skicklighet. Den känsla av stolthet han sällan kom åt gick att fånga med hjälp av gitarren. Den gjorde honom särskild, beundransvärd, gediget kunnig på något som bara hans eget slit kunnat prestera. Men allra mest njöt han när han och gitarren försvann i en tidlös sfär av magi där ingen gränslinje fanns mot musiken. Där fann de toner längs skimrande skalor han inte vetat fanns till.

Och efteråt, när han som yrvaken lockats tillbaka av applåderna, var han inte säker på vem som egentligen spelat.

Allt han visste var att han upplevt en säregen känsla av frid.

Nitton år gammal hade ryktet om hans talang nått långt utanför stadens gränser. Han hade fått erbjudanden från band i både Stockholm och Göteborg den kväll Katarina och han skulle fira sin tvåårsdag. Tio års slit hade fört drömmen inom räckhåll, han behövde bara sträcka ut handen och fånga den.

Kanske hade ögonblicket föregåtts av små tecken han inte velat se. Som den bortvända blicken. Den strama munnen. Något slocknat i hennes ansikte som fick liv igen då Magnus Bergman kom på tal. Han som kommit in på Handelshögskolan i Stockholm.

Han som skulle bli något på riktigt.

De satt på sängen i hennes rum, han som vanligt med

gitarren i knät, när han plötsligt insåg att en annan Katarina
tagit plats i den han kände. En Katarina som visserligen tyckte
om musik, men som när det väl kom till kritan inte såg det
som ett riktigt yrke. I svävande ordalag förklarade hon att det
liv hon ville leva krävde ekonomisk trygghet. Hon sa att de
tänkte så olika, hennes framtidsdrömmar stämde inte med
hans. Hon ville söka in på universitetet och skaffa sig en
utbildning, starta familjeföretag som sina föräldrar, det skulle
inte fungera när han ständigt var på turné. Och ärligt talat var
hon utled på att behöva konkurrera om hans uppmärksamhet
med några strängar fastsatta på en träbit.

Ett hål slogs upp i mellangärdet. Hans försök att hitta en
lösning viftades bort som irriterande rök. Hennes plötsliga
kyla gav honom andnöd. Hon, som alldeles nyss haft sin
självklara plats i hans innersta rum, befann sig med ens utom
räckhåll.

Hon syntes orubblig i sitt beslut. Allt han sa övertrumfades
snabbt av nya argument som om hon länge övat inför stunden.
Hon visade närmast ilska inför hans vädjanden. Såg ut att
vilja få samtalet överstökat för att slippa se hans förnedring.
Hans vacklande mellan vrede och desperation, hans lönlösa
jakt på en lösning.

Det gick timmar, natt hann bli morgon och allt en
människa gör för att slippa bli övergiven, trots att all självakt-
ning går förlorad, gjorde han den natten.

Han till och med erbjöd sig sluta spela gitarr och istället
skaffa sig ett riktigt jobb.

Först i gryningen kom erkännandet då hon utmattad sa
som det var.

Det fanns ögonblick som tvingat honom att byta riktning.

Några hade blivit kvar som en tongivande beståndsdel.

Ett av de ögonblicken var när hennes läppar formade namnet. När hon berättade att han var utbytt mot Magnus Bergman.

Smärtan hann aldrig få fäste. Det rum där bottenlös sorg hörde hemma var sedan tio år reglat och låst, nu las en tvärslå på plats för att hålla den nya smärtan på avstånd. Istället spreds den till de skrymslen som gavs.

Då stillnade stormen som hade den aldrig drabbat honom. En befriande känsla av likgiltighet.

Liksom Katarina hade han blivit en annan.

Tre minnen dröjde sig kvar. De trygga ljuden från huset han oförsiktigt nog gjort till sitt. Fnysningen när hon undrade vad han trodde sig kunna få för jobb efter gymnasiets 2-åriga musiklinje. Och gitarren han lagt ifrån sig, från förutsättning plötsligt förvandlad till svekfull förgörare.

Nej, lyckan *hade* inte varit tillåten. Passionen var kommen ur smärtsam förlust, ur den hade glädjen spirat. Det var dags att betala, förlust mot förlust verkade rättvist.

När han gick för att aldrig mer återse någon i familjen hade hans liv fått en ny bestämmelse – Katarina skulle få ångra beslutet och en dag inse att hon valt fel.

Någonstans har allt sin början.

Tjugoåtta år senare låg han och stirrade på en klocka i en sal på Sundsvalls sjukhus intensivvårdsavdelning och tänkte att i efterhand var det svårt att särskilja hönan från ägget. Han mindes att han läst någonstans att det var lika skadligt för karaktären att alltid lyckas med vad man företar sig, som det är att aldrig göra det. Och kanske var det därför all drivkraft runnit ur honom nu. För lyckats hade han sannerligen gjort. Då för tjugoåtta år sedan hade han bara fört över tjurskalligheten från övandet på gitarren och riktat den mot sitt nya mål – att inom två år ha tjänat sin första miljon.

En vecka efter uppbrottet var gitarren såld för att finansiera flytten till Stockholm. En av de första han lärde känna kom från första kullen examinerade systemvetare vid Uppsala universitet. På festen där de träffades skrattades det när denne påstod att det inom tio år skulle finnas runt tvåhundratusen hemdatorer i Sverige. Men Anders, som hört scentekniker lägga ut texten om datorns framtidsmöjligheter, tyckte sig ha hittat en möjlig nisch.

Bråttom hade han också.

Och mer mod än dem som tyckte sig ha något att förlora.

Tillsammans köpte de ett förlustdrabbat amerikanskt dataföretag. Med stor envetenhet inleddes arbetet med att få det på fötter. Hans kompanjon stod för datakompetensen, företagets finansiella styrning blev Anders ansvar, trots att hans kunskaper var bristfälliga. Men en gång tidigare hade han blivit bra på något fastän han börjat från noll. Det var bara tillvägagångssättet som var annorlunda. Istället för att sitta ensam och öva blev han en mästare i att skapa kontakter. Att lära känna de rätta och befinna sig på platser där de med användbar information höll till. Inga grepp var för fula. Hänsynslöst stal han idéer och råd från dem som inte visste sig ge dem. Intill envisheten hade en slumrande entreprenör legat dold och genom sitt oskolade nytänkande och den mäktiga drivkraft som hämndkänsla ger omsatte företaget 250 miljoner redan det tredje året. Då blev det enkelt att locka kunniga styrelsemedlemmar. Med deras hjälp utarbetades rätt strategi och kurvan gick stadigt uppåt. Anders arbetade dygnet runt. Ofta reste han runt i världen för att se hur utländska dataföretag gjorde, tog till sig de bästa idéerna, for hem och satte dem i verket. Medarbetarna valdes med omsorg. Det krävdes rätt attityd, totalt engagemang och småbarnsföräldrar sållades bort. Spjutspetskompetens lockades skamlöst från andra företag genom oemotståndliga förmånsavtal. Efter ytterligare fem år var omsättningen 2 miljarder, men Anders var uttråkad och ville vidare. Han sålde sin del och skapade istället sitt framgångsrika investmentbolag.

Vid det laget hade han sedan länge glömt var resan en gång startat och varför han gett sig iväg. Minnet av Katarina var ett av många, en gammal flamma han haft en gång som tydligen gift sig med en Magnus Bergman och som drev något litet förpackningsföretag i Huskvarna.

Om hon någonsin ångrat sig visste han inte, och få saker intresserade honom mindre.

KAPITEL 6

Klockan var halv nio och nattens hotellgäster hade fått sin frukost och checkat ut. Emelie hade åkt iväg med bussen och huset var tomt och tyst. Inga nya gäster väntades och dagen var fri att använda som hon ville. Kanske måla färdigt i nummer tolv eller sätta kakelfog i något av alla badrum. Hon kastade en blick mot komihåglistan men blev sittande med kaffekoppen vid arbetsbänken. Nog fanns det att göra, men först skulle hon äta sin frukost.

Ivrig fågelsång letade sig in genom fönsterspringorna och lockade henne till fönstret. Ljudet var nytt för året och bar bud om vår. Därute hade tjälen gått ur jorden och smältvatten droppade från uthusens tak. Morgnarna hade äntligen blivit ljusare. Isen låg blågrå över sjön och nu sjöng den inte längre om nätterna. Envist klamrade den sig fast vid strandkanten, för var dag som gick med allt svagare grepp. I sammanbiten tystnad pågick striden mot vattenytan, som hade isen glömt alla forna förluster, då våren till slut valt sida och låtit vattnet bryta fram och täcka sjön med glitter.

Hon mindes barndomens vårar i Vällingby. De där första kvällarna, då ljuset dröjde kvar och vinterskorna byttes mot lätta gymnastikskor, hur hon rusat nerför trapporna befriad från vinterns tyngd. Ljudet från gummisulorna i gruset. Hur barnen samlades på asfaltsgården, klädda i alltför tunna jackor som otåligt letats fram ur vindsförråden. Doften av uppvärmd värld och den kyliga kväll som blev kvar då solen gått ner bakom hyreshusen. Aldrig var livet så nära som då, aldrig så fyllt av förväntan. Det var som om själva hoppet tog sats, blint för alla hinder. Den stundande sommaren förvandlades med ens till ett enda pirrande löfte.

Den här gången var våren mer välkommen än någonsin. Hon tänkte ibland att om det bara gick ett år skulle allt kännas bättre. En höst och en vinter var snart överstökade, nu fattades en vår och en sommar och sedan skulle alla datum ha passerats. "Som vanligt" skulle bli den nya tillvaron. Hon och Emelie skulle kunna säga "förra året gjorde vi" och om de ville kunna göra samma sak igen. Nya traditioner behövde skapas där ingen längre saknades.

Några hundra meter bort på andra sidan vägen låg Anderssons gård. Helena såg dörren öppnas på det högra boningshuset och Anna-Karin stiga ut på trappan. Strax intill låg ett nästan likadant hus och där bodde Anna-Karins lillebror Lasse med sin fru. Till gården hörde ladugård och några uthus. Under Helenas barndomssomrar hade gården varit i drift, ägd av den faster Helga som just dött efter åtta år på långvården. Sedan dess hade brorsbarnen bott på släktgården, men så mycket spring mellan husen hade det inte varit. Anna-Karin hade inte mycket till övers för sin bror och särskilt inte för sin svägerska. Efter vad Helena förstått var känslorna ömsesidiga. Helena höll sig utanför konflikten. Hon var beroende av Lasses kunnande när datorn havererade och under vintern hade han hjälpt henne med snöskottningen. Men Anna-Karin var den hon kände bäst. Även om det fanns en drygt trettioårig lucka i deras bekantskap. Under barndomens somrar hade hon varit hennes bästa vän, från juni till augusti hade lekarna brett ut sig och Anna-Karin hade med sina fyra års försprång varit lika spännande som en äventyrsroman. Där hon drog fram uppstod alltid drama. Hon ägde förmågan att förvandla en vanlig omkullkörning på cykeln till en livshotande olycka, en främling i affären till en misstänkt mördare eller en upphittad benbit till ett stenåldersfynd. Med Anna-Karin vid sin sida blev alla upplevelser större och ibland när Helena hörde henne återberätta vad de varit med om kunde hon förundras över att så mycket undgått henne själv. Allt var lockande med Anna-Karin. Det hon hade ville Helena också ha, även om det i hennes egen ägo tappade sin tjusning. Likadana kläder, samma älsklingsfärg och lyckotal och David Cassidy som idol. Till och med dialekten hade hon lagt sig till med, men den hade hon snabbt tvingats överge för att slippa glåpord hemma i Vällingby. Mellan sommarloven brevväxlade de. Helena pantade flaskor och sparade ihop till vackra brevpapper med bilder av hundar och katter. Omsorgsfullt skrev hon ner sina tankar för att kunna dela dem med Anna-Karin. I Vällingby fanns det ingen som hon och varje morgon rev Helena bort ett blad från almanackan för att kunna se hur tiden krympte fram tills de skulle ses. Väggen över hennes säng var tapetserad med David Cassidy, trots systerns hånfulla kommentarer från andra sidan rummet om att hon aldrig ens hört honom sjunga.

Med barnets oförmåga att begripa tidens gång hade hon stått alldeles oförberedd den sommaren då allt var över. Den som skulle bli hennes näst sista som sommarbarn. Hon hade varit elva och Anna-Karin femton och redan vid första anblicken hade hon insett att ingenting skulle bli som förut. Helena hade anlänt med tåget dagen innan, men ingen Anna-Karin hade dykt upp. Först framåt kvällen nästa dag blev hon lockad till fönstret av knattret från en moped. Där utanför hade hon sett en ung kvinna med bröst och smink och armarna om midjan på en tonårsfjunig pojke. Instinktivt hade hon förstått att hon var utbytt. För Anna-Karin var barndomens lekar över och Helena hade vilset irrat runt den sommaren i sorg över vad hon förlorat. Hon hade gått till de platser där de förr alltid lekt och plågat sig själv med orden: Aldrig mer. Vid förlusten av det enda i tillvaron som verkat förutsägbart hade det till och med hänt att hon längtat hem. På avstånd hade hon beundrat sin Anna-Karin. Inte bara vacker i hennes ögon utan ständigt omsvärmad av knattrande mopeder. Några gånger hade hon kommit förbi, tjuvrökt genom fönsterspringan i Helenas rum medan Helena andäktigt fått ta del av erfarenheter hon själv bara läst om i "Mitt livs novell". Efterföljande sommar hade mopederna gett upp kampen om Anna-Karin och blivit utkonkurrerade av traktens raggarbilar, och under Helenas sista sommarlov på Lindgrens gård hade de inte träffats alls.

Trettiotvå år hade gått sedan dess. Nu stod hon i samma köksfönster och såg Anna-Karin närma sig, numera en lätt överviktig kvinna som dolde sitt grånade hår med Schwarzkopfs *Brilliance Kastanj*. De hade inte återsetts sedan barndomen den dagen då hon och Martin flyttat in. Anna-Karin hade fått presentera sig innan Helena förstått att det var hon. Hon mindes Martins ögonkast. *Är det här den där Anna-Karin som du har berättat om, hon som var så vacker och så ouppnåelig?*

Det hade tagit tid för Helena att ta in den nya bilden och även att återvinna hennes förtroende. Anna-Karin hade till en början förhållit sig avvaktande, betraktat henne på håll, kommit förbi någon gång för att förhöra sig om deras hotellplaner, vilka de snart förstod inte välkomnades av alla i trakten. Att vara stockholmare sågs närmast som ett lyte och Martin hade lidit mer av utanförskapet än hon själv. Komma där från Fjollträsk och öppna hotell på Lindgrens gård. Helena hade haft lättare att bli accepterad, hon hade ju ändå varit där som barn och säkert fått med sig något som var vettigt, men det där med hotell hade länge betraktats med misstänksamma blickar. I månader hade de gjort sitt bästa för att övertyga omgivningen om att de inte såg sig som förmer. Till slut hade de blivit accepterade.

Men riktiga Norrlänningar kunde de förstås aldrig bli.

Försiktigt hade hon och Anna-Karin närmat sig varandra. Trevat efter beröringspunkter de båda begrep sig på, men många var de skillnader som skulle överbryggas. Deras liv hade tett sig så olika. Under de år som gått hade Helena rastlöst flängt fram, gått gymnasiet, varit aupair i Frankrike, bott utomlands några år och sedan åkt hem för att utbilda sig till civilekonom. Gjort karriär och till slut haft ett cv som gjort att arbetserbjudanden haglade. Anna-Karin hade blivit kvar på orten. Fått sitt första barn som artonåring och sedan var man ju fast, som hon uttryckte det. Två skilsmässor fanns i bagaget och efter det stod inte karlar särskilt högt i kurs, även om hon med jämna mellanrum gick ut och dansade. Deras relation hade tagit ny fart sedan Martin återvänt till Stockholm. Då hade temat skilsmässa och svekfulla män blivit en ny kontaktpunkt. En ny samhörighet hade uppstått, för det var så det var med Anna-Karin. Hon var ett bättre stöd i motgång än i medvind, eftersom hennes fallenhet att älta bekymmer vida översteg förmågan att glädjas över det som var bra.

Köksdörren öppnades och Helena hörde henne kliva in i farstun.

"Halloj!"

"Hej, kom in." Helena tog fram en mugg ur skåpet. "Det finns nybryggt kaffe."

Anna-Karin stod i dörröppningen och drog av sig skinn-stövlarna. Alltid med lite klack, oavsett väderlek, och oftast brunfärgade av lera. Hon gled i sina arbetstofflor och steg in i köket. "Det töar."

"Visst är det härligt. Nu kanske vi äntligen kan få lite vår."

"Det dröjer nog, än har vi inte sett allt av den här vintern. Det kommer snart att snöa mer."

Helena slog mjölk i kaffet och la i en sockerbit, så som Anna-Karin ville ha det. De satte sig vid bordet och Anna-Karin rörde i sin kopp.

"Ja, så var hon borta då."

Helena nickade. Hon hade bara vaga minnen av Helga Andersson. Mindes henne som fåordig och idogt arbetande och ganska ointresserad av Anna-Karins förehavanden, trots att brorsdottern spenderade mycket av sin tid på gården.

"Nu blir huset äntligen ditt, det som du har väntat på i alla år."

Anna-Karin fnös. "Det har vi inte sett än. Jag ger mig fan på att Lisbeth ställer till med problem nu när vi äntligen ska skifta gården. Och Lasse den toffeln säger väl som vanligt inte emot."

Lisbeth var svägerskan, den som Anna-Karin inte tålde. Helena hade aldrig riktigt begripit var konflikten startat och hade noga aktat sig för att blanda sig i.

"Det vet du ju inte än, det finns väl inte så mycket att bråka om. Det är väl bara att dela tomten på mitten och lagården har du väl ändå inte så mycket användning av, om nu Lasse vill ha den."

"Säg inte det."

"Vad ska du med den till då?"

"Ja, det är ju en fin lagård, man vet inte om man kommer ha nån användning för den nån gång i framtiden. Nä, det här arvskiftet kommer inte bli så enkelt som du tycks tro." Anna-Karin gick fram till fönstret och öppnade en glipa, tände en cigarett och blåste ut röken. "Men det är inte lagården jag tänker på i första hand. Det är kastanjen."

"Vilken kastanj?"

Anna-Karin nickade upp mot sin gård. "Men herregud, den kan du väl ändå inte ha missat. Den mitt emellan husen, det stora trädet. Dom säger att det är den enda kastanjen som finns så här långt norrut. Den står precis i mitten för jag var ute och mätte med tumstock en gång när dom inte var hemma. Men den ska vara på min tomt i framtiden, det är ett som är säkert, där kommer jag aldrig att ge mig."

Helena reste sig och ställde sin mugg i diskmaskinen,

slängde ett öga genom fönstret och betraktade det stora trädet. I perfekt symmetri sträcktes grenarna mot boningshusen i ett fåfängt försök att skapa harmoni.

"Men spelar det nån roll? Det syns väl inte mindre för att det står på Lasses tomt."

"Det ska stå på min, så är det bara."

Ibland kunde Helena tröttna på Anna-Karins svartsyn. Det var som om hon närdes av konflikter och därför aldrig undvek tillfällen att skapa nya. Men Helena var försiktig med att kritisera. Deras återförening som vuxna hade inneburit en omvänd maktposition som ingen av dem riktigt verkade veta hur de skulle hantera. Helena anade att Anna-Karin ibland kände sig underlägsen. Det avslöjades av små nålstick av elakheter, för en utomstående möjliga att uppfatta som lustigheter, men Helena trodde att de sprang ur behovet av att utjämna balansen. Och trots allt var hon tacksam för att Anna-Karin fanns, dels som en av få vänner, men också som ovärderlig arbetskraft. I synnerhet under sommarens högsäsong. Anna-Karin var sjukpensionär på halvtid för värk i nacken men den tid som återstod täckte gott och väl Helenas behov av inhyrd hjälp. Få skulle acceptera den lön hon hade möjlighet att erbjuda. Därmed hade Anna-Karin tillskansat sig ett övertag som bottnade i Helenas tacksamhetsskuld.

Anna-Karin drog igen fönstret och gick och slängde fimpen i soppåsen. Helena följde hennes rörelser med blicken.

"Hur kom det sig egentligen att det var Helga och inte din pappa som ärvde gården?"

Anna-Karin ryckte på axlarna. "Pappa fick skog istället. Helga var ju elva år äldre och var den som stannade på gården när farsan började på Vägverket. När jag var riktigt liten bodde vi i huset som Lasse bor i nu, men sen flyttade vi till huset borta vid kyrkan. Du vet, där jag bodde när du var här om somrarna. Men jag tyckte aldrig om det där stället. Farsan dog ju redan åttiofem och sen när morsan dog så sålde vi. Jag längtade alltid tillbaka till släktgården." Hon gick fram till fönstret och såg mot sitt hus. "Jag vet inte varför vi flyttade därifrån, det var aldrig nåt som sas rakt ut, men jag tror inte morsan och Helga drog riktigt jämnt. Farsan blev väl trött på att alltid hamna emellan." Hon drack det sista ur sin kaffe-kopp och gick mot diskmaskinen. "Vi tar väl begravningskaf-fet här hos dig. Det verkar bli redan på fredag?"

"Det går bra."

"Vi ska träffa begravningsbyrån nån dag i veckan. Lasse skulle beställa tid och han räknar väl som vanligt med att jag ska kunna när det passar honom." Hon gick ut i farstun och drog på sig stövlarna. "Behöver du nåt från stan?"

Helena gick fram till komihåglistan.

"Proppar till elskåpet. Ta fyra förpackningar med tjugo ampere. Dom går hela tiden så fort det blir minusgrader och du påstår ju att det ska bli kallt igen."

Anna-Karin nickade. "Var så säker. Än har vi inte sett allt av den här vintern. Vi kommer snart få ge oss ut och skotta igen."

När Anna-Karin gått blev Helena sittande. Det fanns så mycket som hon borde göra att det var enklare att bara sitta kvar.

De första månaderna efter att Martin flyttat hade hon sekundvis glömt att han var borta. Spontana tankar som

När Martin kommer hem ska vi ta tag i… tills hon kommit på att han aldrig mer skulle vara inblandad. Då hade känslan av ensamhet blivit så tärande att hatet för en stund gett vika.

Men gråtit hade hon inte gjort.

Hon hade längtat efter en Martin som inte längre fanns, som om den som levde var en skenbild av den riktige. Hon hade tänkt att det varit enklare om han vore död, om hon kunnat sörja den som var borta istället för att undra vart han tagit vägen. I minnet hade hon sökt efter ledtrådar till när förvandlingen skett. Allt hon hittat var en uppförsbacke. Deras idé om hotellet hade sprungit ur trötthet och tristess, de hade båda längtat efter förändring och något slags lugn vilket de trott var lättare att hitta på landet. Tillvaron i Stockholm bestod mest av stress runt den dagliga ruljansen. Både hon och Martin hade jobbat heltid, oftast mer än så. När Emelie fötts hade de delat på föräldraledigheten innan det blivit dags för dagis. Därefter hade livet blivit ett evigt pusslande med arbetstider och hämtning och lämning, middagsbestyr och fritidsaktiviteter och sedan när Emelie börjat skolan med läxläsning och föräldraengagemang. Drömmen var att få rå sig själva. Slippa anpassa sig till arbetstider. Deras bekantskapskrets hade uttryckt avund över deras uppbrott och kallat dem modiga. Att de skulle hålla kontakten var självklart, några hade kommit på besök, men när vännerna hade semester hade de själva haft högsäsong. Numera blev det mest mejlade julhälsningar. Bara några enstaka vänner fanns kvar och nu när hon behövde dem visste hon inte längre till vem hon kunde ringa.

Kanske borde både hon och Martin mer noggrant ha funderat över vad det var de sökte innan de gett sig av från det de ville lämna. Motvilligt hade hon tvingats erkänna att det mesta oförmärkt följde med, trots att omgivningen blev en annan.

Hon reste sig och gick till frysen för att ta fram en påse bullar. De skulle hinna tina tills Emelie kom hem. Helena hade bestämt sig för att locka in henne i sällskapsrummet där gästerna brukade dricka kaffe. De hade möblerat med antika sittgrupper som stod utplacerade runt små bord. Längs väggarna hade de byggt bokhyllor som fyllts med böcker köpta per hyllmeter. Helena tyckte själv att det var husets trevligaste rum. I eftermiddag skulle hon tända en brasa och alla små ljuslyktor och bjuda på varm choklad till bullarna. Hon skulle lägga plikterna åt sidan och försöka få igång ett samtal, göra en ansträngning för att få en inblick i Emelies tankar som hon numera inget visste om. Hon saknade symbiosen de haft, den som plötsligt bara varit borta.

Med bullpåsen i handen fylldes hon av den olust som ofta kom över henne så snart hon stannade upp. Emelie var det viktigaste, hon var beredd att göra vad som helst för hennes skull, ändå var hon ständigt jagad av dåligt samvete. Känslan av att det hon gjorde aldrig blev tillräckligt. Under åren som mamma hade det hänt att hon frågat sig hur många som skulle våga skaffa barn om de till fullo begrep vad det verkligen innebar. Från ögonblicket då hon känt Emelies första fjärilslika rörelser hade hon instinktivt förstått att livet var förändrat, att något större än hon dittills upplevt växte till sig och tog form. I samma stund hon mötte blicken på den mystiska varelse som sprängt sig fram ur hennes kropp hade hon lovat att bli den mamma hennes egen aldrig förmått bli. Kärleken hon kände var ändlös, ogrumlad, hon älskade sitt barn såsom hon aldrig älskat förr.

Allt var hon beredd att göra och allt skulle hon vara villig att försaka.

Hennes dotter skulle aldrig behöva ta ansvar för att det fanns mat på bordet, ängslas om natten över att mamma var borta eller torka spyor vid hennes säng. Aldrig behöva ljuga ihop bortförklaringar för grannar och lärare eller tvätta upp familjens skitiga kläder i handfatet. Aldrig vara rädd för en halvklädd främling vid frukostbordet och samtidigt be till Gud att han skulle stanna bara det gjorde mamma glad. Aldrig sitta vid kamraters middagsbord och låtsas att det var hennes egen familj.

Som mamma skulle hon få chansen att göra allting bra. Den här gången skulle det bli helt, hon och Martin skulle finnas där för Emelie och tillsammans bilda en normal familj.

Det var löftet hon gett sin dotter den dag hon föddes, och som hon dyrt och heligt lovat att aldrig bryta.

KAPITEL 7

Den 8 november år 1895 befann sig professor Wilhelm Conrad Röntgen i sitt laboratorium på universitetet i Würzburg. Ovetande om sin kommande ryktbarhet hade han sedan en tid studerat fenomen i elektriska laddningar. Denna regniga kväll fick han idén att klä in ett lysrör i ljustätt papper. Föga anade han att infallet skulle revolutionera läkarvetenskapen och ge honom Nobelpriset i fysik. När han kopplade elektricitet till röret flimrade det till på en fluorescerande skärm intill honom. Driven av vetgirighet satte han handen framför strålarna och fick till sin häpnad se sitt eget skelett. Därmed var X-strålarna upptäckta, vilka senare skulle döpas om för att i framtiden bära hans namn.

Detta begrundade Anders när han 115 år senare låg inrullad i resultatet av uppfinningen. Han var numera ägare till pennan professorn använt då han skrivit ner sin upptäckt och därför hade han läst in sig på ämnet.

Skikt efter skikt av hans hjärna undersöktes och för ett ögonblick drabbades han av tvångstankar. Inte i rädsla över att den brummande apparaturen skulle avslöja en svullnad eller blödning, utan inför risken att den kunde registrera de funderingar som for omkring i det som röntgades. Han försökte sluta tänka men som vanligt fortsatte verksamheten utan hänsyn till hans vilja. Vad var de gjorda av, dessa tankar, lika påtagliga i hans existens som de beståndsdelar Wilhelm Conrad Röntgen visat var möjliga att fotografera? Var i kroppen fanns medvetandet och vart tog det vägen den dag de delar som gick att röntga skulle återlämnas till planetens kretslopp?

Det var tankar av detta slag som trängdes i hans hjärna medan den studerades av sakkunniga på en monitor. Han hade redan ringt och beställt en hyrbil, fast besluten att ta sig därifrån så snart undersökningen var klar.

Huvudvärken hade lättat. Omgiven av den roterande cylindern slöt han ögonen i ett försök att slappna av. Det surrande lätet var sövande. Sjukhuslukten hade gjort sig hemmastadd i hans system och var inte längre möjlig att förnimma. Han anade dock att det var den som lockat fram minnen ur vrår han sällan sökt upp. Under natten hade bit lagts till bit och bilder från svunna tider hade klarnat.

Som vuxen man hade han betraktat sig själv i den nioåriga kroppen, så aningslös om faran i hennes tilltagande utmattning. Som sjukdomar brukade skulle också denna gå över. Så som hon försäkrade då hon andfådd och med näven tryckt mot bröstet försökte förringa smärtan. Hur skulle han ha kunnat förstå? Deras lilla familj var hans värld, en absolut självklarhet, hon var själva navet som höll ordning på tillvaron. Med resoluta steg och fasta handgrepp tog hon tag i det som behövdes och med överseende ömhet lät hon hans pappa hållas då han avskärmad från verkligheten fördjupade sig i sina böcker om kvantfysik. Han var lärare i matematik och fysik och hans intresse för ämnena var genuint. Varje vardagsmorgon släppte hon av honom utanför Huskvarnas högstadieskola, på väg till sitt eget arbete som mellanstadielärare. Så att han säkert hittar dit, brukade hon leende förklara. Hon kunde skoja om hans tankspriddhet utan att för den skull göra sig rolig på hans bekostnad. Det fanns en självklar tillgivenhet, Anders såg dem sällan bråka. Hans fars beroende av henne var påtagligt. Hon var ankaret, den som höll kvar honom på marken och inte tillät att han fullständigt svävade bort i kvantfysikens mysterium. Hans pappa försökte delta i vardagsbestyren så gott han kunde, men med tummen mitt i handen var han sällan till hjälp då något gått sönder eller när något i huset behövde repareras. Tvärtom blev behovet av renovering oftast större efter hans försök och då blev han generad över sin klumpighet.

Han var ingen pappa som var road av fotbollsspel eller skridskoåkning eller andra sportiga övningar, men det hände ändå att han föreslog att de skulle göra sånt tillsammans. Anders tyckte det var roligt så länge ingen annan var med och såg.

Ibland skämdes han över sin pappas fumlighet och det var en känsla han inte tyckte om. För vad som inte syntes när hans far stapplade fram över isen var med vilken briljans han var kunnig om Schrödingers vågekvation, teorin om Higgsbosonen och Heisenbergs obestämdhetsrelation. Kvantfysiken var en värld Anders tidigt insåg var omöjlig att begripa och det var svårt att skryta om sin fars kompetens när han inte ens förstod den själv. Därför bad han en gång sin far att förklara.

"Du förstår Anders att klassisk fysik följer Newtons lagar som vi kan använda i den vanliga värld vi ser omkring oss, men när vi kommer ner på nivån som är mindre än atomen så stämmer dom plötsligt inte längre. Kvantfysiken öppnar dörren till en okänd värld eftersom den säger emot en hel del av det vi hittills har trott oss veta. Tiden och rummet, det mest grundläggande, upphävs på något vis att gälla i kvantvärlden."

Svaret gjorde inte Anders klokare och han avstod från att fråga vad Newton var.

Hans första minnen av hennes sjukdom var diffusa. Till en början uppfattade han inte hotet som hovrade över dem. Hon orkade mindre än vanligt och behövde ofta stanna upp och hämta andan, hon sov med kuddar bakom ryggen för att få luft. Men snart skulle hon vara pigg igen, försäkrade hon alltid när krafterna tröt. De naiva pojkögonen uppfattade inte ångesten hon måste ha känt när hennes hjärtsvikt började påverka njurar och lungor och hon blev allt sämre trots täta läkarbesök. Till slut blev hon sjukskriven. En oro smög in i huset, men till en början såg han inte sambandet med hennes sjukdom. Hon sa ju hela tiden att hon skulle bli frisk. Ändå låg hon oftare till sängs och det började låta underligt när hon andades. Ett rosslande ljud han inte vågade fråga om, ifall ingen annan än han hade märkt det. Dagarna gick men det var något som fattades. En vanlighet i vardagen. Alla rutiner luckrades upp och inget gick längre att förutse. Hon låg där i sin säng när han kom hem från skolan och hans pappa var mer disträ än vanligt och höll sig undan i sitt arbetsrum. Anders längtade till dagen då allt skulle bli som förr.

Han mindes ögonblicket då första sprickan röjdes i de bedrägliga ord hon lugnat honom med. En enkel fråga om vad det skulle bli till middag.

När han blev äldre hade han tänkt att det var här hennes ångest tog över. Oron över vad en framtid utan henne innebar för de två som skulle lämnas kvar. En nioårig pojke med en far med kunskap om subatomära partiklar men som bara hjälpligt förstod ett matrecept.

Hans fråga hade varit så oskyldig. Han var egentligen inte ens intresserad av svaret, han ville bara säga något han brukade säga, något som tillhörde det normala. Sprängkraften i hans ord hade han inte förutsett. Istället för att svara såg hon på honom med en blick han aldrig sett förut, och sedan bad hon med väsande andhämtning att han skulle hämta sin far. Anders ilade nerför trappan och fann honom djupt försjunken i sin läsfåtölj.

"Mamma vill att du ska komma."

Han reste sig genast och tillsammans skyndade de uppför trappan för att tvärstanna i sovrumsdörren. Med ansiktet gömt i händerna satt hon lutad mot kuddarna och grät. I ögonvrån registrerade han sin pappas reaktion och med ens blev det uppenbart, det han egentligen alltid vetat – därifrån fanns ingen hjälp att hämta, mot honom gick det inte att luta sig. Hans pappa blev lika skrämd som han av synen och Anders drabbades av en rädsla han aldrig förr hade känt. Om *hon* gav upp fanns det inte någon trygghet i tillvaron. Då var världen en farligare plats än de sagt och inget fanns som kunde skydda honom.

"Anders, kan du gå in på ditt rum en stund för jag behöver prata lite med din pappa."

Med bultande hjärta backade han undan, men istället för att lyda gick han in i badrummet och tryckte örat mot väggen. Allt han hörde var de egna hjärtslagen, det hade blivit tyst i sovrummet. Sedan hörde han henne tala.

Ingvar, det finns ingen mat i huset och din son är hungrig. Hur kommer det sig att du varje dag glömmer att vi måste äta middag?

Det blev tyst igen men efter en stund kom hennes röst tillbaka, förvrängd av gråt och tystare den här gången, därför kunde han inte riktigt urskilja vad hon sa. Det var åtminstone vad han intalade sig efteråt när han önskade att han inte hade tjuvlyssnat.

Lova mig Ingvar att åtminstone se till att han får mat. Det har blivit dags för dig att ta över för nu orkar jag inte längre.

De åt falukorv den kvällen. Falukorv och makaroner som hans pappa lagat. Ovetande om hur trött han i framtiden skulle bli på falukorv och makaroner berömde Anders hans matlagningskonst. Hans insats var ju bara tillfällig, det var bra att han tog ett större ansvar nu när mamma var så trött. Snart skulle allt bli som vanligt.

Hon hade ju lovat honom att bli frisk.

En timme och tjugo minuter efter att röntgenundersökningen var klar befann sig Anders återigen på den raksträcka där han dagen innan överlämnat sig åt ödet. Av olycksdramatiken syntes inga spår, platsen var åter en oansenlig bit motorväg. Om det inte var för huvudvärken som plågade honom skulle han kunna inbilla sig att olyckan aldrig hade hänt.

Det var mot läkarens inrådan han lämnat sjukhuset. Skall-röntgen hade gått bra, om man nu med bra menade att den inte påvisat några skador. Men då ingen anhörig kunde hämta och hålla honom under uppsikt ansåg läkaren att han borde stanna ytterligare ett dygn. Anders hade lovat att ta en taxi direkt till Sundsvalls station och ta tåget hem till Stockholm där han genast skulle kontakta sin läkare. Han hade fått ett litet kuvert med fyra värktabletter till hjälp mot huvudvärken under resan och detaljerad information om de symptom han kunde vänta sig. Därefter hade han tackat och sagt adjö och åkt raka vägen till en hyrbilsfirma. Att återvända till Stockholm med Norrlandsärendet ogjort var han inte säker på att han skulle uthärda. Därför satt han nu i en hyrbil på väg norrut och på GPS:en var koordinaterna till stugan med gitarren inknappade. Någon adress hade han inte fått, men grannen hade pekat ut platsen på en karta.

Det dröjde innan GPS:en befallde honom att ta av från E4:an. Ledsagad av den monotona rösten bar färden av ut på landsbygden. Tallarnas stammar rann förbi längs sidorna, skogslandskapet tycktes ändlöst, men så öppnades vidderna och blev ängsmark och himmel. Fjärran konturer av böljande berg i horisonten. I schatteringar sjönk skogklädda sluttningar ner mot älvar och sjöar. Här och var syntes kalhyggen som sår i landskapet, en jätte hade passerat och roffat åt sig en grabbnäve furor och lämnat marken i sorg. Han passerade små samhällen och en och annan enslig gård. Huvudvärken förvärrades av det bländande ljuset. Vårsolen strök över markerna i jakt på den snö som ännu låg djup där naturen lagts i skugga. Här och var tittade barmark fram, yrvaket färglös efter månader i mörker. Han färdades i en brunvit värld där rent av barren på träden tycktes grälla.

"Om sjuhundra meter, tag vänster."

Han ryckte till av rösten och såg på displayen. Svarta rektanglar låg utspridda framför honom, oregelbundet och på bägge sidor, ibland en bra bit ifrån vägen. Dessa skulle han passera innan pilen svängde av. Han lyfte blicken mot verkligheten och fick syn på klungor av hus i landskapet, små gårdar med långa uppfarter omgivna av öppna fält. En kyrka, en industribyggnad med skylten Bengts Mekaniska, en pil i trä med texten Rid & Vildmarkcenter. Skogen hade gett vika för bebyggelsen men tog fart igen bortom åkermarken. En buss stod vid vägkanten och en tonårstjej klev av och började gå mot en av gårdarna. Han passerade en emaljskylt med texten Lindgrens Hotell & Pensionat och blev efter ytterligare några hundra meter beordrad att ta vänster.

"Om en kilometer är du framme vid din slutdestination."

Anders flyttade instinktivt sin fot till bromspedalen, plötsligt osäker i sina föresatser. När bilen stannat tog han fram kuvertet med värktabletter och tog två för säkerhets skull, trots att läkaren sagt att överdosering inte skulle hjälpa. Han slöt ögonen och lutade huvudet mot nackstödet. Nu kände han illamåendet han blivit varnad för och svalde. Han var ju så nära, han skulle bara dit och försäkra sig om att det inte var Lucy, sedan skulle han åka hem och ... Plötsligt upphörde tankarna. Hans sinne blev blankt och han upplevde ett tillstånd av ro. Ett kort ögonblick var han tacksam. Sedan var tankarna igång igen och gjorde honom än mer dyster. Enda anledningen till att de äntligen upphört var att det saknats en självklar fortsättning.

Grusvägen framför honom var oplogad och gick bara att urskilja bitvis. Första stycket gick över en kuperad äng och försvann sedan in i skogen, där bara ett vidgat avstånd mellan träden avslöjade vartåt den bar. Av oro för att köra fast bedömde han att det var bäst att gå till fots den sista biten. De handsydda lågskorna av kalvskinn sjönk ömsom i lera och ömsom i blötsnö. Trots att han undvek den värsta sörjan kände han hur vätan trängde in. Svettig, men kall om fötterna, halkade han vidare. Ju längre avståndet blev till bilen, desto tydligare blev protesterna från hans kropp. Värken pulserade i huvudet. Med ens överväldigades han av den trötthet läkaren förutspått. Munnen fylldes av saliv och han spottade några gånger men illamåendet vägrade ge vika. Framåtlutad och med händerna mot knäna stannade han upp för att hämta andan, plötsligt ångerfull. Han var så van att genomdriva ett taget beslut. Pengar hade förmågan att undanröja de svåraste av hinder. Någons invändning var bara intressant som ett sista test för att bedöma hur angelägen han egentligen var. Den här gången hade han begått ett misstag när han struntat i expertisen. Med lågskorna djupt i snömodden förbannade han den envishet som visserligen givit honom en enastående karriär, men som nu drivit honom ut i skogen. Han mindes inte längre hur han tänkt då han bestämt sig, hur han trott sig förmögen att genomföra ett vettigt samtal.

I samma stund han skulle vända tillbaka hörde han en gren som bröts. Han stod alldeles stilla med blicken riktad åt det håll från vilket ljudet kommit. Mellan träden fick han syn på en man. I plötslig rädsla att bli upptäckt steg Anders in bakom en gran och vek en gren åt sidan. Mannen gick framåtlutad med ett knippe grenar på ryggen, här och var stannade han för att plocka ännu en som han med förvånansvärd smidighet svingade upp på ryggen innan han gick vidare. Anders bedömde honom vara en bra bit över sjuttio. Silvergrått hår stod som en sky runt huvudet, skägget nådde ner på bröstet där det vilade mot en mörkblå fleecejacka. Hans mörkbruna byxben var nerstoppade i svarta gummistövlar som vant tog sig fram på det förrädiska underlaget. Anders lät blicken skynda före i hans gångriktning och bara femtiotalet meter bort dök stugan upp mellan trädstammarna. Skogen hade krupit så tätt inpå knutarna att den varit svår att upptäcka.

Nu blev han villrådig igen. Han var ju så nära och kostnaden för ansträngningen krävde något slags utdelning. Vilopausen hade dämpat illamåendet och kanske hade tabletterna hjälpt en aning. Men att inleda ett samtal, i synnerhet med en främling, skulle överstiga hans krafter. Mannen närmade sig stugan och Anders kände sig som en smygtittare där han stod, vilket han insåg att han faktiskt var. Just då stannade mannen och vände sig mot hans håll. Anders släppte grenen och stod blickstilla.

”Hallå där!”

Rösten var vänlig men tilltalet så oväntat att Anders helt kom av sig. Han stirrade in i granen framför sig, alldeles tyst och alldeles stilla, djupt generad över sin belägenhet. För varje sekund han tvekade blev situationen än mer genant. Ändå stod han kvar, oförmögen att röra sig.

”Vad gör du där borta?”

När han hemma i våningen planerat sin Norrlandsresa hade allt tett sig enkelt. Själva bilresan hade varit det enda bestyret, därefter skulle han bara ta sig en titt på gitarren och om den fortfarande var intressant höja budet tills den var till salu. Stående bakom granen, med iskalla fötter och nersjunken inte bara i blötsnö utan också i ett svårhanterligt underläge kändes saken mindre självklar.

"Jag tänkte bara att när du nu ändå har tagit dig hit kunde jag ju bjuda på en kopp kaffe."

Anders svalde. Försiktigt böjde han undan en kvist och såg hur mannen vände sig om och fortsatte gå mot stugan. Som om synen av förflyttning bröt förlamningen lämnade han sitt gömställe och följde efter. För varje kippande steg försökte han återerövra sitt självförtroende. Han befann sig på kufens hemmaplan, det var sant, och möjligen var Anders honom underlägsen i skogterräng. Men i civiliserade sammanhang, och framför allt i förhandlingsteknik, var Anders den starke. Åtskilliga var de managementkurser han gått och nu plockade han fram sina lärdomar.

Förhandling är den process då man får det man vill ha från andra genom att ge andra det de vill ha. Blanda inte ihop människa och yrkesroll.

Särskilt det sista tog han till sig. Nu var det affärer som gällde. Han var där som affärsman och knäppte noggrant yrkesrollen ända upp i halsen.

Stugan hade en gång varit röd, så mycket gick att se, men hade sedan den varit enfärgad blivit lappad och lagad några gånger, till synes med det virke och den färg som funnits till hands. En liten glasveranda täckte halva framsidan. Några av rutorna var igensatta med papp och på fönsterlisterna hade färgen flagnat. En bräda var lutad mot ett av de pappförsedda hålen och Anders tänkte att det kanske var en kattingång. Längs resten av stugväggen hängde fågelholkar, fiskeredskap, flätade korgar, plasthinkar, ålderdomliga redskap och andra attiraljer vars användningsområde var svårbedömt. En stig var uppskottad fram till ytterdörrens lilla stentrappa och ur skorstenen steg blekgrå rök. Mannen hade försvunnit runt stugknuten. Anders följde efter. På baksidan fanns ett öppet vedskjul och där stod han nu och staplade de grenar och pinnar han hämtat i skogen. När Anders dök upp avbröt han sig och tittade upp.

"Jaså, där är du i alla fall." Anders log och tog de sista stegen fram. "Jag såg dig stå och trycka där bakom granen och tänkte att du kanske hamnat vilse eller så. Det går ju en vandringsled precis här borta så det brukar vara gott om folk på sommaren, men så här års är det inte många som har vägarna förbi."

Steg ett vid förhandling. Upprätta en relation med motparten, karaktäriserad av ömsesidigt förtroende och förståelse.

"Här ute i skogen har du det fint må jag säga. Det måste vara skönt att komma undan från det värsta stöket, här ute kan jag tänka mig att man får vara ifred." Han lät sig inspireras av grenen som las på vedtraven. "Och ved finns det också så det räcker ser jag."

Mannen tittade på stapeln. "Jo du, den här veden värmer tre gånger den. Först när man plockar och bär hem den, sen när man sågar och hugger. Och så förstås när man eldar men det begriper ju var och en." Han la upp de sista grenarna och strök av händerna mot fleecejackan. "En kopp kaffe ska du väl ha när du ändå är här. Verner heter jag."

Anders tog hans utsträckta hand där greppet var fast och huden torr och valkig. Han sa sitt namn och Verner höll fast en aning längre än brukligt. Han tittade på Anders som hade han fått syn på något sällsynt.

"Där ser man", sa han sedan som för sig själv och släppte taget. Anders tänkte att han kanske hade smuts i ansiktet.

Under tystnad gick de tillbaka till stugan. Verner först och Anders efter, och utom synhåll passade han på att massera tinningarna. Värken var mildare nu men långt ifrån borta. Vid ytterdörren möttes de av en svartvit katt som spinnande strök runt Verners ben. Han böjde sig ner och klappade den över ryggen.

"Du lilla katta, du har det bra du som bara begriper det som behövs."

Katten smet in i stugan när Verner öppnade och klev in. Anders blev stående nedanför trappen. Farstun rymde inte fler än en och Verner hade stannat upp för att dra av sig stövlarna.

"Kom in du, kaffet ska snart vara klart för jag har redan eld i spisen."

Stugan var inte gjord för att ta emot besök. Rummet där Anders stod var så fullbelamrat att möblerna med nöd och näppe gick att urskilja. Prylar och böcker var staplade från golv till tak och i den lilla gång som lämnats öppen blev det fotavtryck av Anders blöta strumpor. Lukten var en blandning av stekflott och terpentin och då och då kom en dunst av mögel. Först var han blind för detaljerna, men snart fick han syn på ting som förvånade i Norrlandsskogen. En afrikansk gudamask av trä hade pressats in på en kal väggyta och lutad mot boktraven inunder stod en ornamenterad bronssköld med japanska tecken. I ett gytter av glasburkar, lerkrus, plastbunkar och färgpytsar stod en halvmeterhög staty av Frihetsgudinnan. Överst på en av boktravarna balanserade en pärlemorskimrande snäcka, stor som skallen på ett spädbarn. Anders försökte förgäves lokalisera den säng där grannen fått syn på gitarren. Han blev stående vid en boktrave och ögonen föll på ett vackert inbundet skinnband. Han sträckte ut handen för att plocka ut det.

"Akta dig, hela huset vilar på den där." Verner stod i dörren med två omaka muggar i händerna. Anders besvarade hans leende. Steg ett artade sig bra. "Det är lite trångt, vi får gå in i andra rummet om vi ska få plats att sitta. Man har ju samlat på sig lite under åren."

"Ja, jag ser det, det är många fina saker du har. Den där ser riktigt värdefull ut."

Han nickade mot den japanska bronsskölden. Verner ignorerade påståendet och tvingade Anders framåt genom att närma sig i den trånga gången.

Det andra rummet blottade mer av sin golvyta men bara i jämförelse med det första kunde det betecknas som luftigt. Även här hade saker pressats in där minsta utrymme uppstått, men Anders upptäckte äntligen sängen. Dock såg han ingen gitarr. Det skapade genast ett problem eftersom han hoppats kunna ta sig en titt utan att behöva nämna sitt ärende. Att blotta graden av angelägenhet var en dålig startpunkt för en framgångsrik förhandling. Han hade inga tankar på att betala mer än nödvändigt.

Verner gav honom den ena muggen och bjöd honom att sitta ner på en stol. Anders betraktade koppen. Porslinet var brunt av ingrott kaffe och han drabbades genast av äckel vid tanken på att nudda med läpparna mot dess naggade kant.

"Tack", log han och slog sig ner på stolen.

Verner satte sig på sängen, läppjade på kaffet till synes

obesvärad av tystnaden som infann sig. Anders frös om fötterna och slöt ögonen en stund. Det tillstånd han försökt förtränga började göra sig påmint. Han skulle inte orka upprätthålla fasaden någon längre stund.

"Var kommer alla prylar ifrån? Jag menar en del ser inte ut att vara härifrån trakterna."

"Nä, man har ju rest en del. När man var yngre och dummare."

"Så det är från resorna det mesta kommer?"

"En del av det, det blev en del."

"Var har du varit nånstans då?"

Verner tog en klunk kaffe och ryckte på axlarna. "Fråga mig hellre var jag inte har varit. Jag var på sjön i många år."

Anders låtsades dricka lite kaffe. Nu var den pulserande värken tillbaka. "Vad är det finaste du har fått med dig hem då, jag menar har du nån särskild pryl sådär som känns extra speciell?" Katten hoppade upp i sängen och la sig tillrätta i Verners knä. Han strök den över ryggen med mjuka rörelser. Svaret på Anders fråga uteblev. "Själv har jag rest en del i USA och jag såg att du hade Frihetsgudinnan där ute så jag tänkte att du kanske också har varit där. Det brukar ju bli sådär när man reser, ibland dyker det upp nåt som man bara känner att man måste ta med sig hem som ett minne." Verner nickade. Sedan blev det tyst igen. Försöket hade gått om intet och Anders tidsfrist skulle snart gå ut. Nu kände han sig yr. Det fanns inte längre något val. "Du, jag har en granne som var här och åkte skidor för ett tag sen. Han berättade att han träffat en trevlig man i skogen som bjudit hem honom på kaffe och visat honom en fin gitarr. Det slog mig plötsligt nu när vi sitter här och talar om resor att det var väl möjligen inte du?"

Än en gång betraktade Verner honom med samma blick som vid vedskjulet. Sedan såg han på något strax bredvid och Anders motstod impulsen att vrida huvudet för att se vad det var. "Det borde ha varit i trakterna här omkring", framhärdade han, ängslig att även detta svar skulle utebli.

Verner nickade. "Det måste varit den där stockholmaren. Men inte kommer du från Stockholm? Du låter mer som du är från Göteborg."

"Huskvarna, men jag flyttade till Stockholm i början av åttiotalet, så det var dig han mötte då, har du kvar den där gitarren?"

Det sista slank ut av sig själv och lät alldeles för angeläget. Oron över att någon annan hunnit före hade tagit över tungan.

"Jo då, du menar Lucy? Hon ligger här och vilar sig."

Verner böjde sig framåt och drog ut en filt från golvet under sängen. Ett svart gitarrfodral dök upp och Anders följde det med blicken. På några ställen var kanterna avskavda och bygeln till ett av låsen var borta. Anders kände hjärtat slå. Känslan som drabbade honom var närmast erotisk. Han kunde inte fort nog få av fodralet för att se vad som fanns där innanför.

Han rös av klicket från låsen när Verner öppnade. Första anblicken av henne, nerbäddad i gyllengul sammet, fick Anders att dra efter andan. Nioåringen tog över och han hade inte gått någon managementkurs. En stund satt han alldeles stilla. Noga hade han studerat bilder på nätet och memorerat varje detalj. Plektrumskydd, stämskruvar, stallet, sadeln, volymrattarna och de infällda fyrkanterna av pärlemor längs halsen. Allt såg ut att stämma. Nu visste han inte längre om yrseln kom från hjärnskakningen eller möjligheten att Lucy befann sig i samma rum.

"Får jag hålla i den?"

Verner lyfte upp gitarren och räckte över den. Anders la henne i knät. När Lucy tillverkades hade hon varit guldfärgad men i början av sextiotalet blivit omlackerad och fått sin röda färg. Med fingrarna strök han över lacken i jakt på små hack och repor där guldet kunde skönjas. Han lyfte upp den och förundrades över hur vant det kändes. Trots alla år som gått sedan han rört en gitarr. Greppet vred tillbaka tiden, han kunde plötsligt känna spelglädjen, tillfredsställelsen, den vidunderliga känslan av magi när alla hinder övervanns.

Han tittade noggrannare runt plektrumskyddet där slitaget blev som hårdast. Vid anblicken av de guldfärgade strimmorna fick han lust att skrika av glädje men hejdade sig i sista stund, plötsligt påmind om sin åskådare.

"Du ser ut att tycka om henne."

Verner betraktade honom intresserat och Anders insåg sitt misstag. Hans öppna hänförelse skulle knappast gagna hans plånbok men han tröstade sig med att han hade råd med fadäsen. Den här gitarren skulle han ha. Resten var en fråga om förhandlingsteknik.

Steg två. Var tydlig med ditt eget önskade resultat. Locka fram den andra partens och pröva kongruensen.

Han hade ingen aning om hur mycket Verner begrep om värdet på gitarren, det var det första han måste utröna. Svaret skulle avgöra nivån på Anders första bud, det fanns ingen anledning att betala mer än nödvändigt. Den inställningen hade skapat hans förmögenhet och bara lekmän övergav ett framgångsrikt koncept. Han reste sig och la ifrån sig Lucy på sängen, satte sig igen och drog in luft, redo att påbörja förhandlingen.

"Du kan få henne om du vill."

Som om tiden plötsligt stannat blev Anders sittande med öppen mun. Kommentaren föll så långt utanför ramarna att ingen av hans kunskaper var behjälplig. Allt han gjorde var att stirra framför sig som om han inget hade hört.

"Ja, du kan få henne om du vill, gitarren, hon har nog längtat efter nån som förstår sig på henne."

Anders harklade sig och lyckades vinna lite tid. "Men ... jag betalar gärna för henne ... jag menar du kan ju inte bara ge bort den utan jag ska ju självklart betala lite ... jag vill gärna ha den men det är bättre att jag betalar för henne, lite, tycker jag nog."

Anders hörde sitt eget svammel och hans förvirring tilltog. I avsaknad av erfarenheter som ens påminde om stundens famlade han efter en lämplig strategi. Hur förhandla med någon som från början övergav alla regler?

Verner log och verkade med ens uppsluppen. "Du kan väl spela nåt? Det är knappt nån som spelat på henne sen hon kom hit och jag har mått så dåligt över det ibland. Musikinstrument är till för att bli spelade på men här har hon mest blivit liggande." Han slog ihop händerna. "Åh, vad bra att hon får komma till användning igen." Han tog Lucy om halsen och sträckte fram henne mot Anders. "Spela nåt, du som kan."

Med långsamma rörelser tog Anders emot gitarren. Tveksam greppade han runt halsen och strök försiktigt med högerhandens fingrar utmed strängarna, från sadeln ner över banden längs halsen och vidare mot kroppen. När handen nått stallet blev den liggande, snopen över att han avbrutit reflexen att börja stämma. Inför tvånget att spela mindes han inte längre glädjen. Bara att något gjort väldigt, väldigt ont.

Han kunde helt enkelt inte förmå sig.

Han la ner gitarren i knät. "Jag spelar inte."

"Va? Spelar du inte?" Verners förvåning var genuin.

"Nej, jag gjorde det förr men sen slutade jag."

"Ska du inte spela på den?"

Anders skakade på huvudet. Nu kände han sig spyfärdig och det var dags att ta sig därifrån. Han stack in handen mot innerfickan för att ta fram plånboken.

"Vad ska du då ha den till, om du inte ska spela på den? Nähä, då får hon allt bli kvar här hos mig och fortsätta vila under sängen."

Verner sträckte sig efter gitarren men Anders hann dra undan den. Inför hotet att gå tomhänt därifrån var han redo för ett nytt försök. "Okej, okej, jag ska spela nåt."

Verner rätade på sig och såg förväntansfull ut. Hans näve återvände till katten.

Oändligt långsamt la Anders gitarren till rätta. Handen darrade när den slöts runt halsen och fingrarna tvekade som skulle de röra vid eld. De mindes varje gömsle, varenda finger-ställning. De visste precis var ackorden fanns och hur man lockade fram dem. Som om tiden aldrig gått låg kunskapen kvar i hans händer, lagrad till ingen nytta under alla dessa år. Något vällde upp som värkte i halsen. Med ens kunde han känna hur oändligt mycket sorg han plöjt ner i instrumentet. En sån mängd att ingen mer till slut fått plats.

Han gav upp och la ner gitarren i knät. "Jag ska spela på den, sen."

"Nähä du tack, jag vill allt höra att du kan. Det här är ingen gitarr för klåpare inte."

Verner sträckte ut armen och grep om gitarrhalsen men Anders vägrade släppa.

"Jag köper henne av dig."

"Hon är inte till salu."

"Jag betalar hundratusen."

Verner fnös. "Vad ska jag med hundratusen till?"

"Okej, vi säger tvåhundra då?"

Verner drog tillbaka sin arm och gav Anders några sekunders respit. När svaret kom fanns en ny ton i rösten.

"Om jag inte har användning för hundratusen kan du väl begripa att jag inte har användning för dubbelt så mycket. Nähä, nu har jag annat att göra."

Han lyfte undan katten och reste sig. Anders gjorde detsamma och den hastiga rörelsen förstärkte yrseln, han tog stöd mot stolens rygg och gjorde ett nytt försök.

"Lyssna på mig nu, Verner. Jag ska göra något jag aldrig har gjort förut, jag ska höja budet med fyrahundra procent på ett enda bräde. Du får en miljon. En miljon kronor Verner, för den där brädbiten med några strängar som du har liggande här under sängen. Det är en ganska bra affär, eller hur, det måste du ändå hålla med om?"

Nu kom något svart i Verners ögon, för sent insåg Anders sitt misstag.

"För mig, eller för dig?"

Några sekunder blev det alldeles stilla. Anders sänkte blicken och kände till sin förvåning att han rodnade. Verner var inte den enfaldiga kuf som Anders förutfattade meningar gjort honom till, hans fördomar hade lurat honom å det grövsta. Väl medveten om värdet på den gitarr han nu ömsint slog in i filten var Verner dessutom införstådd med att Anders försökt lura honom.

Han hann så långt som till granen innan värken i halsen steg upp och blev tårar. Något hade gått sönder, något de inte sett på någon röntgenplåt men som ändå var en förutsättning för hans överlevnad. Nio år gammal hade han reglat rummet till bottenlös sorg, nu brast alla lås med ett brak. Vettskrämd skyndade han mot bilen. Värken var inte längre samlad i hans huvud, den kom ur djupet, allt gjorde ont och han måste få lägga sig ner, ta en insomningstablett och rädda sig undan. Det fanns inga andra gömställen kvar. I vanmakt vacklade han vidare och genom tårarna såg han bilen och bortom den klungor av gårdar och hus.

Vagt mindes han skylten med texten "Lindgrens Hotell & Pensionat".

KAPITEL 8

Emelie hade kommit hem och Helena hade erbjudit henne bullarna och chokladen. Hon hade tackat ja men skulle först upp och göra något på rummet. Nog begrep Helena att det gällde datorn, men tordes inte be henne låta bli. Stunden var alltför skör för att riskera en konflikt.

I sällskapsrummet var brasan tänd och hon hade hämtat in fler ljuslyktor från matsalen. På bord och i fönstersmygar glimmade de som färgsprakande ädelstenar. Hon hade plockat fram de två stora kopparna med fat, de hon och Martin fått i bröllopspresent och som använts på födelsedagarnas frukostbrickor. Idag skulle de inlemmas i en ny tradition. Från och med nu var de Emelies och hennes koppar för särskilda stunder. Grädden var vispad och chokladen hälld på termos. Det var bara själva Emelie som fattades.

I väntan på hennes sällskap passade Helena på att gå ut i receptionen för att läsa sina mejl.

Från: Martin Berggren
Ämne: SVARA!!!
Till: helena@hotellindgren.se

Helena,

Nu får du väl ändå ge dig! Varför svarar du inte vare sig på mejl eller telefon???? Vi måste hitta en lösning på mitt umgänge med Emelie!! Vi har faktiskt delad vårdnad!

På sex månader har hon bara varit hos mig 2 helger, men jag vet att hon vill komma oftare men inte åker för att du inte vill att hon ska göra det och för att du snackar skit om mig. Varför tänker du bara på dig själv och inte på henne????? Du om någon borde veta hur viktigt det är för ett barn att ha bra kontakt med sina föräldrar! Om du fortsätter hålla på så här så tvingar du mig att kontakta en advokat. Varför gör du så här mot Emelie????? Du kan väl åtminstone svara?????!!!!

Martin

Helena ögnade igenom mejlet innan hon raderade det. Hans mejl anlände i allt stridare ström och tonen hade ändrats i takt med hennes uteblivna svar. Från att i början ha varit diplomatisk, på gränsen till undfallande, hade en tilltagande vrede smugit in mellan raderna. På senare tid hade den blivit öppet fientlig.

Vad henne bekom fick han använda vilken ton han ville.

Den första månaden efter separationen hade han inte visat sin dotter något större intresse. Han hade väl haft fullt upp med sin förälskelse och en ledsen trettonåring kanske skavde i idyllen. Därefter hade han varit desto ihärdigare. De hade inrett ett rum åt Emelie och ville ha ner henne till Stockholm varannan helg. Två gånger hade hon åkt, med biljetterna betalade av Martin. För Helena hade helgerna varit en plåga. Med tryck över bröstet hade hon tvingat sig igenom timmarna och fantasierna om vad de gjorde och om allt som sagts. Men mest tärde vetskapen om att Emelie umgicks med kvinnan som tagit hennes plats.

Hennes kropp hade gjort uppror i stum protest, som hade hennes sköraste del blivit anförtrodd till fienden.

Äntligen hemkommen hade Emelie varit tystlåten. Det var så mycket Helena hade velat veta. Hur de betedde sig mot varandra, hur deras lägenhet såg ut, hur tonen var emellan dem. Men hennes outtalade frågor förblev utan svar. Emelie berättade inget och den indignation Helena hoppats att få dela hade uteblivit.

Det hade gått tre månader sedan Emelies senaste Stockholmsbesök. Hon sa aldrig något om att åka igen och Helena drog slutsatsen att hon inte ville. En advokat skulle knappast hjälpa honom. Vid ett tillfälle, då Helena låtit sig skrämmas av hans hot, hade hon själv kontaktat en jurist som genast lugnat henne. Praxis var att barn över tolv fick välja hos vilken förälder de ville bo, och Emelie bodde bevisligen kvar hos henne.

Hon hörde hennes steg på övervåningen och gick ut i köket för att hämta grädden. Mejlet var raderat, men det han skrivit hängde envist kvar.

Hans anklagelse om att hon snackade skit om honom.

Påståendet var lika lögnaktigt som orättvist. Hon var noga med att gå undan eller sänka rösten om han kom på tal. Nej, dotterns avoghet var självförvållad. Men det var väl enklare att skylla på Helena än att behöva leva med sin skuld. Han hade ratat det han ledsnat på men trott sig få behålla det övriga. Att andra hade en annan vilja blev uppenbarligen en överraskning.

Hon blundade. Martins mejl skulle inte få förstöra nu när hon äntligen skulle få en stund i lugn och ro med Emelie. Med händerna runt gräddskålen drog hon ett andetag, genom näsan skulle luften in och djupt ner i lungorna, stanna där en stund och sedan sakta lämna kroppen. Hon hade läst i en kvarlämnad hälsotidning hur man gjorde. En artikel om att hitta sin balans. Där hade också stått att läsa hur man lärde sig att vara närvarande i nuet, men det hade inte framgått hur man skulle göra när nuet var det enda man var säker på att vilja överge.

Emelie kom nerför trappan och Helena gick med gräddskålen mot foajén. De möttes i entrén och Helena gav henne ett leende. "Gick det bra?"

"Vilket då?"

"Det du skulle göra."

Emelie ryckte på axlarna. "Gjorde det väl."

Därmed var detta samtalsämne uttömt och tillsammans gick de till sällskapsrummet. Helena ställde ner skålen på bordet och slickade bort grädde från ett finger. Hon såg på dukningen och tyckte själv att det såg mysigt ut. "Emelie, kan inte du lägga in ett vedträ till?"

Det fanns något hurtigt i hur hon sa det. Ett tillgjort vädjande. Om jämvikt skulle uppnås fick hon stå för dubbel entusiasm.

Emelie gjorde som hon blev tillsagd. Hon la in ett vedträ, lite halvhjärtat, inte några stycken för att förvissa sig om att brasan säkert skulle brinna en stund till.

"Varsågod. Kom och sätt dig."

Emelie slog sig ner vid bordet där Helena gjort i ordning, det vid de vinröda fåtöljerna som Helena visste att hon gillade bäst. Det var sånt hon fått veta förr när Emelie fortfarande haft vanan att berätta. När hon var yngre skulle allt graderas – den finaste fåtöljen, den vackraste blomman, den godaste maten. Ofta hade både hon och Martin tvingats utse favoriter på dotterns begäran, ibland inom områden de förut inte vetat var möjliga att rangordna.

Det var tyget på fåtöljerna Emelie tyckt om, hur lent det blev i handen när den gnuggades mot sammeten. *Nästan som elektrisk blir den, mamma, kom och känn!* Och Emelie hade dragit handflatan mot hennes kind, på den tiden mån om att de skulle dela allt.

Nu satt samma dotter i samma sammetsfåtölj, rummet var sig likt men Emelie någon annan. Den taniga kroppen hade fått former och håret som förr varit blont som Helenas var numera färgat i en lilasvart nyans. Hon hade gjort det utan att fråga om lov. För någon månad sedan hade hon bara kommit ut ur badrummet och sett lika främmande ut som hon kändes.

Tänk om hon vetat detta då, de stunder under Emelies barndom när hon trött och utarbetad längtat efter dagen då dottern skulle bli äldre och mer självgående. Nu önskade hon inget högre än att få tillbaka tiden då hon varit centrum i Emelies liv.

I samma ögonblick som hon hällde den varma chokladen i Emelies kopp hördes ljudet av en bil på gårdsplanen. Inte nu, hann Helena tänka, innan den djupa sucken kom från Emelie.

"Jaha, vem är det nu då?"

"Jag har ingen aning, det ska inte komma några gäster idag. Inga leveranser heller."

Det fanns ett försvar i själva tonfallet. Det var så många gånger de tvingats avbryta något för att plikten kallat. Emelie var i sin fulla rätt att bli besviken. Samtidigt var Helena så innerligt trött på att alltid känna anledning att be om ursäkt. Att all vaken tid tycktes impregnerad av dåligt samvete.

Emelie reste sig och gick fram till fönstret. "En snubbe i en Saab. Han ser ut att ha somnat."

Helena reste sig motvilligt, och mycket riktigt, det satt en man i en silverfärgad Saab på gårdsplanen, med ögonen slutna och huvudet lutat mot nackstödet. Synen tycktes göra Emelie nyfiken. "Vad håller han på med?"

"Jag vet inte, men han får sitta där. Kom nu så fikar vi."

"Men tänk om han är död?"

"Äsch, han är väl bara trött eller nåt. Han kanske behövde stanna och vila lite innan han kör vidare. Kom nu så sätter vi oss."

De gick tillbaka till bordet. Emelie sjönk ner i fåtöljen och Helena betraktade den hand som för några år sedan velat gnugga sig mot tyget, men som nu var sysselsatt med att pilla bort pärlsockret från en bulle. Det knastrade hemtrevligt från brasan och Helena ansträngde sig för att återta lugnet som bilen skingrat. Fånga in den uppmärksamhet som försvunnit ut genom fönstret till den eventuella hotellgästen.

Hon tog skålen med grädde för att servera Emelie som genast satte upp sin hand.

"Jag äter inte grädde."

"Va? Sen när då?"

"Sen länge."

Svaret fick Helena att dra undan skeden, hon hade först tänkt insistera men kom av sig. Hon konstaterade att Emelie ofta valde svar som tog exakt där det gick att misstänka att hon siktat. Än en gång hade hon påmint sin mor om hennes otillräcklighet. Att det fanns för lite tid för att orka minnas alla detaljer. Trots försöken att prioritera föll det viktiga bort ibland.

Emelie samlade ihop sockret hon fått bort från bullen och tömde handens innehåll på koppens fat. Helena betraktade hennes göranden men vågade inte fråga sedan hur länge hon inte åt socker.

"Du håller väl inte på att banta eller nåt?"

Hon hann aldrig få något svar. Just när Emelie skulle säga något hördes fotsteg på husets veranda. Strax därpå öppnades dörren och någon klev in i entrén. Helena tittade på Emelie, men hon hade blivit oåtkomlig. Tillsynes oberörd tuggade hon på bullen.

Helena reste sig. "Jag kommer strax. Du kan väl lägga in ett vedträ till om det behövs."

Emelie svarade inte och Helena skyndade iväg.

Mannen stod med ryggen till när hon närmade sig receptionen. En halvlång, mörkblå yllerock räckte ner till låren där två jeansklädda ben tog vid. Halvvägs upp mot knäna antog byxorna en mörkare nyans, som om han vadat genom vatten. Bredvid honom stod en rullväska av mörkbrunt skinn, liten nog att få ta med som handbagage på flygplan.

"Hej, välkommen."

Hon rundade disken och han gav henne en flyktig blick. Hon gissade att han var runt femtio, håret var brunt med gråa stråk längs sidorna. Han påminde henne om en arbetskamrat hon haft en gång och som lidit av pollenallergi. Om vårarna svullnade hans ögon och blev röda, det var som om hela ansiktet miste sina skarpa linjer.

"Har ni ett rum ledigt?"

"Vi ska se här, men det ska nog gå bra."

Hon tog på sig sina läsglasögon och knappade in sig till bokningen. Nog visste hon att där fanns rum, men det kändes bättre att ge sken av att behöva konsultera datorn för att kunna svara.

"Ska det vara ett enkelrum?"

"Det går bra med vilket som."

"Det är lite olika priser. Ett enkelrum med toalett och dusch på rummet kostar åttahundra, ett dubbelrum ettusenfemtio. Vill du komma undan billigare har vi rum med toalett och dusch i korridoren och då blir det ..."

"Jag tar ett dubbelrum med dusch och toalett."

Hon hörde snärten av ett kontokort mot disken och gav honom en hastig blick. Det var ingen talför man hon fått som gäst, men hon hade hunnit vänja sig vid alla sorter.

"Det går bra att betala vid utcheckningen. Är det en natt det gäller?"

Han nickade och plockade upp sitt kontokort. Helena vände sig om för att haka av nyckeln till ett av rummen på övervåningen.

"Då blir det den här vägen. Frukost serveras mellan klockan sju och nio här i matsalen till höger. Köket är tyvärr stängt i kväll för så här års har vi mest förbokade gäster. Om du vill kan vi ordna något lite enklare men tyvärr kan vi inte erbjuda à la carte."

Erbjudandet fick ingen respons, vilket retade henne. Den mänskliga rasen bjöd på en mångfald av beteenden, vidden hade hon dock blivit varse först som ägare till ett hotell. Några gäster gjorde avtryck. Det var de som frikostigt delade med sig av sin uppskattning för ställets charm och små detaljer, deras välvilliga inställning fyllde henne med stolthet och förnyad kraft. Så fanns det stora flertal som passerade obemärkt, de checkade in och fanns i huset någon dag eller två men föll sedan snabbt ur minnet. Den sista gruppen bestod av det fåtal som hon kallade för mörkermänniskor, de som sökte efter något att klaga på och sedan tog tillfället i akt att tömma sig på uppdämd ilska. Likt ringar på vattnet spred sig deras ord i dagar och förpestade, inverkade på hennes eget bemötande av andra människor.

Martin hade haft svårare än hon att acceptera alla dessa varianter. Själv var hon sedan barnsben en mästare i att jämka sig.

De gick uppför trappan. Varje gång hon gick där mindes hon sina barndomssomrar. Mycket i huset var förändrat men ljuden från trappstegen var desamma. De knöt ihop det nya med det gamla. Om hon blundade kunde hon låtsas att hon var på väg mot det lilla rum de gjort till hennes. Hennes barndoms enda egna rum. Hennes andrum.

När hon kom upp stannade hon och satte nyckeln i hotellrumsdörren.

"Om du vill ha hjälp med att boka nån aktivitet eller nåt upplevelsepaket så är det bara att säga till. Det finns en hel del att göra så här års. Ridturer på islandshäst, småviltsjakt, fiske. Det kan hända att dom fortfarande kör skotersafari eller hundspann, men det måste jag ringa och kolla i så fall, snön håller ju på att försvinna. Är det nåt du undrar är det bara att säga till, och tillgång till internet finns nere i receptionen." Orden liknade numera ett mantra. Hon steg in i rummet för att fortsätta. "Det ligger en extra filt och kudde i garderoben här och tv hittar du nere i sällskapsrummet till höger om ..."

Hon avbröt sig när hon märkte att hon var ensam i rummet. Förbryllad gick hon tillbaka ut i hallen och såg att han stannat halvvägs i trappan. Lätt framåtlutad och med nedböjt huvud stod han med båda händerna runt ledstången. Hon blev en smula osäker, frågan hur han mådde kändes för intim. Istället tog hon några steg ner för att ta hans väska men möttes av en avvärjande gest. Så blev de stående. Hon i obeslutsamhet och han med blicken ner i golvet. Till slut var hon tvungen att fråga. "Är allt okej?"

Han nickade. Med blicken bortvänd togs de sista stegen upp, hon såg tydligt att han gjorde det med möda. Ändå frågade hon inget mer, hans sätt fick alla ord att självmant vända om i tanken.

Hon blev kvar i trappan. Fundersam stod hon stilla en stund efter att han försvunnit in och dörren stängts.

I sällskapsrummet var det tomt när hon kom tillbaka. Uppgiven slog hon sig ner i fåtöljen där Emelie suttit, strök med handflatan mot tyget tills åtminstone den blev len. Emelies bulle låg på bordet och i den stora koppen var chokladen kvar. Hon fastnade med blicken i den öppna spisen. Elden hade falnat och mörkt orange kröp glöden runt i ljusgrå aska för att då och då få fyr på en bit kolnad ved.

Det föreföll numera som om allt hon företog sig mötte motstånd. Ingenting gick av sig självt eller i den riktning hon hade tänkt. Livets medgörlighet hade flyttat ut i samma stund som Martin. Nu krävde varje dag att hon utkämpade en strid. Hon upplevde ofta att tillvaron gick att likna vid ett provisorium. En nödlösning mellan det som varit och den framtid hon inte kände till. Det var omöjligt att blicka framåt då det inte fanns någonting att se fram emot. Det svåra var att uthärda ovissheten. Varje dag måste häftas fast vid något som kändes kontrollerbart, något *hennes* vilja kunde styra över eller välja bort.

Detta att inte ha fått komma till tals. Att beslutet tagits över hennes huvud för att sedan bara tvingas foga sig, trots att det gällde hennes liv lika mycket som hans.

Det hände att hon fantiserade om hämnd. Ett sätt att göra Martins liv lika tomt som han gjort hennes. Men eftersom han ratat henne var han svår att komma åt, han gick tryggt i lä för hennes känslostormar, skyddad av sin nya kärlek.

Hennes funderingar avbröts av en dov signal som ljöd över bygden. Sju sekunder långa ljudstötar med paus emellan. Viktigt meddelande till allmänheten. En uppmaning att gå inomhus, stänga all ventilation och slå på radion för att informeras om faran som förelåg. Runt om i Sverige brukade larmet testas några gånger om året, klockan tre första måndagen i månaden.

Hon mindes första gången de hört varningssignalen i byn. De hade just flyttat in, Martin hade tittat på klockan och hastigt rotat fram en radio ur flyttkartongerna. Det hade varken varit klockan tre eller måndag, men ingen hade berättat att andra rutiner gällde i trakten.

Vilket säkerligen ingen heller gjort för hennes nyanlände gäst en trappa upp.

Hon suckade och reste sig, inte särdeles villig att knacka på hans dörr. Men det var bättre att föregripa irritation, även om ansvaret för larmsignalen var allt annat än hennes.

Med armen lyft till knackning blev hon stående utanför hotellrumsdörren. Med sin avvisande hållning hade han markerat sin önskan att bli lämnad ifred. Men så ljöd signalen än en gång och gav handen skjuts mot dörren. Det var hennes plikt som hotellägare att åtminstone meddela att han inte svävade i livsfara.

Det tog en stund innan han öppnade. När han sent omsider dök upp i dörren var det tydligt att hon väckt honom. Täcket bars som en mantel runt kroppen, bakom honom var rummet mörklagt. Hon insåg genast att han inte hört ett dugg och att hon stört honom helt i onödan.

"Jag ber om ursäkt men jag skulle bara säga att du inte behöver bry dig om den där signalen, men nu ser jag att du kanske inte blev så störd som jag befarade."

"Vadå för signal?"

Hon fann situationen besvärande. Om han inget hört var det hon skulle säga enbart pinsamt, som om hon sökt ett svepskäl för att knacka på hans dörr. "Det var larmet om viktigt meddelande till allmänheten du vet, som staten vanligtvis sköter. Men dom har lagt ner det systemet härute på vischan så det är en privatperson som har tagit över anordningen. Han kör signalen ibland på eget bevåg när han tycker det är nåt allmänheten borde veta. En del av våra gäster har blivit oroade."

Nu såg han ännu mer förvirrad ut och drog handen genom håret. Täcket gled ner från ena axeln och hon slog undan blicken, till sin förvåning med ens generad.

"Jag ska låta dig sova vidare, jag ber om ursäkt om jag väckte dig."

"Jag förstår inte. Ska man slå på radio och tv då eller, för det är väl där själva meddelandet kommer?"

"Jo, så är det ju när det är på riktigt, men så avancerat är det inte här." Hon ville gå, men han stod kvar med en blick så tom att hon kände skyldighet att förklara. "Han sätter upp en lapp på anslagstavlan borta vid kyrkan, så är man mot förmodan intresserad får man ta sig dit. Men du kan ta det alldeles lugnt, jag har aldrig kollat själv men jag har förstått att det inte brukar vara särskilt viktigt, och då har jag nog tagit till i överkant." Hon log för att understryka det befängda. "Förlåt igen att jag störde. Du får säga till om du behöver nåt att äta framåt kvällen."

Han såg så ömklig ut att hon fick lust att fråga om hon kunde hjälpa till med något men tvekade så länge att det blev för sent. Självförtroendet var inte längre vad det varit, huvuddelen hade följt med i Martins flyttkartonger.

Hon började gå nerför trappan och hade hunnit halvvägs när han frågade: "Du, vad heter den där privatpersonen?"

"Det är ett original som bor en bit bort i skogen. Han är helt oförarglig men har sina små egenheter. Verner heter han."

Dörren gick igen och hon blev stående i trappan. Plötsligt fanns där lite tid hon inte visste vad hon skulle göra av. Hon såg mot dörren till privatbostaden, tänkte att hon borde locka med sig Emelie tillbaka ner till sällskapsrummet men orkade inte bli avvisad igen. Ibland var det enklare då de var på varsitt håll, när hoppet fanns om en vändning nästa gång de skulle ses.

Hon suckade och fortsatte ner.

I sällskapsrummet blåste hon ut ljusen och tog undan kopparna efter den särskilda stund som aldrig hade blivit av.

KAPITEL 9

I rum två låg Anders på rygg i sängen och stirrade i taket, oförmögen att somna om sedan kvinnan från receptionen knackat på och väckt honom ur hans drömlösa sömn. Han hade tagit en insomningstablett så snart han kommit in på rummet, dragit av sig kläderna och somnat, men efter att han blivit väckt hade tabletten tydligen gjort sitt. Sömnen hade det senaste halvåret utvecklats till ett andrum, det enda tillstånd då han inte led. Efter att ha hittat det gömstället behövde han tabletter för att ta sig dit, som blev han motarbetad av sitt eget medvetande.

Gardinerna var fördragna. Vårljuset bröt sig in genom gliporna, lika ovälkommet som en inbrottstjuv. Det kom från världen utanför. Den som pågick utan honom. Han hörde fåglars trägna lockrop likt fanfarer över existensens härlighet. En hälsning om att det var dags att fröjda sig nu när våren kommit för att ge allting liv på nytt.

För honom inget annat än en slutgiltig bekräftelse.

Känslan av att allt var meningslöst hade övergått i svartaste tröstlöshet. En ren fysisk smärta då ingen lösning fanns. Tid hade slösats i väntan på något som aldrig skulle komma. Han orkade inte trampa vatten längre, allt var ett lönlöst försök att dra ut på tid han ändå inte ville ha.

Något hade slutgiltigt gått sönder.

En tunnel hade öppnat sig till sorgens centrum. Oförmögen till motstånd sögs han rakt in i dess mörker. Där fanns allt han stoppat undan, allt han under åren sett till att aldrig få tid att sortera och rensa ut. Hans medvetande var förvandlat till en skadeglad bödel och nu tvingades han att stanna upp och erkänna sorgen. Den han alltid flytt undan.

Men tillräckligt fort kan ingen springa när jägaren bor i den jagade.

Aldrig tidigare i sitt liv hade han känt en större ensamhet. Han befann sig på ett hotellrum utan möjlighet att ta sig därifrån. I det skick han var i skulle han inte klara av att köra bil. Den etagevåning han upplevt som en outhärdlig bur framstod plötsligt som en livsnödvändighet. Han ville hem, bort, vidare, vart som helst bara det gjorde mindre ont. Någon måste rädda honom bort från detta slutna rum där det inte längre gick att komma undan. Vem fanns som kunde hjälpa honom? Vem stod honom så nära att han skulle våga blotta sig i detta tillstånd? Anders Strandberg, respekterad företagsstrateg och mytomspunnen finansman – nu en ynklig stackare som förlorat all sin självkontroll. Tanken ilade längs trådarna i hans noggrant tvinnade kontaktnät, idel inflytelserika personer som dock fanns där för andra syften än det stunden krävde.

Livet han levt hade gett mager näring för den sortens relationer.

Nio år gammal hade han insett faran med att räkna med någon annan än sig själv.

En månad hade gått sedan hon lagts in på lasarettet och hans hem var förvandlat till en främmande plats. Det mesta var sig likt för den som kom utifrån, om man bortsåg från sånt som fattades. Som tvål vid handfatet och hushållspapper i köket. Det var lite stökigare, och ibland fanns inga rena kläder, men i det stora hela såg det ut som förr trots att allting blivit annorlunda.

Det var något i själva luften. En ängslig tystnad hade flyttat in. De fåordiga samtalen höll sig på ett praktiskt plan, runt det som krävdes för att få deras påtvingade tvåsamhet att fungera. Fåordigt avklarades måltiderna och därefter gick var och en till sitt, utan att ett ord hade snuddat vid hans mamma. Från ögonblicket då de lämnade hennes sal på lasarettet fanns hon inte och först när det var dags för nästa besök blev hon till igen. I tiden där emellan måste mammaämnet undvikas, som skulle hennes frånvaro bli alltför tung om den också belastades med ord. Egentligen var det så mycket han ville fråga. Genom mörkret som omslöt hans pappa vågade han dock inte be om några svar. Numera var han också sjukskriven, men Anders visste inte på vilket sätt han var sjuk. Det enda han såg var att händerna skakade då de höll i besticken och att det kom dunster av annan lukt. Han hade gått och köpt en tvål men visste inte om hans pappa använt den. Om nätterna hördes hans steg i huset, trampande mellan rummen som om de sökte efter något som inte längre stod att finna.

Anders hjälpte till med det som måste göras, inget hände längre av sig självt. Ibland kändes tillvaron som om den delats upp i små bitar han tvunget måste hålla reda på. Det som förr hade skett utan hans medverkan var numera hans ansvar, om han inte påminde sin pappa var det mycket som glömdes bort. Han gick direkt hem från skolan och sa alltid nej om någon ville leka. Var han hemifrån tog skräcken över, det var tryggare att se med egna ögon att inget hänt.

Hans uppgift var att underlätta. Den egna oron gömdes noggrant undan, hans pappa kanske inte skulle orka mer om Anders visade sin ledsenhet. Till varje pris måste hans far stå stadigt, för föll han också skulle världen rasa. Insikten skrämde Anders från vettet.

För att jaga tystnaden ur huset började han lyssna på musik. Det fanns ett trettiotal skivor i bokhyllan i vardagsrummet och en efter en fick snurra på skivspelaren. Det var hans mamma som gillade Beatles. När musiken fyllde rummet kunde han låtsas att allt var normalt. Att hon bara gått ut i köket och snart skulle dyka upp med en kaffemugg och Smålands Folkblad och lägga sig på soffan och läsa.

Som hon brukade göra.

Tack och lov var situationen tillfällig, för Anders visste inte hur länge han skulle orka låtsas vara glad. Han begrep inte varför det tog sån tid för henne att bli frisk. Lika ofta som hon sa att han var duktig, lika ofta lovade hon att snart komma hem.

Varje kväll ristade han ett streck på väggen i sin garderob. Dels för att hålla räkningen på hur många dagar som gått sedan det vanliga försvann, ju fler det blev desto färre återstod. Men också för att ha kvar dem efteråt, ett hemligt bränn-märke över dagar som äntligen var över. Om han i framtiden blev ledsen skulle han titta på strecken och inse att han i jämförelse var glad. Han hade trott att en bräda skulle räcka, nu var strecken så många att han redan var inne på fjärde.

Det var dags för ett nytt besök. Varannan dag var det samma sak då de lagom till kvällens besökstimme tog bussen till Jönköpings lasarett. Den bruna Opeln stod numera oanvänd eftersom hans pappa saknade körkort.

Anders satt på sin säng och såg väckarklockan passera klockslaget då han borde gått nerför trapporna, tagit till vänster in i arbetsrummet och sagt att det var dags att ge sig av. Hans pappa skulle förvånat ha tittat på sitt armbandsur, skyndat upp ur fåtöljen och tacksamt bedyrat hur duktig han var. Ute i hallen skulle han ha rufsat Anders i håret och sagt att utan honom skulle nog inget fungera. Händelseförloppet var rutin i garderobsstreckens tid.

Den här gången satt Anders kvar. Inget hördes från undervåningen och han såg visaren smita allt längre bort från då de fortfarande skulle ha hunnit. De var nära nu, tårarna han inte vågat gråta, för så länge han var duktig var de lättare att svälja. Nu var han inte duktig längre och hade redan dåligt samvete. Ändå satt han kvar för nu ville han inte mer.

Han hatade besöken på lasarettet. Hatade sjukhuslukten som slog emot när de klev in, den som impregnerat hans mamma och tagit bort hennes mammalukt. Han hatade hennes uppsvullna kropp och blåa, nariga läppar. Han hatade munnen som alltid var öppen, flämtande och rosslande som höll hon på att drunkna. Hon satt där uppallad mot kuddar och leendet påminde om en tomtemask, lika konstlat och skrämmande, som fanns det där bara för att dölja något.

Han ville inte gå dit någon mer gång. Varför blev hon inte

bara frisk som hon lovade? Han *hade* varit duktig. Gjort precis allt hon bett honom om. Kommit i tid till skolan och gjort alla läxor och inte glömt gympapåsen en enda gång. Vid varje besök fick han beröm och som belöning en peng för att köpa någonting. Varför inte börja samla på något, kanske frimärken eller ishockeybilder?

Om du köper dig nåt ska du se att du blir glad.

I förrgår hade han fått nog. Det var när han stått med pengen i handen och det blivit dags att gå. Han hade plötsligt blivit arg på hennes lögner, att hon aldrig följde med hem som hon lovade. Vid besökstidens slut brukade han ge henne en kram. I förrgår hade han inte kunnat förmå sig. Hon hade lett sitt tomtemaskleende och med sina blånariga läppar sagt att det ingenting gjorde. Men i hennes ögon hade han sett något annat – han hade gjort sin mamma ledsen.

Inga varningslampor hade blinkat. Inget larm hade lösts ut. Stunden rymde samma slags sekunder som andra stunder. Ändå var det just detta ögonblick han skulle ångra mest under återstoden av sitt liv.

Valet han gjorde.

I alla år hade det skavt och vässats till en slipad egg som lurpassat farligt nära hjärtat. En oförsiktig rörelse och den kunde tränga in.

Han fick sin vilja uppfylld och behövde aldrig mer gå dit.

På natten, samma dag då han sett till att de missat bussen, dog hon i akut lungödem.

"Du är så duktig, Anders. Tänk att du inte grät en enda gång."

Hans mamma var den enda som legat i en vit kista med

röda rosor på. De andra mammorna hade suttit finklädda i kyrkbänkarna och deras barn hade sluppit gå på begravning. De var hemma och lekte istället. Barn skulle inte gå på begravning hade han hört mostrarna säga, de som kommit resande med tåg för att hjälpa till då allt ställts på ända. Bara han själv hade varit där eftersom det var *hans* mamma som skulle begravas, och nästan alla i kyrkan hade gråtit utom han.

"Det var skönt för henne att äntligen få slippa alla smärtor. Hon har det bra i himmelen nu. Hon sitter säkert på ett moln där uppe och tittar på dig."

Själv hade han fått lära sig att det var fult att ljuga, men vågade inte fråga om man ändå fick komma till himmelen. För ljugit hade hans mamma gjort när hon lovat honom att bli frisk. Han var dock inte säker på att man fick vara arg på någon som var död och låg instängd i en kista och vågade inte fråga om den saken heller.

I två veckor hade mostrarna stannat och under tiden låg hans pappa till sängs. Utom synhåll åhörde Anders mostrarnas bekymrade samtal som genast avbröts om han dök upp. Då tog deras uppmuntrande leenden över, allt skulle bli bra och kanske vore det lämpligt om han sysselsatte sig med något, så att han fick något annat att tänka på.

Dagen då de for var frysen fylld av färdiglagad mat, huset städat och tvättkorgen tömd. Nu var det dags för hans pappa att ta över och han reste sig äntligen ur sängen för att genast försvinna in i sina böcker.

"Du är så duktig, Anders. Tänk att du inte har gråtit en enda gång."

Som belöning för klanderfritt uppförande fick han en elgitarr i present.

KAPITEL 10

På Anderssons gård satt Anna-Karin i sitt kök och blickade ut över bygden. Hon hade unnat sig en liten paus i städbestyren och bryggt sig en kopp kaffe. Det var kläder som behövde sorteras, ett projekt hon länge tänkt ta tag i. Idag när många tankar kretsade runt Helgas död var det skönt att ha något för händer.

Radion stod på som vanligt. Ett lätthanterligt sällskap. Idag valde hon att stänga av den. Till de minnen som kom vällande var skvalet fel sorts ljudkuliss. Musiken var en annan då Helga i sin krafts dagar suttit där på andra sidan bordet, tittat ner mot vägen och ofta mot kastanjen som hon tyckt så mycket om.

Hela sitt liv hade fastern levt där på gården, ogift och barnlös hade hon tagit vid där Anna-Karins farföräldrar lämnat över. Anna-Karin hade ofta gjort sig ärenden förbi. I fasterns oföränderliga lunk var allting tryggt. De hade suttit där vid bordet och avnjutit sitt kaffe, sagt något då och då men oftast bara varit tysta. Helga var inte den som ställde frågor och många gånger i livet hade Anna-Karin varit tacksam över det.

Hon rörde i sin kaffekopp. Runtomkring henne var det mesta oförändrat. Helgas minne svävade över tingen, till och med över kaffekoppen. Nästan alla hennes egna saker hade blivit kvar i flyttkartongerna hon ställt på vinden då hon flyttat in. Hon hade funnit det märkligt. Att det mesta hon samlat på sig och som verkat så oumbärligt hade visat sig försumbart när det väl packats ner.

Hon blundade och lyssnade. Köksklockans pålitliga tickande. Fläderbuskens skrap mot ytterväggen.

Då som nu.

Bara Helga var för alltid borta och med henne en hel generation. En epok var över och plötsligt hade Anna-Karin blivit äldst.

Hon gick med den urdruckna koppen till diskhon. Sköljde ur och ställde den på tork. Så mycket disk blev det ju inte om man bodde ensam, men hon hade funderat på att köpa en liten diskmaskin. En sån som inte krävde att man byggde om utan gick att ställa på köksbänken. Köket skulle vara som hon mindes det, det var många barndomsminnen i inredningen. I de andra rummen var det lättare. Hon hade bytt ut Helgas gamla soffa mot sin egen, köpt en tv-bänk, bytt gardiner i de flesta rum och tagit med sina växter från lägenheten. Men mycket av Helga hade blivit kvar. Hon hade skyllt på att fastern ännu levde, men nu då hon var borta skulle hon väl packa upp och byta ut en del. Kanske be barnen hjälpa henne att tapetsera om några av rummen. Få bort heltäckningsmattor och slipa gömda trägolv. Men att driva allting själv var tungt och därför sköts det lätt på framtiden.

Hon suckade. Tänkte att det var en del som borde göras.

Vårsolen sken in genom gråa fönsterglas, den hinna våren alltid ärvde efter vintern. Det var dags för fönstertvätt, vilket var ett återkommande bekymmer. Mycket kunde hon göra trots värken i nacken, men att tvätta fönster hörde till undantagen. Värken var ständigt där men lindrades ibland av värktabletter. Läkaren hade sagt att hon skulle göra sjukgymnastik, men det var lätt för honom att säga som inte hade ont. Någon gång emellanåt gjorde hon övningarna men kände aldrig av någon förbättring. Helena ville skicka henne till en kiropraktor men Anna-Karin trodde inte riktigt på sånt där. Det var som det var med värken. Numera var hon van.

Förr hade hon bett sin lillebror Lasse om hjälp med fönstertvätt. Nu för tiden var hon rädd att hamna i tacksamhetsskuld. Då kunde Lisbeth kräva gentjänster. Ofta bestod de i Anna-Karins samtycke till någon av svägerskans idéer om nymodigheter i trädgården eller modernisering av gårdens hus. Det var ständiga diskussioner. Handlade det inte om att flytta rabatter eller bygga staket så var det något annat. Till den altan Lisbeth ville bygga hade Anna-Karin definitivt sagt nej, förändringen skulle skära sig mot hur det alltid varit. Det förpliktade att bo på en släktgård, men det var något Lisbeth aldrig begripit. I fem generationer hade den gått i familjen. Det var där deras förfäder levt sina liv i de hus som stod kvar, fastän de själva sedan länge var borta. Från barnsben hade hon och Lasse vetat sig vara nästa länk i det enda bestående, det deras anfäder kämpat för att kunna lämna efter sig. Nu var det deras tur att föra traditionen vidare.

Lisbeth kom från Luleå. Hon och Lasse hade bott däruppe i över tjugo år när Helga blivit sjuk och tvingats lämna gården.

Inget hade sagts rakt ut, men Anna-Karin misstänkte att Lisbeth varit ovillig till flytten och hellre stannat kvar i Luleå. Lasse hade väl känt plikten kalla. Eller också var han rädd om arvet.

Hon gick fram till fönstret och såg mot deras bostad. Ansvarslöst, tyckte hon att det var, det de gjort med huset. Ingen hänsyn hade tagits till att bevara. Lasse hade låtit Lisbeth hållas, hon som inte hade någon känslomässig bindning till gården. Väggar hade rivits. Kök och badrum blåsts ut. När Anna-Karin kommit för att titta hade hon känt sig som vilse i en nyutgiven inredningskatalog.

Hon hade lidit när hon såg byggcontainern fyllas av släktens minnen för att tömmas på närmaste soptipp.

Efter det hade samvaron varit kylig. Särskilt med Lisbeth. De försökte hålla hövlig ton men sökte inte upp varandra mer än nöden krävde. Viss kontakt var oundviklig. Men det var alltid Lasse som kom över om de ville något, oftast i samma ärende. För de förändringar de gjorde inne i sitt hus var det svårt att sätta stopp, men för sånt de ville göra utomhus krävdes Anna-Karins bifall. Ofta fick hon höra att två viljor stod mot en, men Lisbeth hade ingen del i arvet och var därför utan röst. Nu hade de begärt att gården skulle styckas i två vid arvskiftet, men om det var inte sista ordet sagt. Anna-Karin stod på släktens sida, de som inte längre levde och själva kunde föra talan. Lasse hade aldrig varit särskilt intresserad. Hon var så irriterad på honom för att han tog så lätt på deras släkthistoria. Irriterad och besviken.

Hon tittade på klockan. Flera gånger hade hon försökt få tag på både sin dotter och son för att berätta om Helgas död, till slut hade hon tvingats lämna beskedet på deras svarare.

Nu hämtade hon telefonen och slog sin dotters nummer till mobilen, inte till lägenheten, för där var det sällan någon som svarade.

"Hej mamma, vänta lite bara." Hon hörde dotterns röst på avstånd och sedan en bildörr stängas. "Så." Ordet kom i en utandning. "Hej, mamma."

"Var är du?"

"Jag sitter i en taxi på väg till ett möte, jag kom iväg lite sent så nu är det bråttom, ta höger här borta och sen Frejgatan."

Andfådd och med stress i rösten. Det var oftast så hon lät de gånger Anna-Karin ringde.

Hennes Susanna. Alltid på språng mellan det ena och det andra. Sedan nästan tio år bodde bägge barnen i Stockholm, levde sina egna liv och hade fullt upp med sitt. De hade flyttat redan efter gymnasiet, utbildat sig och båda hade välbetalda jobb. Det fanns all anledning att vara stolt, och det var hon också, men det var tråkigt att ha dem så långt borta. Det var inte ofta de hade tid att komma hem, särskilt inte sonen. Och de barnbarn hon hoppades få skulle bli stockholmare. Det var svårare att acceptera. Hon trodde inte det var bra för barn att växa upp i storstan med all trängsel, dålig luft och kriminalitet. Då var det bättre på landet där det var lugnt och tryggt och folk kände varandra. När det blev dags skulle hon försöka övertala dem att flytta hem.

Inget såg hon fram emot så mycket som att få barnbarn. Hon ville ha dem nära och kunna ställa upp och hjälpa till. Dessutom skulle barnen en dag ärva släktgården.

"Förlåt att jag inte hann ringa igår, jag hörde ditt meddelande om Helga, jag jobbade över och det blev så himla sent att jag inte vågade ringa, hur känner du dig?"

"Jo." Det var allt hon sa, för hon visste inte riktigt hur hon skulle sätta ord på det hon kände. "Begravningen blir nog redan i veckan."

"Blir det i helgen?"

"Nej, det tror jag inte, begravningar brukar hållas på vardagar. Troligen blir den på fredag."

Det blev tyst i luren. Bara bakgrundsbruset som kanske var från taxin hördes. Hon anade vad dottern tänkte. "Men det är väl klart att du får ledigt för en begravning. Det är ju din gammelfaster som har dött."

"Jo, visst, det är bara det att jag har så himla mycket just nu, det är flera möten inbokade varenda dag. Det är inte så lätt att bara ta ledigt när man är projektledare."

"Fast en begravning är ju ändå en begravning."

"Jo."

"Vadå jo?"

"Mamma, ärligt talat så kände inte jag Helga särskilt väl."

"Hon är din släkting. Räcker inte det?"

Hon hörde dottern sucka. "Det är väl klart att jag vill gå på begravningen, det är som sagt bara väldigt mycket just nu, du kan stanna vid porten där borta."

"Hallå?"

"Ja jag är med."

"Era kusiner kommer säkert ner från Luleå. Det skulle faktiskt kännas trist om dom kom och inte du och Niklas. Har du pratat med honom än?"

"Nej, David och jag ska dit ikväll. Jonas fyller år så det blir födelsedagsmiddag."

"Jaha, vad trevligt, du får hälsa honom så mycket och gratulera från mig." Jonas var Niklas lägenhetskamrat sedan några år. Så svårt som det var att hitta lägenhet i Stockholm var det en praktisk lösning. Anna-Karin hade träffat honom några gånger då hon varit nere på besök och tyckte att han verkade trevlig. Inte det minsta märkvärdig, trots att han var överläkare. "Hur mycket fyller han?"

"Trettiosju. Jag tror att han är bra för Niklas. Han är mycket gladare nuförtiden. Har du ett kvitto?"

"Ja, jag kan tänka mig att det måste vara skönt att slippa oroa sig för hyran hela tiden, så dyrt som det är där nere. Då är det ju bra mycket bättre att dela."

"Jag måste sluta nu mamma för jag ska in på mötet, jag ringer dig ikväll."

"Glöm inte det då."

"Tack. Nej, jag kan ta väskan själv. Hej då mamma."

Linjen bröts och någonstans långt bort försvann hennes dotter in på ett möte. Trettio år hade gått sedan Anna-Karin fött henne. Arton år gammal, men hennes ålder hade inte fått någon att höja på ögonbrynen. Det hade varit vanligt att gifta sig och skaffa barn i unga år, världen hade varit mindre och de flesta hade anpassat framtidsdrömmen efter ramen. Nuförtiden gällde andra seder. Att underkasta sig sitt öde var avskaffat. Den yngre generationen växte upp i tron att livet var ett smörgåsbord av möjligheter, tillgängligt för alla och att det enda bekymret var att välja rätt. Allt skulle väljas bort utom ett enda alternativ och tog det sedan emot bar de själva hela skulden. Det var inte konstigt att de var stressade och att inget någonsin var nog, för gömd i högen bland det ratade låg den fulländning de råkat missa. Ibland när hon lyssnat på sina barn kunde hon tänka att deras förväntningar på vad livet skulle erbjuda översteg vad som rimligen kunde begäras.

Hon gick ut i hallen. Passerade den oöppnade kartongen med datorn hon fått av barnen i julklapp. När de sett hur häpen hon blev hade de förklarat att hon borde ge sig ut på nätet. Dejta lite, som de sa, så att hon slapp vara så ensam. Den hade blivit kvar i sin kartong. Hon drog sig för att be Lasse om hjälp med installationen. Risken var stor att hon som tack skulle tvingas godkänna bygget av Lisbeths altan. Då fortsatte hon hellre låna Helenas dator på hotellet.

Hon gick upp för trappan. I sovrummet stod en fylld sopsäck med kläder hon redan hunnit rensa ut. Nu rev hon ny från rullen. Garderoben var fylld till brädden. Den gick längs ena långsidan av sovrummet och längst in hängde Helgas kläder kvar. Anna-Karin lät dem vara. Hon ville att de skulle hänga där, även om Helgas doft för länge sedan försvunnit.

Nej, det var bland det hon själv hängt in som hon behövde rensa. Varje gång hon såg kläderna blev hon bara påmind om förfallet. Först så oförmärkt, men en dag hade nästan alla kläder krympt. Några år efter fyrtio fyllda. Inget hade hon förändrat, hon hade ätit som hon brukade, men plötsligt var det som om kroppen börjat spara. När hon försökte banta tycktes den ana en hemlig list den inte tänkte acceptera. Som hemsökt av en okänd makt svällde allting över sina bräddar.

Några blusar fick hänga kvar och hon sköt galgarna åt sidan. Tvekade vid nästa plagg, en svart kavaj hon ofta använt. Efter att hon provat den fick den sälla sig till blusarna, hon kunde fortfarande ha den om hon lät bli att knäppa knapparna.

Nuförtiden skar sig spegelbilden mot den hon bar inom sig. Var gång blev hon lika beklämd. I sinnet var det mesta sig likt, men nu var det inhyst i kroppen hos någon som lätt kunde tas för en tant. Det äcklade henne att den som var hon hade gömts bakom rynkor och celluliter. Hon hade försökt med dyra krämer. Trots löften om "Total effect" verkade inte en enda rynka lida skada, som närda av ingredienserna vävdes nätet vidare.

Två år återstod tills hon skulle fylla femtio. Egentligen var det väl ingen ålder, men nog var det en del som aldrig blivit av och som numera kändes för sent. Hon tänkte ibland att mycket hänt av sig självt och bara blivit som det blivit. År hade lagts vid år utan att hon sett dem hopa sig. I efterhand var många av dem svåra att särskilja, tiden hade osynlig passerat utan att hon märkt att något försvunnit.

Hon mindes drömmarna hon haft som ung. Fantasierna om vem hon skulle bli och allt hon skulle göra. Ungdomens blinda självtillit. Livet hade legat utsträckt framför henne så oändligt långt att inget brådskade. Att inget välja var väl också ett val, men när det blivit dags hade för mycket ogjort lagts på hög. En hög hon nu kunde skjuta framför sig, ett skydd att huka bakom. Det fanns något motsägelsefullt i åldrandet. Rädslan tycktes växa ju äldre hon blev. Sånt som aldrig skrämt henne som ung var numera svårare att ta sig för. Som att resa ensam ner till Stockholm. Hittills hade hennes resor hört till undantagen. Även om barnen frågade ibland blev det sällan av att hon åkte. Barnens trånga lägenheter rymde inga gästrum, trots att de var lika dyra som en norrländsk herrgård. Det fick henne att känna sig i vägen. Dotterns karl var journalist och träffade så många spännande människor, visst var han trevlig, men vad hade Anna-Karin att komma med inför en sån som han?

En svart klänning försvann ner i sopsäcken. En av hennes

favoriter. Följsam som en andra hud och dyrare än hon brukat unna sig, med strassdetaljer känsliga för ljus. Hon kunde minnas hur hon känt sig när hon burit den. Med självklar säkerhet hade hon fått visa upp sin bästa sida.

Hon saknade uppmärksamheten. Den hon tidigt blivit van att väcka. När karlarnas blickar häftat fast och hon fått värja sig från ovälkommen uppvaktning. Om hon använt den särskilda blicken, den med en avsikt, hade hon vetat att den alltid blev besvarad. Livet hade varit roligare när det känts som om hon själv kunnat välja. Utan förvarning hade förmågan försvunnit. Blickar hon förr kunnat fånga gled plötsligt förbi, såg rakt igenom henne som om hon inte fanns. Förlusten var förvirrande. Hon hade fortsatt försöka men till slut fått ge upp. En av få arenor hon behärskat var inte längre hennes. Hon hade blivit osynlig.

Karlar hade kommit och gått i hennes liv men de blev färre och färre. Det var därför hon gick ut och dansade ibland även om inget längre var som förr. En ny generation hade tagit över dansgolvet. Egentligen skulle hon nöja sig med så lite. Hennes längtan gick till de där blickarna, de som en gång utnämnt henne till något speciellt. Hon ville att någon skulle hålla om henne, om så bara för en stund vilja röra vid den kropp ingen längre åtrådde. Numera dög det även om han var full, mitt i trängseln på ett dansgolv.

Hon kände suget efter en cigarett. Barnen hade tjatat på henne att sluta och visst borde hon, numera höll hon sig till tre om dagen. Den dag barnen sa att barnbarn var på väg skulle hon sluta helt och hållet.

Just som hon skulle öppna sovrumsfönstret fick hon syn på den silverfärgade bilen som stod parkerad vid hotellet. Den hon tidigare sett passera ute på landsvägen och ta av upp mot Kullmyran.

Alla från trakten visste att grusvägen så här års var oframkomlig, och mycket riktigt – när hon gått dit hade den stått parkerad uppe på Stenlägda. En hyrbil från Sundsvall hade hon fått veta att det var när hon ringt och kontrollerat registreringsnumret. Hon brukade göra det med misstänkta bilar, för hon hade läst i tidningen om ligor med utlänningar som drog fram genom Sverige och gjorde inbrott.

Den här bilen anade hon dock var ute i annat ärende. Hon la ifrån sig cigaretterna och hämtade telefonen.

"Lindgrens hotell och pensionat."

"Det är bara jag, vem var det som kom i bilen som står på gårdsplanen?"

"Du menar Saaben? En hotellgäst bara, han kom för några timmar sen."

"Vet du vad han heter?"

"Ingen aning, han dök upp utan att ha förbokat. Varför undrar du?"

"Den där bilen stod parkerad uppe på Stenlägda förut. Jag ger mig på att han har varit upp till Verner."

"Jaha, ja det är möjligt. Vad skulle han dit och göra menar du, dit brukar det väl inte åka så många?"

"Jodu, jag har allt mina aningar." Anna-Karin drog ut på svaret för att öka Helenas nyfikenhet. "Kullmyrstorpet hör ju hit till gården, det är vårt gamla kronotorp. Helga lät honom bo där uppe."

"Ja, det vet jag väl."

"Men det gällde så länge hon ägde gården det, nu kan vi äntligen få bort honom."

Helena sa inget och hennes tystnad gjorde Anna-Karin irriterad. Hon blev det ibland när deras olikheter märktes alltför väl. Som så ofta då hon sökte medhåll fick hon inget stöd. Det var mycket med Helena hon tyckte om, men även en hel del hon ogillade. Det mesta hade varit enklare under barndomen trots att det redan då funnits många skillnader. Helena hade varit det exotiska sommarbarn som dök upp strax efter skolavslutningen och som alla visste skulle återvända till ett avlägset Stockholm när sommaren var slut. Med en dialekt som hämtad från tv fantiserade Anna-Karin om hennes spännande vardag i storstaden – alla kända människor hon kunde möta på gatan, klädaffärerna med det senaste. Allt som för Anna-Karin var oåtkomligt hade Helena inom självklart räckhåll. Först i tonåren hade hon begripit att Helenas vardag kanske inte var så åtråvärd eftersom kommunen hjälpte henne därifrån när det blev sommarlov. Men inte med ett ord hade Helena berättat varför, varken då eller nu som vuxen.

"Vad ska du med den stugan till då? Är den inte ganska förfallen?"

"Jo, det kanske den är, men jag tänkte att jag skulle renovera den och ge den till Susanna och Niklas. Som ett sommarställe. Den ligger ju fint där uppe i skogen."

"Vet Verner om det?"

"Nej, men jag har väl rätt att göra vad jag vill med stugan. Nu blir den ju min."

"Lasse då? Vad tycker han?"

"Jag är säker på att han tycker som jag. Det är ju obehagligt att ha en sån där här i byn." Hon hörde Helena sucka och ilsknade till. "Allvarligt talat Helena, jag har hört dig säga flera gånger att dina gäster undrar över larmet som han håller på med. Det var ju igen alldeles nyss, hörde du inte det?"

"Jo, men ..."

"Du. Vi är många som vill ha bort honom härifrån. Det är inte bara jag om du nu trodde det."

"Nej, det är möjligt. Men är det inte lite väl drastiskt att bara kasta ut honom, vart ska en sån som han ta vägen?"

"Men det är väl knappast mitt problem. Det är väl inte första gången i världshistorien som nån behöver flytta. Jag tycker det är obehagligt att ha en sån som han boende så nära. Han bara dök upp för, ja det är väl nästan tio år sen nu och ingen vet var han kom ifrån. Men jag har minsann hört både det ena och det andra. Nån sa att han är gammal kåkfarare men jag har hört betydligt värre saker än så."

Hon satte cigaretten till munnen men hann aldrig tända. "Nåt fel är det ju på'n, det är väl ändå tydligt. Eller du kanske tycker det är normalt att hålla på så där, att alla ska bli störda bara för att han har fått för sig nånting?"

"Nej, det kanske det inte är men ..."

"Hur skulle det bli om alla bara gjorde som dom själva ville? Vi kan ju skaffa oss en sån där tuta allihop så får vi se hur länge du står ut. Man får faktiskt visa lite hänsyn."

Hon hörde Helena sucka igen och visste precis hur hon såg ut när hon gjorde det.

"Vad skulle det här ha med min hotellgäst att göra, menar du?"

"Jag tror han är advokat, ser du. Den där token är listigare än man tror. Ingen förstod hur det kom sig att Helga lät honom bo där uppe. Hon var ju annars rätt tvär mot främlingar som du kanske minns, han måste ha lurat henne på nåt sätt. Jag försökte prata med henne när hon fortfarande var klar i huvudet men jag tror att hon tyckte att det var för pinsamt. Hon ville väl inte erkänna att hon blivit lurad. Hon vägrade i alla fall prata om det."

"Men hon kanske tyckte det var okej att han bor där?"

"Nu är det jag och Lasse som bestämmer över stugan. Hur länge stannar den där advokaten?"

"Han har bara bokat en natt, så han åker väl i morgon."

"Ring mig när han äter frukost. Jag ska försöka få mig en pratstund med honom innan han ger sig av."

"Okej. Hej."

Helena la på och Anna-Karin tände äntligen sin cigarett. Det var så typiskt Helena. Precis som Lisbeth saknade hon gedigen känsla för bygden. Förstod inte när det verkligen var dags att hålla ihop. Anna-Karin var säker på att få stöd från många om hon vräkte Verner, men efter samtalet med Helena ville hon ta reda på exakt från vilka.

Efter ett sista halsbloss fimpade hon och stängde fönstret.

Sedan gick hon ner till köket för att hämta sin telefonbok.

KAPITEL 11

I samma ögonblick som Helena avslutade telefonsamtalet
drabbades hon av hjärtklappning. Inte av sådan som gav svagt
ökad puls, utan av den sort som kroppen tar till när något är
fel. Hon stod vid diskbänken i köket. Framåtlutad tog hon
stöd med händerna mot kanten. Lungorna drog efter andan
som efter en språngmarsch, djupa tag som hade köket tömts
på luft. Reaktionen var inte obekant, men många år hade gått
och trots att hon kände igen den blev hon skrämd. Andnöden
var identisk med den som drabbat henne under ångestnätterna
med Martin. Då i början, när hon skräckslagen försökt sking-
ra skuggorna. Och hon visste precis varför den var tillbaka.
För efteråt, när de flesta skuggor tvingats ut i ljuset hade en
Skugga lirkat sig ur hennes grepp och slunkit tillbaka in i
mörkret. Välbehållen hade den följt henne under alla år och
under samtalet med Anna-Karin har den hånat Helena som så
hjälplöst sprattlat i dess våld.

Rädslan för att göra någon arg. Att irritera någon, vara
besvärlig, bli tvingad att ta en konflikt. Det var Skuggans

förtjänst att hon blivit anpassningens virtuos. Den mästare hon var på att pejla av och skala bort sånt hos sig som kunde störa.

För den besvärliga kanske ingen skulle tycka om.

Hon hade nöjt sig med att få vara med.

Martin var den enda som trängt sig så nära att han med näsan mot rutan sett allt det fula. Det hon så ovilligt härbärgerade och som hon hoppades skulle försvinna om hon bara inte erkände att det fanns. Hennes feghet. Rädslan att inte duga. Avundsjukan på dem hon ansåg bättre. Ängslig att bli avslöjad försökte hon dölja det som i händerna på någon annan skulle bli ett slagträ mot bilden av den perfekta. Under alla år med Martin kunde hon inte minnas att de någonsin varit riktigt osams. Smidigt hade hon glidit undan om något blossat upp, parerat med följsamma rörelser och tigit om det hon egentligen känt. Hennes agerande efter separationen var alldeles nytt. För första gången hade hon väckt Martins vrede och uppenbarligen hade hon överlevt. I ärlighetens namn inte tagit konflikten, men åtminstone gjort sig väldigt besvärlig genom att vägra honom kommunikation.

Oförmögen att stilla sin andhämtning öppnade hon ett av köksskåpen och tog fram ett glas, fyllde det till brädden med vatten och sjönk ner på en av stolarna. Framåtlutad, med benen isär och armbågarna mot knäna blev hon sittande med huvudet i händerna.

Det var den där Ilskan hon alltid sköt åt sidan. Den hon känt under samtalet med Anna-Karin men som vanligt inte vågat visa. Med dessa osagda ord hade lagret blivit fyllt och drabbats av övertryck. Det Anna-Karin blottat var just den sida som Helena tvingats försvara inför Martin. Varje cell gjorde motstånd inför att erkänna att han haft rätt.

För Helena hade valt att blunda.

Hon ville tycka om Anna-Karin. Behålla bilden hon haft som liten nu när Anna-Karin skulle dela hennes liv igen och faktiskt utgjorde större delen av hennes vänkrets. Hon hade inte velat se Anna-Karins benägenhet att slå ner som en hök på människors tillkortakommanden, kritisera varje avvikelse och vanan att förlöjliga dem. Hon hade slagit bort föraktet Anna-Karin visade när någon bröt mot hennes norm. Även om det fegt kom sipprande som skitsnack bakom ryggen.

Ibland hade hon i tysthet begrundat hur det kom sig att Anna-Karin orkade ödsla så mycket energi på att reta sig på andra när hon var så ovillig att rannsaka sig själv. Men mest hade hon förundrats över hur enkelt hon uttalade orden, utan minsta eftertanke eller skuldkänsla, som om hon bara drabbats av en tvingande naturkraft. De flesta hon kände blev generade när deras fördomar röjdes. Men inte Anna-Karin. Hon tyckte det hon tyckte och var inte intresserad av någon vidare analys. Bögar var sjuka. Muslimer terrorister. Svartskallar lata och opålitliga och kom bara till Sverige för att utnyttja välfärdsstatens bidrag, det som vi svenskar slitit under generationer för att möjliggöra. Alla zigenare var tjuvar och avvikare som Verner var störande i största allmänhet. Allt var svart eller vitt och sorterbart i förutbestämda fack. Lagen skrevs av Anna-Karin och världen blev därmed enkel att hantera.

Martin, med sin sociologiutbildning, hade varnat för Anna-Karins beteende. Hävdat att det var hjärnor som hennes som skapade världens konflikthärdar. På kvällarna, om Anna-Karin sagt något särskilt dumt, hade han pedagogiskt förklarat att till och med folkmord hade sin grund i viljan att dela upp sig i "vi och dom".

"Det börjar med förlöjligande skämt, så där som Anna-Karin håller på, och ur dom får fördomarna sin näring. Ju fler som skrattar desto starkare blir vi-känslan och sen när skämten grott till åsikter börjar man ta avstånd från det man förlöjligar. Själv får man vara med. Dom som är annorlunda lämnas utanför. Så läggs grunden för all diskriminering och förföljelse. Man ska aldrig glömma att Tyskland var en demokrati när Nationalsocialisterna kom till makten, det var folket självt som röstade fram dom. Tendensen till vad dom ville fanns redan innan men det var först när dom fått makten som dom visade sitt rätta ansikte. Det är så här, Helena, att när man tror sig äga sanningen så blir man ond. Då slutar man ifrågasätta och börjar istället försvara den sanning man redan tror sig ha hittat."

Helena hade naturligtvis aldrig sagt hur trött hon under åren hunnit bli på hans utläggningar. Långa anföranden där han oombedd redogjorde för allt han visste. En beskäftig besserwisser som nedlät sig till att förklara sammanhangen.

Det var den av hans sidor som irriterat henne mest.

Nu skulle hon tvingas ge honom rätt vad det gällde Anna-Karin.

Han som aldrig mer skulle få ha rätt.

Hon hade inte velat erkänna det han påstått sig se – Anna-Karins position som självutnämnd fanbärare för bygdens trångsynthet. Vid varje påbud om förändring sprang hon runt i gårdarna för att hetsa ortsborna till resning. Oavsett om det gällde att bredda en väg eller ändringar i bussens tidtabell, bygget av en handikappramp i kyrkan eller anläggandet av en flyktingförläggning. Folk som inte funnit anledning att ta ställning blev skrämda av hennes osande argument och för att undvika osämja och utanförskap skrev många av dem på hennes namnlistor. Så uppstod en samhörighet med tydliga gränser mot allt som var nytt och obekant.

Och fäktade mest gjorde Anna-Karin.

När Martin blivit som mest irriterad hade han gjort klart att hörde han ett enda bögskämt till skulle han ta en öppen konflikt. Och Helena hade ilat likt en medlare, mån om att alla skulle hålla sams i deras dyrköpta landsbygdsidyll.

"Dom rädda skriker högst för att dölja sin egen rädsla. Lyckas man sprida den får man den gemenskap man så gärna vill åt för att slippa känna sig ensam."

Hade Martin villigt förklarat.

Och kanske var det därför Helena valt att fortsätta blunda. Bilden av hennes Anna-Karin, den beundrade och den hon velat efterlikna, var fortfarande den hon såg. Inte den på kvinnan som idag stod bakom receptionsdisken, högröd i ansiktet när hon famlade efter ord på knagglig engelska. För att efteråt kvickt förringa den utländska gäst som tvingat henne blotta sitt underläge.

I de stunderna fick Helena känslan av att Anna-Karin var rädd att förlora sig själv om hon tvingades överge en övertygelse. För det märkliga var att Anna-Karin ofta retade sig på egenskaper hon själv besatt, som blev igenkännandet henne övermäktigt.

Sittande med huvudet i händerna insåg Helena att kroppen krävde att hon erkände. Hennes forna överseende med Anna-Karins övertramp hade börjat skava på sinnesfriden. För bakom Skuggan hade hon hela tiden anat en förebrående röst.

Du är så pinsamt feg.

Det hade krävts många distraktioner för att slippa lyssna. Nu tvingades hon att höra på.

Anna-Karin hade i hög grad bidragit till Martins vantrivsel och hennes egen inställsamma likgiltighet hade väckt hans förakt.

Hon var bara så förtvivlat trött. Bit för bit föll tillvaron isär och Anna-Karins närvaro kändes som en utpost i sönderfallet. Hon fanns där som en trygghet tvärs över vägen och under den stundande sommarens högsäsong var Helena beroende av hennes tjänster. Det var då kassan skulle fyllas för att garantera överlevnad resten av året.

Men egentligen var allt bara undanflykter.

Vad som fattades henne var bara mod.

Genom fönstret såg hon mot Anderssons gård där kastanjen förgäves sträckte ut sina grenar mellan boningshusen. Släktgården som ägde Verners förfallna kronotorp. Originalet där uppe i skogen, om vem Helena inget visste men i hemlighet alltid beundrat. I sin vägran att anpassa sig hade han försuttit sin chans att bli insläppt i gemenskapen. Han hade fortsatt att leva som han behagade. Själv hade hon gjort allt för att bli accepterad, ängsligt sökt efter oskrivna regler och försökt följa dem hon funnit. Verner hade vägrat och hon avundades hans mod.

Hon anade en lögn, eller åtminstone överdrift, när Anna-Karin påstod att så många ville få bort honom från trakten. Som vanligt ville hon sprida sitt ansvar i en odefinierbar grupp. Helenas uppfattning var att bygden bar en överseende inställning till både Verner och hans larmsignaler. Att de sågs som en lokal egenhet det pratades om i lättsamma ordalag.

I övrigt märktes han inte utan höll sig mest för sig själv.

Men det var riskabelt att avvika för mycket från mängden. Det provocerade nedärvda beteenden från tider då gruppen säkrat sin överlevnad genom vaksamhet mot det obekanta.

Och särskilt provocerades tydligen Anna-Karin.

En stund satt Helena kvar med huvudet i händerna. Sedan reste hon sig och drog på sig gummistövlarna och en jacka för att ta en efterlängtad promenad.

Med dörren stängd och ryggen mot hotellet kändes det mer som en flykt.

Luften var mättad av fuktig jord. Solen sände dagens sista strålar över bergskammen. I öster kröp dunklet allt högre över sluttningen, ett urtvättat täcke drogs upp över skogen som täcktes av dova nyanser.

Hon valde vägen ner mot sjön, ovillig att ta risken att synas från Anna-Karins fönster.

Vid sjön tog hon till vänster, gick längs ängen medan gummistövlarna sjönk i stigens lera. Snön hade tagit sin tillflykt till spridda revir som ännu höll stånd mot barmarkens framryckning. I fjärran hördes hundskall. Hon gick på måfå bort mot kyrkan, utan egentlig mening eller mål. Först vid åsynen av kyrkogårdsmuren mindes hon Verners larmsignal och meddelandet som gick att hitta på anslagstavlan vid kyrkans parkering. Det hade förr aldrig blivit av att hon gjort sig besväret, nu styrde hon stegen dit för att ta reda på vad han ville. Med ens fick promenaden både riktning och mål, vilket kändes bättre än om hon bara slösat tid.

Det gick enkelt att se vilket anslag han satt dit. Mellan ett informationsblad om en träff i bygdegården och ordningsreglerna för kyrkogården satt två A4-sidor med maskinskriven text. Helena som lämnat läsglasögonen hemma tog ett steg bakåt för att kunna läsa.

DAGS FÖR ETT NYTT PARADIGM?

"Gud skapade jorden som alltings centrum och till herre över denna värld skapade han människan som sin egen avbild."

Detta påstående var i början av 1500-talet lika självklart som det är idag att jorden kretsar runt solen. Men vägen mellan dessa världsuppfattningar var längre än vi minns idag. Allt började med att Kopernikus, efter att i åratal ha studerat himlavalvet, insåg att det rent matematiskt stämde bättre om man istället placerade solen i centrum. Men att utmana den rådande världsuppfattningen var inget man gjorde ostraffat. Kopernikus tvekade med att offentliggöra sin upptäckt och väntade med att publicera sina teorier till året han dog. För säkerhets skull dedicerade han boken till påven, som dock inte lät sig imponeras. I tvåhundra år fördömdes och förnekades Kopernikus upptäckt.

De som genom tiderna fört vetenskapen framåt har alla haft en gemensam ståndpunkt: Det är endast genom att utmana de sanningar och uppfattningar som tas för givna som vi har möjlighet att lära oss något nytt.

Under mänsklighetens historia har vi levt i olika paradigm. Ett paradigm är den modell som styr vårt eget och det vetenskapliga tänkandet under en viss period – en uppsättning trossatser som i princip är omedvetna och aldrig ifrågasätts och som ligger till grund för vår världsuppfattning. Det tar tid för vetenskapen att acceptera en ny uppfattning. Ibland flera sekler, beroende på hur kraftigt den utmanar den sedan länge rådande. I början uttalar sig skeptikerna självsäkert och säger att påståendet är omöjligt eftersom det strider mot vetenskapens lagar. Sedan börjar de motvilligt erkänna att den nya uppfattningen kanske är möjlig, men att de påstådda bevisen är synnerligen bristfälliga och att det över huvud taget inte är särskilt intressant. När ytterligare tid har gått inser majoriteten att upptäckten inte bara är viktig, utan mer omvälvande än vad vi tidigare förstått. Först då öppnas dörren till ett nytt paradigm, och med tiden glömmer mänskligheten att den nya uppfattningen en gång sågs som en löjeväckande irrlära.

The Global Consciousness Project (Det globala medvetandeprojektet) är ett internationellt och tvärvetenskapligt forskningssamarbete. Kontinuerligt samlas data från ett nätverk av slumpgeneratorer belägna på 65 platser runt klotet. Syftet är att undersöka avvikelser från slumpmässigheten som kan påvisa närvaro och aktivitet av medvetandet i den fysiska världen. Normalt producerar en slumpgenerator lika många ettor som nollor.

Forskarna har registrerat små men betydelsefulla skillnader i mätutslagen vid händelser då miljontals människor samtidigt riktat sin uppmärksamhet åt samma håll. Några exempel är terrorattackerna mot World Trade Center, ögonblicket då den tv-sända domen mot OJ Simpson lästes upp, prinsessan Dianas begravning och tillkännagivandet att Barack Obama vunnit presidentvalet. Detta pekar på att när ett stort antal människors medvetanden delar samma avsikter och känslor, får det effekter i den fysiska världen. Det finns idag gedigna testresultat som bevisar detta, men forskarna vet ännu inte om det innebär att det existerar ett kollektivt medvetande. The Global Consciousness Project har bemötts av en del skepsis i den vetenskapliga världen, och frågan är om mänskligheten är redo för det paradigmskifte som skulle bli nödvändigt om testresultaten blir ovedersägliga. Är vi redo att bära det ansvar vi plötsligt blir ålagda om det blir bevisat att våra tankar inte bara påverkar oss själva, utan också har inverkan på vår omvärld?

Helena blev stående. En stund lät hon blicken vandra ut över sjön med tanken kvar i det lästa. Vad hade hon förväntat sig? Egentligen ingenting, förstod hon nu, då hon överraskats av textens innehåll. Hon visste inget om Verner. Som en självklarhet fanns han där men hörde ändå inte till. Han var en del av gemenskapen, den det pratades om och skrattades åt men som aldrig deltog i egen person. På de tre år som gått sedan hon flyttat dit hade de sällan stött ihop, ingen ansats till kontakt hade tagits och hon hade aldrig funderat över vad som fanns i hans tankevärld. Hon hade skymtat hans stuga, nogsamt sett till att passera på håll och nu undrade hon vad som styrt hennes steg. Att han var mer eller mindre tokig var något hon förutsatt. Nu insåg hon att antagandet egentligen var Anna-Karins och att det obehindrat även blivit hennes.

Precis som antaganden om hennes egen mamma, fyllkärringen på fyran, obehindrat smugit mellan trappuppgångens dörrar. Det som var sant och nog så illa för de två barn som också bodde där var det dock ingen som orkat göra något åt.

Hon vände för att gå hemåt men när blicken tog vägen över kyrkogården fick hon syn på Verner. Han stod en bit bort, vänd åt hennes håll och tanken slog henne att han kanske ville se om någon kom dit och läste. Ett svagt obehag kom över henne, som det känns när man blivit iakttagen i hemlighet. En stund stod hon som handfallen. Sedan lyfte hon sakta armen och vinkade, osäkert, som om musklerna glömt hur man gjorde. Han vinkade genast tillbaka, ivrigt, som om hennes hälsning gett honom lov.

Sekunder gick och det beslut hon hoppats kunna skjuta framför sig blev plötsligt bråttom att ta. Hon kunde välja att trotsa Anna-Karin och presentera sig för Verner som hon gjort för de andra i bygden. Låta eftermiddagens insikt få betydelse och bete sig som om något var förändrat.

Eller vända sig bort och låta Skuggan bestämma att allt fick förbli som förut.

Valet hann aldrig bli hennes. Han var på väg åt hennes håll och omedvetet svepte hennes blick över kyrkogården för att försäkra sig om att ingen såg på. Då skämdes hon, dottern till fylltanten ingen heller velat beblanda sig med. Var det så, att för den vars enda målsättning varit att själv accepteras vann instinkten vid minsta hot om att mista sin plats?

Verner var nästan framme när hon tog ett steg och sträckte ut sin hand.

"Jag tror aldrig vi har hälsat, Helena heter jag, det är jag som driver hotellet på Lindgrens gård."

"Jaså, det är du det. Helena, ja, där ser man. Verner heter jag."

Hennes hand försvann i hans stora näve och hon tyckte att han höll kvar den något för länge. Hon övervann impulsen att dra den till sig.

"Ja, som sagt, vi har väl aldrig riktigt hälsat förut."

"Nä, vi har väl inte det."

Hår, var det ord som kom för henne. Det fanns i vildvuxen mängd och även om hjässan var täckt av en urblekt keps från Lantmännen omslöts resten av huvudet av silvergrått hår som utan tydliga gränser övergick i skägg och mustasch. Ögonbrynen var buskiga och ett par strån hängde ner mot ögonen som stadigt såg in i hennes. Av den skygghet hon väntat sig fanns inte ett spår. Hon blev den som först kände tvånget att väja med blicken.

Äntligen släppte han hennes hand och hon sökte efter något att säga. Verner teg och tittade nu på något strax ovanför hennes huvud. Hon strök sig över håret för att rätta till det som fångat hans uppmärksamhet.

"Jag läste det du satt upp på anslagstavlan. För visst är det du som har satt upp det?"

Han nickade. Vad som närmast verkade motvilligt släppte han hennes huvud med blicken. Återigen for handen upp till håret.

"Jo, det är jag som har satt upp det. Inte kan man sitta och hålla på sån information när man väl har hittat den?"

"Nej, verkligen inte. Var fick du den ifrån?"

"Det var en gammal vän i USA som mejlade den. Han är professor och han brukar skicka över lite grejer han tycker är intressanta."

Som den mest självklara sak i världen.

Helena kom av sig alldeles.

"Han säger att fördomarna mot mysteriet är dom som är svårast att övervinna. Det är så många som redan tror sig vara fullärda, men historien har visat att då ger man sig själv väl stor betydelse. Själv blir jag bara glad av att bli påmind om att det finns så mycket kvar att förstå." Det enda Helena kunde tänka på var synen av Verner vid en dator. Bilden var lika osannolik som smultron på en ek. "Jag fick ju texten på engelska så jag har ju översatt den förstås. Alla kan ju inte begripa engelska, tänkte jag."

Det hon alltid tänkt om Verner stämde illa överens med det hon hörde. Den missanpassade enslingen betedde sig inte alls som förväntat. Han skulle inte vara vän med professorer i USA eller ha dator och mejladress.

Verner la huvudet på sned medan han kliade sig i nacken. "Det var roligt att du tyckte om texten och att du tog dig tid att gå hit och läsa."

Helena kände hur leendet stelnade för att dölja genansen. Precis som Anna-Karin alltid bedömde sin omgivning med ögonmått, tvingades hon nu erkänna att hon själv gjort samma sak.

"Så du har dator där uppe i stugan?" Var det enda hon kom på att säga.

"Nä, gubevars, den el det går att krama ur min dieselgenerator måste jag spara till lamporna och kylskåpet. Och till värmefläkten under de värsta köldknäpparna. Nä, jag brukar låna den på biblioteket när jag är in till affären och handlar." En bil kom körandes på kyrkans parkeringsplats. Ett äldre par klev ur. "Jag brukar åka varannan vecka. På vintern tar jag bussen, men nu när det börjar bli barmark ska jag väl försöka sparka igång min gamla moped." Han såg sig omkring. "Tänk att det blev vår i år igen. Fastän man borde vetat det kommer det alltid som en överraskning." Paret kom gående längs grusgången men tycktes vid åsynen av Verner och Helena välja en annan väg. Verner lät sig dock inte nedslås utan vinkade en hälsning. "Det är ingen talför bygd vi bor i. Här slösar man inga ord i onödan."

Det beror på till vilken gård man går, tänkte Helena med syftning på Anna-Karin. Hon, vars första projekt som nybliven gårdsägare var att ordna så att Verner blev utan.

"Får jag fråga dig Verner, om du inte misstycker, men den där signalen du skickar ut. Är det många som har bett dig att sluta?"

"Många och många vet jag inte, nån gång har det väl hänt."

"Men det är inget du har övervägt?"

"Jo." Han var tyst en stund. "Men så dyker det upp nåt nytt som jag tycker det är synd att inte folk får veta. Som det du läste nyss på anslagstavlan. Är det tillräckligt intressant vill man ju så gärna dela med sig. Katten där hemma tycks inte bry sig hur väl jag än förklarar." Huden runt Verners ögon skrynklades av ett leende. "Och inte mössen hon jagar heller."

Helena kastade en blick på paret som påtade vid en gravsten några gångar bort. "Om dom blir arga då?"

"Mössen?"

"Om folk blir arga på dig för dina varningssignaler."

Verner suckade och stack ner handen i fickan, fick fram en näsduk och drog den under näsan.

"Ungdomarna skriker ju efter en ibland, men det beror nog på nåt annat än signalerna. Jag är väl inte klippt i rätt frisyr, vad vet jag? Det har hänt nångång att dom hittat på sattyg uppe runt stugan, men det är svårt att bli arg, dom begriper ju inte bättre. Hur skulle dom kunna göra det när ingen har lärt dom." Han snöt sig och stoppade undan näsduken. "Det var mest förr man bad mig sluta med signalerna, nuförtiden verkar ingen höra dom, men var och en har väl fullt med sitt. Nån har det väl varit som betett sig lite ilsket, men vet du vad Helena, när man så sällan pratar med nån så är det ändå bättre än inget alls."

Helena slog ner blicken. Minnen av händelser från skoltiden kom farande, de hon som vuxen burit med skam. Stink-Lena, Runk-Roland, Snoret och de andra. De som tidigt rensades ut för att under åren hyvlas ner av dem som äntligen tyckt sig hitta någon svagare. Aldrig i främsta ledet, men som nödvändigt stöd bakom dem längst fram hade hon sällat sig till fegskocken som skrattat.

Med ny beundran betraktade hon Verner. Han som vågade det hon aldrig vågat. Den ilska hon alltid varit livrädd att väcka var Verners enda sätt att få kontakt. Med ens blev allting självklart som om tvekan aldrig funnits. Det som väntat på omgivningens samtycke hittade sin givna plats. Med beslutet taget genomfors hon av ett sällsamt lugn.

"Vet du vad Verner, jag har dator nere hos mig på hotellet som du kan använda om du vill för att kolla dina mejl." Blicken han gav henne var svårtydd. "Eller om du bara vill komma förbi och titta hur vi har det så är du välkommen på en fika. Jag är vanligtvis igång från klockan sju."

I den stunden ringde hennes mobiltelefon. Hon rotade i fickan och läste Emelie på displayen. Ett annat dåligt samvete högg tag, det var säkert hög tid för middag.

"Ursäkta mig Verner, det är min dotter som ringer. Hej Emelie, dröj en sekund." Hon sträckte fram sin hand som än en gång försvann i hans valkiga näve. "Det var trevligt att äntligen träffas. Och välkommen förbi när du har tid."

"Tid har jag nog, men jag är inte så van att vara bland en massa folk."

"Det är ingen risk så här års, tyvärr får jag väl säga, så jag är inte så van jag heller."

"Då tar vi det pö om pö så att det inte blir för chockartat."

De log mot varandra i upprymd nyfikenhet. Där fanns en gemensam känsla av att något särskilt hade hänt.

Hon släppte hans hand och vände för att skynda hemåt. "Hej Emelie."

"Var är du?"

"Jag tog bara en promenad, jag är borta vid kyrkan men jag kommer strax. Är du hungrig?"

"Han den där snubben som sov i bilen frågade om det gick att beställa mat."

Till sin häpnad insåg Helena att hon helt glömt bort sin tystlåtne gäst. "Jag är där om tio minuter."

Hon slängde en blick över axeln. Verner stod fortfarande kvar. När hon vände sig om lyfte han armen högt över huvudet och vinkade. Med handen höjd till hälsning småsprang hon ut mot vägen, bättre till mods än på länge. Befriad från obehaget att synas från Anna-Karins fönster skyndade hon fram längs vägen som gick förbi hennes hus.

Gripen av stunden insåg hon att hon fått en välkommen ledtråd.

I hjärtat bar hon ett nysått frö till den förvandling som äntligen fått en riktning.

KAPITEL 12

Det var natt och i rum två på Lindgrens Hotell & Pensionat fördrev Anders tiden med att memorera utrotningshotade växter. Broschyren hade han hittat i en informationsmapp som legat på sekretären i rummet. Framför fönstret stod ett litet bord och två antika fåtöljer. Numera var han kunnig om möbelstilar och slog fast att de var rokoko. Han låg i en engelsk järnsäng med höga gavlar, varje hörn var krönt av en ornamenterad mässingsknopp.

Gavlarna påminde mycket om galler.

Han höjde blicken mot taket. Från en punkt ovanför hans huvud föll en sänghimmel ner mot väggen. Där var den fäst med snirkliga gjutjärnsbeslag innan tyget föll vidare mot golvet. I mitten av rummet ståtade en kristallkrona. Den nedersta prisman, som vanligen var rund, saknades. Han mindes plötsligt en affärsbekant som berättat om vanan att stjäla såna från hotellrum. Samlingen hade med tiden blivit stor och Anders undrade nu om samlingsvurmen för mittenprismor var utbredd.

Utled på standardiserad förstaklasslyx föredrog han små personliga hotell. Han förmodade därför att rummet kunde beskrivas som trivsamt. Ändå upplevde han att de djupröda väggarna illvilligt konspirerade om att hinna driva honom till vanvett innan solen gått upp.

Han hade sovit under eftermiddagen. Tagit ännu en insomningstablett och därmed var förrådet slut. Med planen att bara bli borta en natt hade han packat ner den ranson som behövdes. Därmed var han utlämnad till sin sömnlöshet. Kvalfylld var den även hemma i lägenheten, men inte i jämförelse med att utstå den i ett hotellrum. Efter allt resande fann han dem vara djävulens gåva till mänskligheten. Ingen plats upplevde han mer isolerad, hur många guldpläterade stjärnor det än fanns på den lockande skylten mot gatan. Lufttillförseln från resten av världen skars av så snart en hotellrumsdörr stängdes.

När morgonen kom skulle han åka hem. Vad nu ordet hem egentligen betydde. Han skulle återvända till adressen där merparten av hans ägodelar förvarades, men om begreppet hem borde inbegripa något mer fanns ingenstans dit han kunde åka.

Under eftermiddagen hade han genomskådat sitt självbedrägeri. Den skenbart viktiga resan till Norrland. Inget hade egentligen handlat om Lucy, begäret hade slocknat så snart han lämnat Verners stuga. Det sanna motivet hade varit att tillskansa sig ett svårfångat uppskov. I morgon återstod bara färden tillbaka till det tomrum han rymt ifrån.

Fridlysta arter som förekommer i länet. Knottblomster. Korallrot. Myggblomster.

Han blundade och upprepade namnen men när han för

fjärde gången glömde Myggblomster vräkte han undan täcket och drog på sig kläderna. Om så bara för att ta sig ner för trapporna måste han ut ur rummet en stund. Jeansen trängdes med hans lågskor på elementet och när han gick för att hämta dem kände han lukten av lasagnen han ätit. Tallriken stod fortfarande kvar. Det hade inte varit lätt att få beställa. Gång på gång hade han försökt ringa receptionen tills han insett att telefonen var trasig. Till slut hade han hittat hotellägarens dotter och fyrtiofem minuter senare hade kvinnan som tidigare tagit emot honom dykt upp med en bricka och skruvmejsel. Medan han börjat äta hade hon skruvat bort en dosa på väggen och förklarat att hon bara ville kontrollera en sak innan hon ringde en telereparatör. Inte utan beundran hade han betraktat hennes göranden och när hon strax därpå lämnat rummet var telefonen hel.

Byxorna var stela nedtill där de torkat, hans lågskor hade fått vita ränder av salt. För att få bort lasagnelukten ur rummet tog han med sig resterna från middagen. Rumsnyckeln var fäst vid en snidad träklump så skrymmande att den inte rymdes i fickan. Med själva nyckeln nertryckt i jeansen och träbiten slängande mot benet öppnade han dörren och steg ut i en öde korridor. Särskilt lång var den inte, där fanns bara ytterligare två dörrar, varav den ena var märkt med texten PRIVAT. Många timmar hade gått sedan han hört någon rörelse i huset. Han blev stående och slängde ett öga på sitt armbandsur. Klockan var kvart över ett. Det var det dyraste armbandsur som någonsin sålts på auktion. En gång i tiden buret av Albert Einstein. Geniet som ogillat kvantfysik och som vägrade tro att universum betedde sig oförutsägbart och var omöjligt att förutbestämma. Hans namn, datumet 16 februari 1931 och LOS ANGELES stod ingraverat på baksidan. Tiden och rummet då han mottagit klockan i gåva. 77 år senare skulle Anders betala 4 309 000 kronor för den vid en auktion i New York. Var gång han tittade på den gick en tanke till hans pappa.

Han gick mot trappan och fortsatte neråt. Träet i trappstegen knarrade och det ljud som i dagsljus kunde verka rimligt framstod i natten som oväsen. Försiktigt prövade han steg för steg och när han äntligen kom ner ställde han ifrån sig tallriken på ett sidobord. Hotellet var nedsläckt för natten. Det ljus som fanns kom från de lampor som lämnats tända i fönstren. Han befann sig vid entrén och borta till höger skymtade receptionen. Till vänster fortsatte den korridorliknande hallen in i ett rum där väggarna var täckta av bokhyllor. Han gick dit och på vägen stannade han för att granska de naturfotografier som hängde längs väggen. Just som han börjat läsa presentationen av fotografen hörde han steg från övervåningen och strax därpå samma oväsen från trappan som han själv nyss hade åstadkommit. Först syntes ett par fårskinnstofflor, därefter flanellklädda ben och sedan hela den kvinna han tidigare träffat, nu iklädd gräddvit morgonrock. Hon stannade när hon fick syn på honom som om åsynen skrämt henne, men strax därefter mjuknade hennes anletsdrag.

"Jaha, det var du." Hon fortsatte neråt. "Behöver du nåt?"

"Nej, inte alls. Det var inte min mening att väcka dig."

"Det gjorde du inte heller. Det var min dotter som hörde nåt härnere."

Han vände sig mot fotografierna igen, oförberedd på samtal. "Jag hade bara svårt att sova."

"Vill du ha nåt? Whiskey, varm mjölk, ett glas vin?"

"Nej tack, det är bra."

Hon tog det sista steget nerför trappan. "Visst är de fina? Det är en fotograf härifrån byn som har tagit dem. Jag tycker det är roligt att kunna visa upp de lokala förmågorna här på hotellväggarna. Det finns mycket talang här ute som alldeles för sällan når de fina salongerna."

Han nickade och fortsatte till nästa bild, en närbild av ett spindelnät skimrande av vattendroppar. Han anade hennes närvaro bakom ryggen och insåg att något borde han väl ändå säga. "Så det är du som är Lindgren då? Själva hotellägaren."

"Lindgren är jag inte, men det är jag som äger hotellet. Det är döpt efter dom som hade gården förr, innan det blev hotell. Jag var sommarbarn här när jag var liten och på den tiden var det traktens storbondgård."

Han fortsatte in i rummet med bokhyllorna. Hon följde efter och tände en golvlampa. Han kunde inte bestämma sig för om han uppskattade hennes närvaro eller ville att hon skulle gå igen. Hennes uppdykande hade varit oväntat. Den senaste tiden hade han vant sig av med sällskap och hans sociala förmåga var otränad. Numera blev han ofta illa till mods när han tvingades konversera. Han som förr kunnat mingla runt och bygga ett samtal på vilken oväsentlighet som helst fann sig plötsligt välja orden så noggrant att inga till slut kom naturligt. Varje gång han sa något iakttog han sig själv som om han stod bredvid och lyssnade. Analyserade, utvärderade och dömde. Himlade med ögonen och skakade föraktfullt på huvudet när han hävt ur sig något som egentligen kunnat kvitta. Den riktige Anders Strandberg kunde så mycket bättre.

Frågan var bara vart han tagit vägen.

Hon plockade upp en tändsticksask från ett bord och började tända ljus. "Du får ursäkta den något informella klädseln. Vanligtvis jobbar jag inte i pyjamas."

"Du behöver verkligen inte, jag tänkte bara sitta här en stund och sen gå upp och göra ett nytt försök att somna."

"Det var inte så jag menade, bara att jag vanligtvis klär på mig innan jag går ner till våra gäster."

Hon fortsatte färden mellan ljuslyktorna och han gick fram till en bokhylla och läste på böckerna. Kände igen något enstaka författarnamn men de flesta var obekanta. Vid ljudet av papper som revs sönder vände han sig om och nu satt hon på huk framför öppna spisen och gjorde en brasa.

"Allvarligt talat, du behöver inte."

"Det står i presentationen att man kan sitta framför öppna spisen på det här hotellet och är det nåt vi är noga med så är det att uppfylla våra löften."

Hon gav honom ett hastigt leende och han tänkte att han borde hjälpa till. Det vore enklare att göra något än att bara stå där handfallen.

"Jag kan göra det där."

"Det behövs inte, den här veden är så torr att den nästan självantänder."

"Det var inte för att jag tvivlade på din förmåga. Efter att ha sett dig laga telefonen tror jag dig om det mesta. Jag tänkte bara att jag kanske kunde hjälpa till."

När hon inte svarade sjönk han ner i den fåtölj som stod närmast. En grön sammetsfåtölj där armstödens ytmönster nötts av vilande armar. Han såg henne stryka eld på en tändsticka och hur tidningspapperet flammade upp bakom veden.

"Det där med telefonen var tyvärr bara tur. Det har hänt

en gång tidigare och jag stod bredvid och tjuvtittade när den lagades. Kan man spara in på en och annan reparatör så gör man gärna det när man äger ett hotell av den här storleken." Hon reste sig och sökte av rummet för att se att allt var i ordning. När hon förvissat sig om det la hon ifrån sig tändsticksasken och stack händerna i rockfickorna. "Nu blev det lite trevligare. Är det okej om jag ber dig släcka ljusen innan du går upp?"

"Visst, självklart."

"Och du är säker på att du inte vill ha nåt?"

"Tack, det här blir jättebra."

"Sov gott då, så småningom."

"Tack detsamma. Och tack för brasan."

Hon gick mot dörren och till sin förvåning ville han att hon skulle stanna. Närvaron av en annan människa hade lagt sig som en barriär framför hans ångest, tvingat honom skärpa sig och rikta uppmärksamheten mot något annat.

Han vred på huvudet och såg efter henne just som hon hejdade sig i dörren.

"Vet du, även om du inte vill ha nåt så ska jag gå och fixa nåt som kommer få dig att somna vare sig du vill eller inte. Jag vet hur det är, jag har själv svårt att somna ibland, men det här brukar faktiskt hjälpa."

I nästa stund var hon försvunnen. Hans blick återvände till öppna spisen. Som hon förutspått hade elden tagit sig och lågorna vred sig runt den knastrande veden. Ljudet var förknippat med stunder av välbehag. Han lutade sig tillbaka och blundade. För första gången på mycket länge förnam han en känsla av ro. Det var bara stunden som existerade, doften av brinnande björkved och det rogivande ljud den gav ifrån sig.

Han befann sig på en främmande plats som var avskild från hans vanliga liv. Ett tillfälle ryckt ur allt sammanhang. Det slog honom att samma omständighet hade gällt för en stund sedan på hotellrummet. Enda skillnaden var att nu väntade han på något, en människa, detta enda ynka lilla var det som var annorlunda. Ändå förändrade det allt.

Strax därefter stod hon i dörren igen, med två ångande tekoppar i händerna. "Dricker du alkohol?"

"Eh, ja."

"Jag frågar alltid. Dom flesta tar bara för givet att alla dricker alkohol men så är det ju inte, eller borde inte vara i alla fall. Det ingår en skvätt whiskey i receptet men jag hoppade över det. Jag kan hämta om du vill ha."

Efter ett kort övervägande tackade han nej. Med tanke på hjärnskakning och de värk- och insomningstabletter han tagit under dagen borde han troligen undvika alkohol. Huvudvärken hade äntligen lättat, även om han fortfarande kände sig mörbultad. Som alltid just när kraftig smärta släppt var känslan av nåd som djupast.

Hon räckte fram en av tekopparna. "Den är varm, så ta det försiktigt."

"Tack." Han grep om örat men lyckades bränna ena fingrets ovansida mot det heta porslinet.

"God natt igen då. Hoppas att du kan sova nu."

"Du har inte lust att sitta ner en stund medan du dricker din kopp?"

När han hörde sig själv blev han rädd att frågan lät plump. Helt utan baktankar var han bara ute efter sällskap. Den olust han lämnat på rummet kanske skulle komma nerringlande för trappan om han lämnades ensam.

Hon satte sig i fåtöljen på andra sidan bordet. Blåste på drycken för att den skulle svalna. Ingen av dem sa något på en stund, men märkligt nog gjorde det ingenting. Som avskilda från världen satt de där i eldskenet, ett tillfälligt möte utan vare sig förväntningar eller förpliktelser. De skulle bara dela en obetydlig stund och han erfor en lättnad han inte känt på mycket länge. Anonymiteten tillät honom att slappna av. Det fanns inget att försvara, inget att bevisa, han blev fri att vara vem han ville.

Han hade inget emot att vara rik, men ville ogärna vara Den rike.

Av erfarenhet visste han att vetskap om hans förmögenhet fick omgivningen att förändras.

Han smuttade på den varma vätskan och drog in ångorna genom näsan. "Mjölk ser jag att det är. Honung tycker jag mig känna. Är det basilika också?"

"Nej, faktiskt inte. Hälften mjölk och hälften vatten, honung var rätt, resten är en häxbrygd av torkade växter från min lilla örtagård här utanför. Humle, vänderot, romersk kamomill och kattmynta. Jag hittade receptet i en gammal naturläkebok."

"Det var gott."

"Det var vänligt sagt, men inte särskilt sant, eller hur?"

Han log skyldigt. "Det kanske får mig att somna i alla fall?"

"Det kommer den göra, var så säker. Förresten glömde jag citron. Den gör det lite lättare att få ner."

Sedan föll tystnaden igen. Otvungen och självklar eftersom ingen hade något att säga. Det blev hans tur att lägga in ved och han gick fram till elden.

"Mår du lite bättre nu?"

Han satt på huk med ryggen till och frågan gjorde honom ställd. En oro över vad som gått att läsa av hans ansikte. "Vadå menar du?"

"Nämen alltså när du kom i dag så trodde jag först att du var sjuk. Men herregud det har ju verkligen inte jag med att göra. Det var inte min mening att lägga mig i."

Han reste sig och gick tillbaka till fåtöljen. "Det är ingen fara, jag hade bara lite ont i huvudet när jag kom. Det är bättre nu."

Det var allt han tänkte yppa om saken. Några djupdyk i hans allmänna sinnestillstånd eller senaste dygnets händelser var inget han var villig att erbjuda. Han ville bara sitta där en stund. Befriad från sig själv.

"Visst var det din bil som stod parkerad uppe på Stenlägda idag?"

Besöket hos Verner var så här i efterhand genant. Han ville hellre sitta tyst, eller tala om något annat. "Jag vet inte var Stenlägda ligger men det kan hända att den stod parkerad där en stund, om det är en bit bort där längs grusvägen." Han tystnade men nyfikenheten blev honom övermäktig. "Hur vet du att bilen stod parkerad där?"

Hon log och gav ifrån sig ett halvhjärtat skratt. "Ryktet går fort i en bygd som denna. Här görs inte mycket i hemlighet. Och det man själv helst glömmer är det alltid någon annan som gärna minns."

"Det låter fasansfullt."

"Både och. Det finns ju en trygghet i att folk bryr sig om varandra."

"Hur länge har du bott här?"

"Tre år. Född och uppvuxen i Stockholm. Du då?"

"Uppvuxen i Småland men har bott hela mitt vuxna liv i Stockholm. Hur kommer det sig att du flyttade hit?"

Hon suckade eller fnös, uttrycket var svårt att tyda. "Oj, det var en svår fråga. Fyrtioårskris kanske." Hon ryckte på axlarna. "Det kändes som om det var dags för nåt nytt. Den här byn och den här gården var mitt paradis när jag var liten, så när jag såg annonsen att gården var till salu väcktes hoppet om att få återuppleva allt det där igen. Och kunna erbjuda det till min dotter. Men eftersom jag är civilekonom är jag inte kapabel att driva jordbruk, så då föddes idén om att starta hotell."

Han hade svårt att avgöra om han fann henne modig eller dumdristig. Hade hon vänt sig till hans investmentbolag och bett om riskkapital hade han tveklöst sagt nej. Långt bortom allfarvägarna var det nödvändigt att locka med något som verkligen stack ut. "Hur funkar det då?"

"Jo, säsongsvis riktigt bra. Det kommer en hel del utländska jakt- och fisketurister som lockas av vildmarken. Dom har planterat in gädda och annan fisk härnere i sjön och några av dom är så stora att man knappt vågar bada längre. Men fisketuristerna blir ju glada när dom får napp. Många kommer för att vandra i naturen, en del som går vandringsleden här borta brukar ha hotellet som etappmål. Det är ju förstås säsong som gäller. Men egentligen är det stora problemet att jag inte har hunnit få klart alla hotellrum, när det är högsäsong behöver jag dom. Men min dotter tycker väl i sanningens namn att det är sådär att bo så här långt ut på landet. Har du barn?"

"Nej."

Han sneglade på hennes vänsterhand men såg ingen

vigselring. Hade hon vågat resan ensam var hon bara att beundra.

Hon lutade sig tillbaka och såg sig om i rummet. Lät blicken vandra mellan väggar, golv och tak. "Det här rummet kallades för salen när jag var liten. Det var alltid stängt in hit och det användes bara om nån fyllde jämnt. Och så på julen sa dom att dom brukade vara här inne."

Det blev tyst en stund och när hon talade igen fick han känslan av att bara råka finnas inom hörhåll. "Jag brukade sitta hemma i Vällingby och fantisera om vad dom gjorde dom där jularna. Hur det såg ut här inne när alla var samlade och finklädda, granen var klädd och ljusen var tända. Alla julklappar. Precis så hade jag tänkt att min dotters jular skulle bli när vi flyttade hit."

Han valde tystnaden, oförmögen att bemöta vad han uppfattat som ett förtroende. Medveten om sina egna problem undvek han gärna skymten av andras.

Hon skrattade som störd av sitt eget prat. "Jösses, förlåt mitt trötta svammel. Jag borde verkligen gå och lägga mig." Hon suckade. "Det är ju tyvärr en dag i morgon också." Han trodde att hon skulle resa sig men hon satt kvar och med ens fick han känslan av att hon tvekade. "Jag måste bara fråga innan jag går, det var nån som sa att du var advokat."

"Va?" Det tvära kastet gjorde honom häpen.

"Det var nån som trodde det i alla fall."

"Jaha? Jag har inte pratat med nån mer än dig sen jag kom hit så vem kan det ha varit?"

Men då slog det honom att han faktiskt pratat med Verner också. Även om han definitivt inte låtit påskina att han var advokat.

Ett leende spreds över hennes ansikte och hon lyfte handen till en avvärjande gest. "Du behöver inte säga nåt, det är helt okej, jag är bara glad över att han får hjälp."

Han fann situationen förvirrande. "Jag är ledsen men nu förstår jag inte. Vem påstår att jag är advokat?"

Hennes leende slocknade inför hans uppenbara förvåning. "Så du är inte det?"

"Nej."

"Vad synd."

På den kommentaren hade han inget svar och ville heller inte fortsätta nystandet i hans vara eller icke vara. Han ville bara återvända till det anonyma tillstånd där han nyss befunnit sig. På behagligt avstånd från sig själv. "Jag hade bara vägarna förbi. Bilsemester kallas det väl."

"Jaså, jag trodde att … men då var det bara en missuppfattning. Det är inte första gången hon har fel. Vad jobbar du med då?"

"Just nu ingenting. Det var därför jag hade tid med bilsemester."

Så var det plötsligt tillbaka. Tvånget att försvara något han varken kunde namnge eller visste hur han förlorat. Skillnaden var uppenbar. Om så bara för en stund ville han tillbaka dit där han fått vara ny i någon annans ögon. Där ingen förutfattad mening fanns.

"Så du är arbetslös och söker arbete, eller mellan jobb som man säger?"

Han nickade.

"Det är ju inte helt lätt på arbetsmarknaden just nu, men det beror ju förstås på i vilken bransch man är. Vad jobbade du med innan då?"

Intvingad i det han ville undvika sökte han olika utvägar. "Jag har varit i lite olika branscher, har jobbat med datorer en del, det är svårt att förklara, det har varit lite allt möjligt."

Hon tittade på klockan och lät armarna falla mot armstöden. "Jag måste verkligen gå och lägga mig, jag ska snart upp. Emelies buss går klockan åtta."

"Ja, det borde väl jag också."

"Nämen sitt kvar om du vill. Men glöm inte ljusen innan du går är du snäll."

"Jag går nu jag med. Jag tror faktiskt teet hjälpte."

Han ställde ifrån sig koppen på bordet när han reste sig. De gick runt i rummet och blåste ut ljus. Han tog en eldgaffel och rörde runt i spisen, gnistorna for när veden tvingades mot hörnen.

"Du är inte duktig på att snickra då? Eller på att måla?" Han vred huvudet och såg henne stå framåtlutad över en ljuslykta. "Inte för att jag kan betala så mycket men en månads jobb kan jag nog erbjuda."

Det som hände var närmast surrealistiskt. Utan att ta in vad ögat såg blev han kvar med blicken i glöden. Den del som stod bredvid honom fann erbjudandet löjeväckande, han tvingades vända sig bort för att dölja sitt hånfulla leende. Men den Anders som hukade framför brasan begrep att erbjudandet gällde något annat.

En månads uppskov på fri fot från sig själv. Omgiven av människor helt utan åsikter om vem han borde vara.

"Vad betalar du då?"

Den del som hånlett blev förskräckt av frågan.

Men för helvete Anders, är du inte klok?

"Så lite som möjligt, höll jag på att säga, men det var

väl knappast vad du ville höra."

"Jag tar det du kan erbjuda. Det har varit lite knapert ett tag." Redan hemmastadd i förklädnaden lät det alldeles trovärdigt. Den andre Anders gav upp och efter en sista föraktfull fnysning drog han sig undan.

"Menar du allvar?" Hon såg glad ut.

"Bara det inte är för avancerat. Jag är ju ingen proffssnickare men man har ju hamrat lite för hemmabruk." En och annan tavla hade han ju satt upp, så ljög gjorde han inte.

"Det svåra är redan färdigt. Väggarna är uppe och alla fönster och dörrar sitter där dom ska. Det är mest spackla och måla och lägga några golv." De blev stående och såg på varandra i förvåning över denna plötsliga vändning. "Jaha, så kan det också gå. Vilken tur att jag gick ner för att se efter vad du ville." Hon sträckte fram sin hand. "Välkommen då. Helena heter jag."

"Anders."

"Välkommen, Anders."

De log mot varandra innan de gick mot entrén för att göra sällskap uppför trappan. Trappstegen klagade under tyngden men nu tycktes ljudet annorlunda.

"Hur dags börjar jag i morgon då?"

Hon skrattade. "Sov du, så tar vi det när du vaknar. Blir man anställd tre på natten så ingår det sovmorgon första dagen på det här hotellet."

Han drog upp rumsnyckeln ur byxfickan och sköt in den i låset. Hon gick vidare mot dörren med texten PRIVAT.

"Då ses vi i morgon."

"Det gör vi. God natt."

Innanför dörren blev han stående. Omtumlad av vad som

hänt slog honom tanken att det kanske varit något mer i drycken som hon glömt att nämna.

Broschyren över utrotningshotade växter låg kvar på sängen. Han stoppade tillbaka den i foldern och kröp ner under täcket.

Det enda han hann tänka innan sömnen kom var knottblomster, korallrot och myggblomster.

KAPITEL 13

Följande dag vaknade hon tidigt. Med halva sinnet kvar i sömnen mindes hon att något särskilt hade hänt. Först diffust och ogripbart, något kändes bara annorlunda. Strax kom hon ihåg och förnam en vag förväntan.

Det hela hade tett sig osannolikt. Hon hade bara hävt ur sig förslaget, helt utan eftertanke, så olikt henne att hon själv blivit förvånad. Nattens förunderliga förmåga att intensifiera ögonblick och få morgondagens realiteter att verka avlägsna. Nu måste hon snabbt ner och räkna om det ens var möjligt. För visst skulle det lösa många problem inför sommaren, men hennes budget var omgiven av skarpa gränser.

Så många timmars sömn hade det inte blivit men trots tröttheten fanns ingen ro att ligga kvar. Istället steg hon upp och bäddade, tog en dusch och klädde på sig. Passade på att vika några nytvättade handdukar. Hon dröjde en stund framför badrumsspegeln. Så tog hon ut sminkväskan ur skåpet och plockade fram sin mascara.

Nere i köket bryggde hon kaffe och tog fram frukosten. En kvart var kvar tills Emelie skulle väckas och Helena passade på att titta i bokföringen. Nog för att han sagt sig vara nöjd med vad hon kunde betala, men det gick inte an att vara oförskämd. Efter att ha räknat en stund kom hon fram till en godtagbar summa. Även om den i stunden gröpte ett hål skulle det fyllas igen om rummen blev klara i tid. Redan nu hade hon tagit emot fler bokningar inför sommaren än det fanns rum, men försökt intala sig att hon skulle hinna få resten i ordning. Sedan hade dagarna gått. Kanske var det hennes desperation som fått röst då hon så oförmodat kommit med sitt förslag.

I ärlighetens namn hade Martin gjort en stor ekonomisk uppoffring när han lämnat sin del i hotellet till henne. När de flyttat från Stockholm hade de sålt sin fyra på Rörstrandsgatan för att kunna köpa gården. Mellanskillnaden hade dessutom räckt till de inhyrda hantverkare som byggt matsalens vackra glasveranda, stommen till ladugårdens hotellrum, dragit el och ordnat allt rörmokeri. En mindre summa fanns kvar och det var den hon nu tänkte använda. Några bodelningspapper hade aldrig blivit skrivna men hans namn hade strukits från deras gemensamma konton. Några gånger hade han mejlat om lagfarten. Så länge han stod kvar som hälftenägare tvingades även han betala fastighetsskatt. Hennes underskrift behövdes på ett papper. Som med alla hans mejl hade hon lämnat det obesvarat. En underskrift var så slutgiltig. Det visste hon efter att lydigt ha plitat sitt namn på den skilsmässoansökan han hämtat på nätet och behändigt skrivit ut på deras skrivare.

Hustruns namn. Mannens namn. Gemensamma barn.

Hon hade gjort det medan hon fortfarande varit avstängd.

I ett försök att skona henne hade hjärnan gjort tankarna tröga för att låta beskedet sippra in i lagom fart. Först när det oansenliga papperet låg i ett frankerat kuvert hade hon insett vad hon medverkat till. Då hade allt varit klappat och klart. Oåterkalleligt som en amputation.

Emelie såg ut att sova djupt. Helena blev stående i stillheten och njöt av hennes fridfulla ansikte. Hennes älskade unge som nu höll på att bli stor. Om ett halvår redan fjorton.

Sovandes, så enkel att vara nära.

På golvet låg hennes mobiltelefon. Helena gick ner på huk. Det fanns en bild av ett kuvert på displayen och texten "SMS mottaget Från: Pappa". Nederst fanns frågan "Läsa nu?" Hennes tumme strök över Ja-knappen. Frestelsen var nästintill oemotståndlig. Att i hemlighet få en inblick i den relation om vilken hon numera visste så lite. Den som blivit en del av deras tystnad. Men tryckte hon skulle meddelandet läggas i inkorgen och Emelie förstå att hon läst. Hon insåg det oförsvarbara, men i färd med att lägga tillbaka mobilen fick tummen ett eget liv. Meddelandet syntes och innan en tanke var tänkt hade ögonen läst vad där stod.

"Min älskade unge, längtar som en galning!!! Hoppas att du får en fin dag idag. Kan du klockan 8 ikväll som vanligt? Kram från pappa."

Orden tog som en stöt. Tankarna spreds åt olika håll i jakt på en rimlig förklaring. Verkligheten, såsom hon kände den, blev med ens skev. Orden avslöjade att något pågick långt bortom hennes kännedom.

Hon kände sin egen ställning undermineras, hur det redan nu plågsamma gapet till Emelie växte sig avgrundsdjupt.

Älskade unge.

Det de förr alltid sagt till sin dotter, som numera låg en eon från den vokabulär hon själv tilläts använda.

När hon tittade på mobilen igen stod det "Meddelandet raderat" och som om fingrarna bränt sig föll den till golvet. Hon reste sig hastigt, såg på sin dotter och insåg att något blivit grumlat. Motvilligt urskilde hon en känsla av svek.

"Det är dags att gå upp. Klockan är kvart över sju."

Hon gick mot fönstret och rullgardinen for upp med en smäll. När Emelie öppnade ögonen lämnade hon rummet och gick raka vägen ner till köket.

Det vevade i bröstet. Varv efter varv på ett evigt hjul. I navet ett bultande hjärta. Med händerna klamrade runt en kaffekopp försökte hon hitta ett förhållningssätt. Hon visste att det hon kände var otillåtet, att hon snällt borde ställa sig bredvid och se allting ske. Det hon vant sig vid sedan ett halvår då hennes uppgift blivit att foga sig efter någon annans beslut.

Smusslet bakom hennes rygg.

En känsla av utanförskap. Så stort att det skymde allt annat.

Hon hörde sin dotters fotsteg där uppe, hur vatten hon använt for genom rören. Därefter ljudet från trappan och sedan dök hon upp i dörren men stannade tvärt.

"Har du sminkat dig?"

"Nej, jag tog bara lite mascara."

"Vad fint." Sa Emelie och gick fram till köksbänken för att bre sina smörgåsar.

Helena betraktade hennes ryggtavla, förvånad över denna plötsliga komplimang som kommit så oförmodat.

Emelie satte sig och Helena fyllde juice i hennes glas. En

stund var de tysta och Helenas fråga låg på tungan. Hon var ivrig att ställa den men rädd för ett oönskat svar. Hon tog en omväg och valde istället att berätta om nattens nyhet.

"Jag har anställt en målare som ska hjälpa oss att få klart i lagården." Emelie tog ett bett på smörgåsen, intresset verkade svalt. "Det var han som kom igår du vet, som vi trodde satt och sov i bilen."

Då kom något till liv i Emelies blick. "Varför satt han så?"

"Han hade tydligen bara haft huvudvärk."

Emelie drack lite juice. "När ska han börja då?"

"Nu idag."

För första gången på väldigt länge sprack Emelies ansikte upp i ett leende. Reaktionen var så oväntad att även Helena log, tvärsigenom allt som fanns inombords. Där fanns ett litet närmande. Ett litet, efterlängtat närmande. "Vad är det?"

"Så det är därför du har sminkat dig?"

Helenas leende dog lika snabbt som det kommit. "Nej, verkligen inte, jag tyckte bara att jag såg så trött ut idag."

Trots missförståndet kände hon hur färgen steg i ansiktet. Mascaran var bara ett infall utan något samband med den nyanlände.

Emelie fortsatte äta utan att ge upp sitt lilla leende. Av någon anledning kände Helena behov av att övertyga henne.

"Jag sov inte så många timmar i natt och tänkte att mascaran skulle hjälpa. Lite representativ måste man ju ändå vara om man driver hotell."

En tystnad la sig och Emelie tuggade vidare medan Helena tog sats. Nu var tillfället, när Emelie var på någorlunda gott humör. I ett försök att inte verka alltför angelägen lämnade hon bordet och gick till kaffebryggaren.

"Har du hört nåt från din pappa på länge då?"

En stund blev det tyst.

"Hurså?"

"Nej, jag bara undrade. Det vore väl trevligt om han tyckte sig ha tid att höra av sig till dig ibland." Utan något egentligt ärende öppnade hon kylskåpet och blev på så vis skymd bakom dörren. Hon hade misslyckats med både ordval och ton och visste det själv.

"Varför låter du så sur?"

"Nej jag är inte sur, jag är bara intresserad." Hon stängde kylskåpsdörren och såg på Emelie. "Det är klart jag förstår om du saknar honom. Därför undrar jag bara om han hör av sig ibland?"

Emelie tog det urdruckna juiceglaset och gick mot diskmaskinen. "Nej, jag har inte hört nåt på länge."

Så var hon ute ur köket och lögnen fick Helena att känna sig ensammare än någonsin. Det hon själv misslyckats med hade Martin tydligen klarat, på säkert avstånd från vardagens leda och utan att behöva befatta sig med smutstvätt och tråkig vardagsmat.

Hon gick fram och tömde koppens kaffeslatt i diskhon. I samma stund knackade någon på köksdörren. Hon såg på klockan och undrade vem som kom i denna morgontimme. Inga leveranser väntades och Anna-Karin var ledig. Frivilligt skulle hon aldrig dyka upp så tidigt, och just idag var Helena tacksam om hon inte kom överhuvudtaget.

Hon gick ut i farstun och öppnade. På trappan möttes hon av Verners breda leende. Jacka och byxor var desamma som igår, men den urblekta kepsen var utbytt och det gråa håret tycktes vattenkammat. I handen höll han en burk sylt.

"Jag vet att det är fasligt tidigt, men du sa att ni var uppe från klockan sju."

Hon var inte hågad för hans besök. Hon ville gå upp och somna igen och låta dagen börja om. "Nämen hej Verner. Vad roligt att du kommer. Välkommen."

Hon klev åt sidan för att släppa in honom men han blev kvar på trappan. Han log inte längre utan såg mest besvärad ut. "Jag kan komma lite senare istället, jag hade bara vägarna förbi. Här, jag tog med en burk blåbärssylt."

"Tack så jättemycket."

Han tog ett par steg nerför trappan. "Jag kommer en annan gång."

"Nej men kom in. Det finns kaffe färdigt. Och frukost också om du vill ha. Kom in nu innan all värme försvinner ut."

Med fötterna redan på väg såg han tvehågsen ut. Han blev kvar med ena stöveln i gruset och den andra på nedersta steget.

"Kom nu."

"Bara en kort stund i så fall."

Han gick upp och klev in över tröskeln. Torkade noggrant av sig på dörrmattan och följde henne in i köket. Där ställde hon syltburken på köksbänken och gick mot skåpet för att hämta en kaffekopp.

"Vill du ha socker och mjölk i kaffet?"

"Nä, nåt kaffe behöver jag inte. Jag ville bara komma förbi och se hur det ser ut här på hotellet. Jag tog en kopp därhemma alldeles nyss."

Han såg sig intresserat omkring och just som Helena skulle truga kom Emelie tillbaka. Hon stannade tvärt i dörren.

"Det här är Verner, och det här är min dotter Emelie."

Helena uppfattade Emelies villrådiga ögonkast. "Vi träffades vid kyrkan igår och jag bjöd hit Verner på en kopp kaffe. Och så behöver han låna datorn ibland för att kolla sina mejl."

Det sistnämnda tycktes mer naturligt för Emelie än det varit för Helena, ingen förvåning märktes i hennes ansikte. Väluppfostrat gick hon fram för att hälsa.

"Hej."

"Verner heter jag."

Helena fortsatte mot köksskåpet. När hon vände sig om såg hon att Verner fortfarande höll i Emelies hand. Hon verkade besvärad och gav Helena en vädjande blick.

"Hon har bråttom till bussen. Så, Emelie. Skynda dig nu så du hinner." Emelie rann förbi honom och ut i farstun. "Har du med dig gympakläder?"

"Ja. Hej då."

Innan Helena hunnit svara gick dörren igen. Verner stod kvar med blicken i golvet och när han lyfte den såg han bekymrad ut. Där fanns ett svårtolkat uttryck som gjorde henne illa till mods. Tanken kom farande att hon hade begått ett misstag. Hon visste inget om Verner. Vem han var eller varifrån han kom. Vad som från början fått honom att anses som underlig.

Nu var han inbjuden till hennes dotters hem.

Hon ville be honom gå men visste inte vilka ord hon skulle använda. Mån om att få besöket överstökat ställde hon ifrån sig hans oanvända kaffekopp och pekade mot matsalen.

"Ska vi gå och titta lite då?"

Visningsturen tog dem en stund. Han beundrade glasverandan i matsalen och utsikten ner mot sjön. I salongen med alla bokhyllor berömde han rummets atmosfär och färgval på snickerier. I de två hotellrummen på nedervåningen studerade han nyfiket alla detaljer och visste knappt till sig över möbleringen. I vissa komplimanger avslöjades en osedvanlig kunskap om färgsättning och möbelstilar och Helena blev än mer nyfiken på hans bakgrund. Hon avslutade med att gå ut till ladugården, där Verner ojade sig över allt som återstod att göra. Hans engagemang var nästan rörande och när de slutfört turen var hon så uppmuntrad av alla hans välvilliga ord att hela tillvaron med ens tycktes lättare. "Ska vi ta den där kaffekoppen?"

"Nä tack, det är bra för mig. Däremot skulle jag gärna låna datorn en minut om det går bra."

Hans svar gjorde henne besviken. Hon hade så gärna velat ställa några frågor och hade hoppats att kaffestunden skulle ge henne tillfälle. Han var en fullständig gåta. Ändå gick det att slappna av i hans sällskap, en ovanlig känsla av att inget behöva bevisa.

De gick över gårdsplanen och upp på verandan. Det var fullt av bruna löv i hörnen som det var dags att få bort. Därefter skulle trallen oljas efter att den rengjorts med högtryckspruta. Hon fick se i bokningen när det lät sig göras. Oljan behövde ett dygn för att torka innan folk kunde gå in eller ut. Sittgrupperna i rotting hade övervintrat i magasinet men under vår och sommar stod de på verandan där gästerna ofta drack sitt kaffe.

Hon öppnade dörren och steg åt sidan för Verner. Han hade stannat halvvägs uppför trappan och stod och tittade utåt vägen. Helena följde hans blick och landade på Anderssons gård.

"Vet du om att Helga Andersson är död?"

Verner vände sig om och tog de sista stegen. "Ja, jag har förstått att det är så det är."

Han torkade av sig på dörrmattan och följde efter Helena mot receptionen.

"Kände du henne väl?"

"Nä. Det gjorde jag inte."

"Men det var väl hon som lät dig bo däruppe i stugan?"

"Vilken fin bild. Det var en hejare till fotograf som kan få en hög älgskit att bli så vacker."

Helenas tankar vände tvärt. Verner hade stannat vid ett av naturfotografierna. Det hade aldrig blivit av att hon tittat så noga, nu såg hon mycket riktigt att det var en hög med älgbajs, i vackert motljus och med daggstrukna grässtrån i förgrunden.

"Nämen! Jag har faktiskt inte sett vad det var förut. Jösses, det är väl inte riktigt passande att ha en sån bild här på väggen."

"Varför inte? Den är ju vacker."

"Utanför matsalen och allt."

"Det är väl inget fel på älgskit. Man ser vad man vill. Vill man se avföring så gör man det. Man kan också välja att betrakta ett av naturens under. Världen är inget annat än vars och ens egen uppfinning, den blir vad vi gör den till."

Helena kisade mot bilden och gjorde sitt bästa men tyckte sig nog ändå bara se en hög med skit.

De gick till receptionen och Helena bjöd Verner att slå sig ner vid datorn. Efter en kort instruktion var han ute på nätet och såg ut att klara sig själv. Hon lämnade honom i fred och gick ut i köket. Frukosten stod kvar, en hastig tanke gick mot övervåningen. De hade aldrig bestämt något om frukost, men å andra sidan, skulle han vara där en månad fick han ta hand om sig själv. Hon skulle visa var allting fanns men någon hotellservice ingick inte i anställningen.

Hon gäspade. Nattens förlorade sömn och morgontimmarnas bergochdalbana hade tärt. För att ta sig igenom dagen borde hon sova en stund. Hon fick skriva en lapp till Anders om han skulle vakna under tiden.

Hon stod med smörasken i handen när det hördes steg på kökstrappan. Ganska säker på vem det var kastade hon en blick på Verners nacke genom dörröppningen. Alltför tidigt var det dags för sammanstötningen med Anna-Karin. Det var så mycket mer hon hade velat veta innan hon tog öppen ställning. Så många frågor som hon velat ställa för att veta säkert att hon gjorde rätt. Hennes val skulle bli synliggjort. Nu inför konflikten var rädslan där igen. Vanmäktig såg hon mot dörren. Handtaget trycktes ner och i nästa stund tycktes Anna-Karin fylla hela farstun.

"Det var väl det jag trodde, jag visste att det skulle bli problem. Eller hur, visst var det väl det jag sa?" Helena var tyst. Hon förstod inte vad Anna-Karin syftade på. "Jag sa ju att det skulle bli problem med arvet, sa jag inte det?"

"Jo."

"Lasse kom över i morse och sa att tomtgränsen ska dras så att kastanjen hamnar på deras tomt. Och vet du varför? Lisbeth har fått för sig att bygga en keramikverkstad i lagården där hon ska ha kurser och nån jäkla keramikshop. Har du hört nåt så dumt? Och då måste vägen upp till lagårdsplan gå på deras tomt." Anna-Karin hade blivit kvar innanför dörren, alltför upprörd för att hänga av sig. Nu böjde hon sig ner och drog av sig stövlarna. Helena sneglade mot receptionen. Verner satt kvar och verkade inte ta någon notis. "Keramikförsäljning! Alltså ..." Anna-Karin skakade på huvudet då orden inte räckte till. "Hon är bara inte klok. Du har ju själv sett den där skålen som jag fick i julklapp, du vet den där snea ljusblå som jag har till igelkottarna. Nu tror hon tydligen att hon är nån slags konstnär som ska kunna sälja det där krafset hon gör."

Anna-Karin stegade in i köket men hamnade i en vinkel varifrån receptionen inte syntes. Helena snappade åt sig koppen hon tagit fram till Verner, hällde kvickt i kaffe och mjölk och förekom på så vis Anna-Karins rörelse över golvet. I hopp om att locka henne med sig till bordet gick hon dit och la i en sockerbit.

Inom sig förbannade hon sin feghet. Vad den fick henne att göra. Hon befann sig i sitt eget hus och hade rätt att göra vad hon ville. Ändå fasade hon för Anna-Karins reaktion som vore hon ett olydigt barn som snart skulle bli påkommet.

"Vi ska in till stan i dag och träffa både begravningsentreprenören och en advokat. Men det säger jag bara, kastanjen är min och vill dom bygga en keramikverkstad får dom göra det i sin del av lagården. Några lerkunder är inte välkomna att köra över min tomt, det är ett som är säkert." Anna-Karin gick fram till bordet men istället för att sätta sig öppnade hon fönstret. Med vana rörelser fick hon fyr på en cigarett och blåste ut röken genom fönsterspringan. Hon skulle just säga något då hon råkade slänga ett öga på Helena. "Nämen! Har du sminkat dig?"

Helena, som redan en gång hunnit ångra sitt så häpnadsväckande tilltag, gjorde en svävande gest. "Lite mascara bara. Jag har sovit dåligt i natt och tyckte det behövdes."

Anna-Karin drog ett halsbloss. "Blir det problem får jag väl skaffa mig en egen advokat, Lasse tror att det ska räcka med en gemensam eftersom det blir billigare. På tal om det, har han vaknat än, den där advokaten som kom igår?"

"Nej, och dessutom är han inte advokat."

"Vad är han då?"

"Målare just nu. Han ska stanna nån månad och hjälpa till att få klart i lagården."

Anna-Karins arm avbröt sin färd mot fönsterspringan. Hon tittade på Helena som om hon just dykt upp och munnen böjdes i ett leende. "Nämen oj Helena, här går det visst undan, den sidan har du minsann varit noga att dölja." Hon drog ett bloss på cigaretten. "Mascara och allt."

Helena svalde. Under bordet knöt sig nävarna och naglarna grävde sig in i handflatan. "Så är det verkligen inte. Han var arbetslös och behövde ett jobb och jag behöver en målare."

"Mm, så där låter det alltid. Och sovit dåligt har ni redan gjort."

Ursinnet bultade i tinningarna. Intill bristningsgränsen utled på Anna-Karins övertramp, hennes sätt att aldrig lyssna, hennes uppblåsta självgodhet. Helena hörde ljudet inom sig när fördämningen gav vika.

"Allvarligt talat Anna-Karin. Jag är jättetrött och inte på humör. En sak som du aldrig tycks ha förstått är att man kan prata med en man utan att nödvändigtvis vilja ha honom i säng. Du kanske skulle pröva det nån gång så du slapp att bli så besviken."

Det var svårt att avgöra vem som blev mest förbluffad. Helena satt orörlig på stolen, kroppen kändes tung och stel. Varför hon valt just de orden visste hon inte.

Färgen steg på Anna-Karins kinder som om hon fått en örfil. En kort stund blev allting stilla. Sedan snörptes munnen ihop och hon fimpade hastigt på fönsterblecket. Helena såg att hon tog sikte på soppåsen och blundade i väntan på skrällen. När hon tittade upp stod Anna-Karin i kökets mitt där sikten var fri mot receptionen. Med långsamma steg gick hon vidare och med fimpen kastad vände hon sig om. Inte ett ord sa hon, bara såg på Helena med en blick som borde ha gjort henne skräckslagen. Styrkt av ilskan förmådde hon möta och hålla den kvar.

Tystnaden föll. Inte ett ord yttrades, ändå fanns inget att tillägga efteråt.

Anna-Karin gick mot farstun. Helena hörde prasslet från jackan och stövlarnas blixtlås. När köksdörren stängdes visste hon att något var över. Som kluven på mitten drog hon ett hackigt andetag. Ena halvan ville springa efter, be om förlåtelse, försäkra sig om att Anna-Karin fortfarande tyckte om henne.

Att allt fick förbli som förut.

Andra halvan var fast besluten, den rymde en hissnande lättnad över att äntligen ha fått komma till tals. Hon lutade huvudet i händerna, ville ha någon att prata med. Men den hon på senaste tiden varit hänvisad till var den som just lämnat hennes hus. Nu stod hon ensam i en tillvaro som alltmer tycktes spåra ur. Genom fönstret såg hon Anna-Karin försvinna upp mot sin grälsjuka gård.

"Ja du Helena, är det inte det ena så är det det andra." Verner hade kommit in köket. Hon visste att han hört vartenda ord som sagts men hade varken ork eller lust att förklara. På andra sidan vägen såg hon Anna-Karin försvinna in i sitt hus. "Det är enklare med djur och växter, dom krånglar inte till det så förbaskat. Men vi människor tycker oss bli drabbade av än det ena och än det andra." Hon ville att han skulle gå, orkade inte vara artig. Det var trots allt han som utlöst kaoset, även om han bara utgjort själva droppen.

"Tänk ändå, det finns så många ledsna människor. Vi är det enda kreatur som föds med förmånen att kunna gråta, ändå väljer en del att leva som tilltäppta tryckkokare. Antingen slutar det med explosion eller också får man gömma sig i sin bitterhet. Titta, ser du älgen?"

På fältet bort mot skogen stod en präktig älgko. Alldeles i skogsbrynet, som om den tvekade inför den kala, oskyddade terrängen. Långsamt gick den över åkern och stannade på infartsvägen upp mot gården. Synd att inga gäster fanns som kunde följa skådespelet, det var just sånt många av dem kom i hopp om att få se.

"Det är få som begriper att man väljer själv om man blir vinäger eller årgångsvin."

Det stora djuret skrämdes av en bil och satte av mot skogen. Helena var inte mottaglig för en analys av Anna-Karins beteende. Och för de frågor hon velat ställa till Verner fanns inte längre rum för några svar. Det fick vänta till en annan gång. Hon reste sig, kraftlös i både ben och inombords. "Vet du vem hon är?"

"Vem?"

Hon förvånades av frågan. "Henne du pratar om, hon som var här."

Han såg på henne med ett ansiktsuttryck hon hade svårt att tolka. "Jaså hon."

"Det var Helgas brorsdotter. Din nya hyresvärd."

"Jag vet det. Och det blir kanske inte så roligt."

"Nä, Verner, det blir nog inte det är jag rädd."

Verner suckade. "Men hon har väl sitt att släpa på som alla vi andra." De gick mot farstun. Verner la handen på dörr-handtaget. "Jag får tacka för lånet av datorn. Och för att du ville visa mig hotellet."

"Det var så lite. Du vet var den står om du behöver den igen."

Han log lite, men Helena tyckte att han såg ledsen ut. Som om han ville säga något men tvekade. Han steg ut på trappan. "Hej då Helena, och lycka till."

Hon stängde dörren och lutade pannan mot dörrkarmen. Förbi av trötthet gick hon tillbaka och satte sig. Allting var i upplösning, halvt och undanglidande, på väg mot något hon inte kände till. Hon ville ha någonting att hålla fast i. Något oföränderligt som gick att lita på. Istället gick hon som i sumpmark och allt hon fruktat hade hopat sig.

Hon gned sig i ögonen men avbröt sig då hon mindes den förbannade mascaran.

Om det bara funnits någon hon kunde ringa. Någon som ville lyssna och ge henne råd. Hennes vänkrets var sedan länge skingrad. Hon hade inte ringt en enda av deras gamla vänner sedan Martin lämnat henne. Skammen hade bildat mur. Hon visste inte vilka som valt Martins sida och kanske börjat umgås med honom och den nya. Ingen hade i varje fall hört av sig till henne.

Med hennes syster var det som det var. Hon hade följt deras mammas välsnitslade spår och tagit över stafettpinnen, men hade tack och lov aldrig skaffat barn. Krystad och förljugen hade kontakten upprätthållits tills deras mamma äntligen dött. När hon var borta fanns inget skäl att fortsätta. Bara en gång på de tio år som gått hade de talats vid. När systern ringt och velat låna pengar.

Hon suckade tungt och lutade sig fram över bordet. Tänkte att hon borde gå och vila. Med armarna utsträckta blundade hon och strax därefter sov hon djupt.

KAPITEL 14

Väldigt märkligt, tänkte Anders efter att i en stund ha pendlat mellan sovande och vaken. När sinnet väl valt sida kände han förundran över vad som hänt. Ingen ånger fanns över beslutet, tvärtom hade något skalats bort för att ge plats åt något nytt. Vad han dock fann väldigt märkligt var att han svarat som han gjort. Svaret hade hämtats långt utanför den säkra zon han var van att vistas i. Anders Strandberg anställd som målare. Tur att ingen fanns där som kunde tipsa Dagens Industri.

Det var just detta villkor som lockat. Att han befriad från varje förutfattad mening kunde göra vad han ville. Han hade fått en månads dispens och skulle få låna någon annans liv.

När han reste sig ur sängen fanns det viljekraft i hans rörelser. Han var på väg någonstans där han var väntad. Skillnaden var slående mot alla dessa morgnar då han vaknat utan syfte. Inte ens stelheten han kände efter olyckan kunde få honom ur humör.

Beslutet krävde vissa praktiska bestyr. Mest akut var bristen på kläder. I den lilla resväska han haft med sig var det rena redan slut. I Anders Strandbergs vanliga liv skulle han bara mejlat en inköpslista till kontoret. Han hade fortfarande fyra anställda som förvaltade hans förmögenhet och han brukade använda dem till allehanda ärenden. Men inte denna gång. Under en månads tid skulle han vara inkognito. Röjde han sitt tillhåll skulle magin gå förlorad. Han tänkte inte redogöra för någon om sina förehavanden. Därför återstod att ta sig till en klädaffär eller handla över nätet. Han föredrog det senare, och med hjälp av sin Iphone beställde han det han behövde. Adressen till hotellet fann han i informationsmappen på sekretären. När han var klar slog han av telefonen, fast besluten att ha den avstängd så länge nådatiden varade.

I huset var det tyst. I nedervåningen låg rummen öde och Helena syntes inte till. Han gick mot receptionen. Eftersom han numera ingick i personalen ville han inte använda den lilla mässingsklockan på disken. En markering, kanske mest för sin egen skull. Han bläddrade i några turistbroschyrer och läste på en anslagstavla, tittade på naturfotografierna och kikade in i matsalen. När inget hände gick han fram till den öppna dörren bakom receptionsdisken. Ett kök, hann han tänka, innan han såg Helena ligga framåtlutad över bordet. Huvudet vilade på händerna med ansiktet vridet åt hans håll. Att hon sov var uppenbart. En sträng saliv rann från munnen ner mot bordet där det samlats i en liten pöl.

En stund stod han rådvill. Det fanns något utsatt över hennes exponering, synen fick honom att vilja vända om. Om hon vaknade var han rädd att hon skulle bli generad. Så tyst han kunde smög han tillbaka ut i receptionen, harklade sig ljudligt och väntade en stund innan han ropade hennes namn. Genast hördes skrap från stolsben, strax därefter dök hon upp i dörren med förvirrad uppsyn och ett liggmärke på vänster-kinden. För ett ögonblick såg hon inte ut att minnas vem han var.

"Förlåt, jag kanske väckte dig?"

"Va, ja, nej jag bara ..." Hon gned sig i ansiktet och efteråt var hon svart under ögonen. "Jösses, jag tror visst att jag somnade. Kom, det finns frukost."

Han rundade receptionsdisken och följde henne in i köket.

Medan han åt sin frukost urskuldade Helena gång på gång den usla timlön hon kunde erbjuda. Trots att han försäkrade att det var tillräckligt fortsatte hon, och han tänkte att någon vidare förhandlare var hon inte. Om de mötts under andra omständigheter hade Anders Strandberg krossat henne som en fluga.

När han ätit fick han en grundlig guidning i köket. På-fallande effektivt rörde hon sig mellan skåpen, det enda som minde om att hon sovit nyss var liggmärket på kinden. Hela tiden fick han kämpa för att bortse från det svarta under ögo-nen. Tänkte att han kanske borde säga något. Men i valet mellan att genera henne, eller låta det vänta tills hon såg sig i en spegel, valde han fegt det senare.

"Hur har du det med arbetskläder?"

"Inte så värst, får jag väl lov att erkänna. Finns det nåt jag kan låna tills jag hinner fixa nåt?"

"Det hänger ett blåställ i herrstorlek i magasinet. Du kan betrakta det som ditt."

"Vems är det då?"

"Ingen som behöver det." Det var uppenbart att det var allt hon tänkte säga och han frågade inget mer. Hon stod redan i dörren. "Ska vi gå ut i lagården då?"

Synen som mötte på verandan fick honom att stanna upp. Som såg han allt för första gången. Landskapet var täckt av nattfrost och fältens fjolårsgräs låg gnistrande i vita vågor. Varje väderstreck bjöd på ett panorama. Hans Stockholmsblick som blivit van att hindras av husfasader fick möjlighet att löpa fritt. Upp till bergskrönen där världens ände väntade och tillbaka ner över skog och åkermark. Själva himmelen tycktes vidare.

"Kommer du?" Helena verkade blind för prakten och hade fortsatt till ett uthus. Där öppnade hon en svartmålad dubbeldörr och Anders gick ner för verandatrappan. "Det här är magasinet och här har vi virke och verktyg och lite annat som du kan behöva. En del ligger redan i lagården men saknar du nåt så är tipset att leta här."

Anders gick över gårdsplanen. Han upplevde en lätthet som vore han berusad. Han mindes plötsligt hur han känt då han som femtonåring blivit instruerad på sitt första sommarjobb. Fyra veckors anställning som städare på Hotell Ramada.

"Här."

Helena räckte fram ett blåställ. Hon höll det mellan pekfingret och tummen, tillsynes angelägen om att undvika beröring. Han tog emot det, nu en aning tveksamt, och när hon vänt sig bort luktade han i smyg men kände inget särskilt.

"Det står ett par gummistövlar i storlek 43 där borta om du behöver. Ska vi gå in i lagården då och titta på själva bygget?"

Ladugården var vinkelbyggd och de gick in från ena kort-sidan. Innanför dörren tog en korridor med dörrar vid och det var tydligt att de gick längs ladugårdens gamla mittgång. På stengolvet fanns spolrännan kvar, här och var syntes balkar till de gamla båsen. Ovanför varje dörr satt griffeltavlor och minde om de forna korna. Blenda, Rosa, Bella. Och så plötsligt Greta Garbo, vilket fick honom att le.

"Vad fint det är. Schyst att du har sparat så mycket av lagårdskänslan."

"Ja, det blev bra."

De hade kommit fram till korridorens ände, svängde runt hörnet och möttes av en vägg med byggplast. På andra sidan väntade hans nya arbetsplats. I en villervalla av virkesstumpar, sågspån, öppnade skruvkartonger, färgpytsar, travade golv-bräder och lister kände han ett styng av missmod. Framför honom stod ett metallbord med en uppfälld sågklinga. Han betraktade de vassa taggarna och rös.

"Det ser faktiskt värre ut än vad det är, jag har bara inte hunnit städa undan efter snickarna."

Visst vore det enkelt att bara gå. Erkänna vansinnet han gett sig in i och dra sig ur. Det svåra skulle vänta efteråt, att vara den som gett upp så lätt. Som av pur lathet valt bort den möjlighet som i stunden föreföll vara hans enda räddning. Om han vände nu återstod bara ett alternativ som inte längre kändes rimligt. Det fanns så mycket kvar han ville göra. Han visste bara inte vad och hur han skulle ta sig dit. Därför var han fast besluten.

Han gick fram till en öppen dörr och såg in i ett rum klätt med gipsskivor. Fogarna var vitspacklade och allt var klart för målning.

"Det bästa vore att beta av rummen i tur och ordning istället för att göra lite här och där. Korridoren måste bli klar före sommaren och helst åtminstone tre av rummen."

Han nickade.

"Vad tror du?"

"Jo."

"Var det mer än du trodde?"

"Nä då, jag ska göra så gott jag kan."

Hon log och han anade hennes tacksamhet.

"Du får väl känna på hur det känns och säga till om du ångrar dig. Vi tar det per timme som vi kom överens om."

Anders gick in i rummet och fram till en färgburk. "Är den här till väggarna?"

Hon nickade. "Ja, och den vid fönstret är till panelerna."

"Okej. Då är det väl bara för mig att sätta igång."

När Helena gått drog han på sig blåstället och hällde upp en lagom pöl i färgkaret. Han mindes första lägenheten i Stockholm, den han hyrt i andra hand. En liten etta med dusch i källaren. Han hade rollat de inrökta väggarna vita, njutit av att få det fint och att göra något med händerna. Han mindes känslan efteråt då han betraktat resultatet och känt sig stolt och nöjd. Det tillstånd han numera aldrig kunde finna.

Fylld av beslutsamhet skred han till verket. Rollern svepte över väggen, rullades i färg, svepte över väggen, rullades i färg. Snart gick rörelsen mekaniskt och tanken blev fri att ägna sig åt annat. Han borde finna detta farofyllt, men hans sinnesstämning var förändrad. Blåstället hade blivit hans hölje. Funderingar och minnen kändes mindre skrämmande. Nu kunde han nyfiket närma sig dem, som om han tänkte åt någon annan.

Han tittade på väggen framför sig. Varje omålad kvadratcentimeter var lika med en frist. Ytan gånger färgen gånger tiden. Ekvationen ledde vidare till hans armbandsur och han knäppte av sig läderbandet för att lägga klockan i fickan. Det vore onödigt att fläcka Einsteins ur med målarfärg.

Än en gång for tanken till hans pappa. Fysiklärare Ingvar Strandberg, allmänt kallad Protonen i korridorerna. Han som aldrig hann få veta att hans son skulle bära Albert Einsteins armbandsur. Geniet som ogillade kvantfysik. Han undrade plötsligt om det var därför han så gärna velat äga klockan, särskilt billig hade den ju inte varit. Nu slog honom tanken att köpet varit en fördröjd trotshandling. Att han bar klockan på armen som en symbol för sitt avståndstagande.

Anders och Einstein mot Protonen.

I så fall var det synnerligen barnsligt.

Det lånade blåstället tillät en välgörande distans från hans vanliga tankespår. Han kunde ställa sig på lite håll och då såg han sånt han förbisett. Minnen som hamnat i skymundan. De som gjort ont hade ostört fått breda ut sig. Nu såg han sånt som också funnits. Som han av någon anledning valt att glömma.

Kasserat minne.
   Lagrat: 1978. Plats: Klassrum A 2:10 vid Huskvarna högstadieskola.

Han sitter längst bak i kemi- och fysiksalen. Lukten är densamma som alltid, besk och kvalmig av kemikalier och bränd metall. Experimenten som görs i rummet har trängt in i inventarierna. Lukten är förknippad med laboratoriebänkarna med mörkgrön yta, där eleverna sitter på höga stolar som tyvärr är svåra att vicka på om man vill verka nonchalant. På denna lektion känns det ytterst angeläget, eftersom ordinarie lärare är sjuk och klassen fått Protonen som vikarie. Anders har valt att sätta sig nära dörren. Han har övervägt att skolka men bestämt sig för att det är enklare att själv bevittna eländet än att få det beskrivet i efterhand. Även om hans status i skolan är god, det ger prestige att spela i rockband, finns det säkert gränser för vad en elgitarr kan överbrygga. Alla i salen vet att det är hans pappa som halvsitter på katedern. Klädd i den bruna manchesterkavaj han alltid bär på jobbet.

"Välkomna ska ni vara allihop, jag heter Ingvar och jag tänkte ägna den här lektionen åt kvantfysik. Eller kvant-mekanik som det också kallas."

Några vrider på huvudet och ser på Anders. Han låtsas som ingenting och fäster blicken på en grundämnestabell. Det går att vicka lite på stolen, om han bara tar det försiktigt.

"Nu ska ni inte bli bekymrade om ni inte förstår nåt av den här lektionen. En hel del av det kvantfysiken bevisar ligger nämligen bortom gränserna för vad vårt förnuft klarar av. Niels Bohr, som fick Nobelpriset i fysik 1922, han sa att dom som inte chockeras första gången de stöter på kvantteori kan omöjligt ha förstått den. Och Richard Feynman som fick Nobelpriset 1965, han sa så här: Jag törs nog lugnt påstå att ingen förstår kvantmekanik."

Jonny räcker upp handen. "Varför ska vi då ha den här lektionen? Om vi ändå inte kommer att förstå nåt är det ju fullständigt meningslöst?"

Det fnissas och Jonny ser nöjd ut. Klassens obstinate med självpåtaget ansvar att provocera lärare, i synnerhet vikarier. Anders tittar längtansfullt mot dörren.

"Bra sagt!" säger Protonen och far upp från katedern. Engagerad och med ett rörelsemönster Anders aldrig tidigare har sett. "Men vad som är meningslöst eller inte är bara en fråga om perspektiv. När vi uppfattar nåt som meningslöst eller dumt är det bara för att vi blir påminda om våra egna begränsningar. Då har vi hittat nåt som inte passar in i vårt vanliga sätt att tänka. Det nya känns alltid besvärligt, för då tvingas vi förändra nåt som vi vant oss vid." Hans pekfinger far upp i luften. "Men det är just här geniet särskiljer sig. Ett geni låter sig aldrig begränsas av vad han eller hon redan tror sig veta. Frågar du en uppfinnare, en vetenskapsman eller en sann konstnär om vad som är meningslöst skulle dom svara att det är sånt som just i stunden tycks obegripligt, men som kommer bli meningsfullt så snart dom hittat rätt synvinkel."

Jonny gör ett nytt försök. Med armarna i kors och en min av utstuderat ointresse. "Jag fattar ingenting."

"Bra, då kanske det blir du som får Nobelpris om några år."

Det skrattas och Jonny vrider på sig. Anders ser förundrad på sin pappa. Om det nu är han som står där framme. Livfull och med ivriga rörelser. På gränsen till karismatisk.

"Om vi nu alla låtsas att vi är genier som inte låter oss begränsas av vad vi redan vet så ska jag ge er en liten smakbit av mysteriet. Sen är det upp till er om ni vill leta vidare. Men en sak ska ni veta. Hur ni än väljer kommer det att finnas där, ni bär omkring på det, bokstavligen ner till er minsta beståndsdel." Han gör en konstpaus och ser ut över klassen, därpå en rörelse med armarna för att inkludera hela klassrummet. "Ni, och allt annat ni ser omkring er. Och det är där, på den subatomära nivån, som det verkligt märkliga sker."

"Vad betyder subatomär?"

"Det som är mindre än själva atomen. Så oändligt små partiklar att våra ögon inte räcker till. Låt oss förstora en väteatom så att ni förstår vad jag pratar om." Han går fram till svarta tavlan, tar en krita och börjar rita. "Om vi tänker oss att atomkärnan är stor som en basketboll. Då skulle elektronen som kretsar runt den vara ungefär tre mil bort. Däremellan finns det ingenting, men tack och lov är mellanrummet inte tomt utan fyllt av stark energi. Och det är ju tur, för annars skulle ju både ni och stolarna ni sitter på bara vara tomrum. Och det är nu vi kommer till det första mysteriet."

Han tittar ut över klassen och borstar av sig osynligt kritdamm från händerna.

"Låt oss undersöka den där elektronen lite närmare. Nu när jag har vänt ryggen till den så uppträder den som en våg, den är alltså utspridd som en ljud- eller vattenvåg. Den har ingen exakt position." Hans hand gör en böljande rörelse i luften. "Men! Vad händer om jag observerar den?" Han ser illmarig ut och vänder sig hastigt om och tittar mot tavlan, som i ett försök att överrumpla elektronen. "Jo, plötsligt är den en partikel. Med ens är den både solid och har en exakt position." Han tar kritan och gör ett utfall mot tavlan och efterlämnar en vit liten prick. "Vad har vi lärt oss då? Jo, att elektronen beter sig olika beroende på om vi observerar den eller inte. Och minns nu vad jag sa, att både ni själva och allt ni ser omkring er består av subatomära partiklar. Det borde alltså betyda att vi inte kan observera nånting utan att samtidigt förändra det. Frågor på det?"

Ingen säger något. Till och med Jonny är tyst. Själv är Anders stum av förundran. Inte så mycket inför kvantfysik som inför vikarien. Han bär samma drag som hans far men beter sig som en helt annan person.

"Hur kan nåt vara både en flödande våg och en solid partikel?"

Ingen räcker upp handen. Till slut väljs en elev på måfå. Anders vet att dagens vikarie inte kan ett enda namn. Utom möjligen hans.

"Jag vet inte."

"Bra! För det är det ingen annan heller som vet. Våra hjärnor tycks inte kapabla att förstå en sån motsägelse. Under hundratals år har vi uppmuntrat rationella och logiska tankegångar. Enligt dom måste allt vara antingen det ena eller det andra. Framför allt måste det gå att mäta och undersöka för att det ska anses vara verkligt. Det är där kvantfysiken har blivit så besvärlig, där kan man bara räkna med sannolikheter. Vilket leder oss in på nästa mysterium."

Det är knäpptyst i rummet. Hans pappa äger klassens uppmärksamhet.

"När nu vågen har blivit en partikel, och vi observerar den i ett experiment, då inträffar nästa omöjlighet. Eller meningslöshet kan vi kalla det, eftersom vi ännu inte förstår hur det sker. Utan nån som helst förvarning försvinner plötsligt partikeln och dyker upp nån annanstans, på en plats som ingen har kunnat förutse. Och märk väl, utan att nånsin befinna sig nånstans däremellan. Detta strider mot vår grundläggande världsuppfattning som för tillfället baseras på Albert Einsteins relativitetsteori och enligt den kan inget färdas snabbare än ljuset. Kvantfysiken har bevisat att subatomära partiklar förflyttar sig ögonblickligen, utan att nånsin vara på väg."

Anders känner att han ler. Det han förr varken velat eller kunnat se blir med ens uppenbart. För första gången ser han sig själv i sin pappa och känner igen den gen som präglat honom. Det är från honom han ärvt sin envishet, sin vilja att lära sig mer, sitt begär efter att nå nya nivåer. De sitter där hemma, i varsitt rum, men är ute på samma resa. Två alkemister på jakt efter den gyllene formeln. Han i musikens sfär och hans pappa i kvantfysikens. Klassrummet är hans pappas scen, den plats där han tillåts briljera. Precis som Anders gör på andra scener med hjälp av sin elgitarr. Skillnaden är försumbar.

"Ingen vet varför partiklarna gör så där, eller vilken process som får det att ske. Allt tyder på att partiklarna fattar egna beslut. Men för att kunna ta ett beslut måste dom få nån slags information. Och varifrån kommer i så fall den?" Han tystnar och gör en min som visar att han inte har något svar. "Dessutom verkar partiklar kunna kommunicera med andra partiklar, trots att dom befinner sig på oerhörda avstånd från varandra. Det förefaller som om alla partiklar är förbundna med varann på någon nivå som ligger bortom tid och rum. Att allt i universum ingår i ett allomfattande mönster."

Erika räcker upp handen och frågar. "Var kommer Gud in i allt det här?"

Hans pappa rycker på axlarna. "Vad tror du själv?"

Erika tänker en stund. Anders vet att hon är medlem i en av Huskvarnas många frikyrkoförsamlingar men han har aldrig brytt sig om att ta reda på vilken. "Kan det vara han som ger partiklarna den där informationen?"

"Kanske det. Eller också kommer den från oss själva."

"Hur då menar du?"

"Genom hur vi väljer att observera."

Det blir tyst i några sekunder innan Erika fortsätter. "I så fall hävdar ju du att vi har lika stor makt som Gud."

"Jag hävdar ingenting. Jag berättar om kvantfysik och den säger att vi inte kan observera verkligheten utan att samtidigt förändra den. Forskare menar att det inte finns nåt *där ute* som är oberoende av det *här inne*." Han knackar med fingret mot huvudet. "Vår hjärna bombarderas i varje sekund av en ofantlig mängd sinnesintryck. Vi blir bara medvetna om ungefär en procent av all den informationen, resten sorteras bort. Så frågan är kanske mer vad vi väljer att fokusera på."

"Hur menar du då?"

"Om man bortser från rena överlevnadsinstinkter så prioriterar hjärnan det du har lärt den att prioritera. Tanken når aldrig utanför den referensram du själv har byggt upp, där finns helt enkelt inga kopplingar. Hjärnan jämför allt med vad den redan vet och söker alltid logik. Och den är en mästare på att generalisera. Ta det här som exempel." Han vänder sig om och skriver ivrigt på tavlan.

Viekln är Srevisges sörtsat satd? Sotklchom.

"Hur många kan läsa vad det står?" Alla utom Jonny räcker upp handen. Om han verkligen inte kan läsa eller bara gör ett sista försök att visa ointresse är svårbedömt.

"Sammanfattningsvis kan man väl säga att det du uppfattar har filtrerats genom just dina livserfarenheter, övertygelser och värderingar. När du ser dig omkring är det inte verkligheten du förnimmer, utan den verklighet som just *dina* sinnen väljer att notera. Det som passar i *dina* tankemönster, det *din* tro tillåter och det *dina* känslor bryr sig om att uppfatta. Var så säker, klasskamraten bredvid har helt andra filter och gör därför en annan tolkning. Så vem av er kan påstå att just er uppfattning är sann?" Det blir tyst en stund. "Här finns förklaringen till varenda kulturell eller religiös konflikt i världen. Vi sitter fast i vår egen konstruktion av verkligheten och försöker övertyga andra om att deras är fel, när det i själva verket kan vara vår egen version som är begränsad." Han lägger ifrån sig kritan och går och sätter sig på katedern. "Allt det vi kallar vårt jag, är ett resultat av vad vi har tänkt. Och det vi tänker, det blir vi."

Erika talar för en gångs skull utan att räcka upp handen. "Det är att häda att säga så."

"Inte enligt min uppfattning, men som jag sa har vi alla olika."

Erika kliver ner från stolen och skjuter in den med ett ilsket skrapljud. "Jag finner det respektlöst mot oss troende att tvingas lyssna på sånt här under lektionstid."

Några stönar och en och annan himlar med ögonen. "Men Erika, lägg av."

Hans pappa slår ut med händerna. "Det var inte min mening att verka respektlös. Livet går kanske inte ut på att veta, kanske handlar det främst om att förundras? Kanske ligger en total förståelse av verkligheten bortom det rationella tänkandets förmåga. Om du tror på en osynlig Gud borde väl du och jag vara överens på den punkten."

Erika går mot dörren och Anders ser att hon är röd i ansiktet. Just som dörren stängs bakom henne ringer skolklockan. Lektionen är över. Bara Jonny reser sig men blir stående vid stolen när alla andra sitter kvar. Till och med Anders, som känner hur han snuddar vid en känsla han aldrig har haft. Den han så gärna ville ha som liten, när alla såg hans pappa åka skridskor. Hur gärna hade han inte velat slippa känslan av att känna sig överlägsen sin far. Han som inget kunde, inte ens laga mat. Som var så inkapabel. Föraktet han känt uppvägs plötsligt av en välkommen beundran. Han står där framme och kavajen är lika ful som förut men plötsligt gör det ingenting.

"Japp, det var lite om kvantfysik det. Låt mig avsluta lektionen med ett par ord från Albert Einstein. Lyssna noga nu, för minns ni det här och tar det som ett råd kommer era liv att bli enklare att leva." Han vänder sig om och skriver på tavlan samtidigt som han uttalar orden. "Definitionen av galenskap är att gång på gång göra samma sak, men ändå förvänta sig ett nytt resultat."

Många år senare stannar en målarroller mot en hotellrumsvägg. Anders blir stående i stilla förundran. Med ens står det klart varför hjärnan skramlat fram detta minne, nattens beslut syntes inte längre så märkligt. Där vilade förklaringen. I djupet av hans medvetande låg alla minnen och slumrade. Några hade lagrats starkt intensiva, andra lösts upp till fragment. Hur urvalet gjorts visste han inte. Bara att det som gjort ont hade vårdats noga, medan annat med tiden bleknat bort. Han hade valt sin verklighet. Där fick inget förringa besvikelsen han kände mot sin pappa över att han aldrig funnits där.

Nu, när han behövt det, hade ett av de ratade minnena trängt fram.

Albert Einsteins definition av galenskap.

Han sänkte blicken och såg på sin blåställsklädda kropp. Ingen kunde åtminstone säga att han inte försökte något nytt. Och på den vägen, och endast den, var han redo att gå vidare.

I den stunden slöt han ett avtal med sig själv.

Under den nådemånad som låg framför honom fick han inte säga nej om tillfälle uppstod att prova något nytt.

KAPITEL 15

I det hus som än så länge tillhörde Helga Anderssons dödsbo
stod Anna-Karin redo i hallen. Kappan och stövlarna var på
och handskarna låg nerstoppade i fickan. Ytterdörren stod på
glänt och genom glipan röktes dagens sjätte cigarett. Två
dagars ranson var därmed förbrukad. Upprördheten ville inte
släppa. Helenas oväntade utbrott hade sårat henne djupt. Det
hon hävt ur sig var både elakt och orättvist, hon begrep inte
vad hon gjort för att förtjäna denna förolämpning. Hon hade
trott att de var vänner. Nog för att de kunde tycka lite olika,
men Helena hade aldrig visat skymten av den sida som idag
stått oförställd. Blicken hade närmast varit nedlåtande. Var
ilskan plötsligt kom ifrån begrep hon inte. Hon hade aldrig
förr sett Helena arg, inget hade kunnat provocera henne. Men
just idag, när Anna-Karin verkligen behövde henne, hade
människan överraskande exploderat.

Anblicken av Verner i receptionen. Helenas utstuderade
provokation. Sveket var en tung besvikelse.

Hon hörde ytterdörren stängas i grannhuset. Cigaretten

fimpades mot utetrappan och hon gick ut och låste. Lasse hade redan startat bilen, sakta gled den mot grinden. Hon la ingen brådska i stegen, han var tvungen att vänta, för mötena med advokaten och begravningsbyrån kunde ändå inte ske utan henne. När hon kommit ikapp klev hon in på passagerarsidan och knäppte på sig bältet. Ingen av dem sa något, för inget fanns att säga. Fortsatt bråk om kastanj och keramikverkstad fick vänta tills de hade en advokat som domare.

Nere på vägen tog de till vänster och Anna-Karin såg mot hotellet. Vitt med gråa snickerier, tronande på kullen med bygdens bästa utsikt.

Byns forna röda storbondgård.

Bara det att de valt att måla boningshuset vitt.

"Jag vill inte att vi tar begravningskaffet på hotellet. Vi får boka tid i församlingshemmet."

"Det är väl klart vi tar kaffet på hotellet."

"Nej, det ska vi inte."

"Varför inte det nu då?"

"Det blir bättre så."

Lasse suckade. Hans handskbeklädda fingrar trummade mot ratten. Hon hade ingen lust att förklara sig. Blev bara än en gång påmind om Helenas bristande inlevelseförmåga. Verner, som plötsligt suttit där som en självklarhet. Hon undrade hur länge han och Helena hade umgåtts i smyg bakom hennes rygg. Nu när hon fått se hennes sanna sida var det inte längre så förvånande. Hon hade skymtat det ibland, det hos Helena som hon aldrig hade gillat. I synnerhet den självgodhet som kunde sippra fram när hon talade om folk i bygden. Hon mindes hur hon beklagat sig när de kommit inflyttandes, sagt att de inte känt sig välkomna. Men vad begärde hon? Redan första veckan hade hennes karl lyckats göra sig ovän med både rörmokaren och Olsson som ägde fältet ner mot sjön. Martin hade bett honom ta bort de vita ensilagebalarna som störde utsikten från hotellet. När Olsson som svar lagt dit en omgång till tog de det som bevis på att vara motarbetade. Att folk var tvungna att sköta sina jordbrukssysslor var inget de tog hänsyn till. Helena hade klagat över att så få ortsbor kom och åt på deras restaurang. Men när Anna-Karin föreslagit mer normala rätter på menyn hade hon vägrat lyssna. Att ta seden dit man kom var inget för Helena. Nej, det var enklare om alla andra kunde ändra sig.

Hon mindes att Helena en gång hävt ur sig ordet "trångsynt". Det hade hänt precis i början när de varit nyinflyttade. Kommunen hade planer på att göra om den gamla skolan ett par mil bort till flyktingförläggning och fler än Anna-Karin hade protesterat. Naturligtvis hade Helena och Martin hört till skaran som vägrat skriva på namninsamlingen. De med sitt toleranta sinne och påstådda samhällsengagemang. Det var obegripligt att det gick att hyckla med så många svåra ord som Martin tagit till i diskussionen. För något samhällsengagemang hade då inte Anna-Karin sett till i några andra sammanhang. Allt de brydde sig om var hotellet. Den gången hade de så när blivit osams. Martin och Helena hade menat att det fanns så mycket outnyttjad yta här i Norrland. Anna-Karin hade kallat Martin blåögd och själv hade hon fått höra att hon var främlingsfientlig. Vad som retat henne var att de så blint förnekade problemen. Alla visste att det blev konflikter när utlänningar med konstiga vanor och beteenden skulle samsas med de traditioner som gällde. Det ställdes alldeles för låga krav på anpassning. Om hon själv behövt flytta till deras länder hade hon minsann inte fått göra och säga vad hon ville. Och vad skulle de göra hela dagarna här på landsbygden? Arbetstillfällen var det ont om redan som det var, många ungdomar tvingades bort från trakten. Då var det bättre att de hamnade någonstans där det fanns bättre förutsättningar. Kanske i Riksdagshuset hos dem som från början tog besluten om all invandring. Men det hade hon aldrig sagt till Martin. För visst tyckte väl även hon att man skulle hjälpa dem som var i nöd. Även om det var för många som släpptes in i landet.

Det var egentligen beklämmande hur lite Helena förstod, men ändå lyckades få sina åsikter att verka mönstergilla. Hon gick där och klagade på mödan med att driva hotell, ändå stannade hon, trots att hon med lätthet kunde flytta därifrån. Utbildad var hon och skulle enkelt få ett jobb någon annanstans. Hon visste inget om att leva sitt liv på en och samma plats och vara nöjd med det som var. Att vara aktsam om traditioner. Med vilken rätt blev Anna-Karin kallad trångsynt för att viljan fanns att bevara det hon alltid känt som sitt? Det var nog med alla påtvingade förändringar – småjordbruken som lagts ner och alla som tvingats flytta, de stora matmarknaderna vid städernas infarter som tagit död på landsbygdens små matbutiker. Numera fick hon åka flera mil för att köpa sig en liter mjölk.

På kort tid hade mycket försvunnit. Var det då konstigt om folk ville hålla fast vid det lilla som fanns kvar?

Det var inte mycket hon kunde påverka, men över den lilla plätt som var hennes hade hon fortfarande viss kontroll.

"Jag har funderat på om vi skulle ta och renovera Kullmyrstorpet." Hon uppfattade Lasses snabba blick med ögonvrån.

"Varför då? Har Verner bett om det?"

"Jag tänkte att våra barn kunde ha det. Det blir bra för dom att ha ett eget ställe när dom kommer hem och hälsar på."

"Skämtar du?"

Anna-Karin öppnade handväskan och tog fram en pappersnäsduk. Snöt sig istället för att svara.

"Tror du att nån av våra ungar skulle vilja sova där uppe? Har du varit där på länge och sett hur det ser ut?"

"Vi skulle ju renovera det först." Hon såg sig om efter en skräppåse men blev kvar med näsduken i handen.

"Det skulle vara billigare att jämna den där stugan med marken och bygga en ny. Var dom pengarna skulle komma ifrån vet inte jag. Och vart hade du tänkt att Verner skulle ta vägen?"

Anna-Karin följde en stretande rännil över rutan. Frågan han ställt hade hon hört förut, både från Helena och under de samtal hon ringt under gårdagskvällen. Inget av dem hade gett det gensvar hon förväntat sig. Efter diverse omvägar hade hon så småningom halkat in på Verner, men den indignation hon hoppats att få dela hade uteblivit. Det hade bara skrockats lite åt hans larmsignaler, någon hade berättat att Verner vid behov ställde upp som kistbärare på begravningar, en annan att hon läste hans meddelanden på kyrkans anslagstavla med intresse. Till hennes förvåning hade ingen verkat särskilt upprörd. Efter det hade hon tillsvidare tänkt lägga saken åt sidan, men Helenas svek hade förvandlat avhysningen till en ren principsak. "Jag tycker i alla fall att vi ska prata med barnen om stugan. Dom kanske kan vara med och bekosta renoveringen."

"Det tror jag inte, inte mina i alla fall. Vad skulle dom med stugan till när dom kan bo hos oss när dom hälsar på?"

Hon ville tända en cigarett och önskade att hon haft råd med egen bil. Den senaste hade försvunnit i bodelningen för åtta år sedan. Den som oftast kört var hon tacksam över att slippa men bilen hade gärna fått vara kvar. I efterhand förstod hon inte hur hon stått ut så länge, men vanan var en kraftfull makt. Hans drickande hade förvandlat helgerna till en regelbunden plåga.

Barnen kom från första äktenskapet, det hon ingått när hon var arton. Dömt att misslyckas från första början. Deras unga vetgiriga händer hade haft svårt att motstå det som blev förbjudet efter bröllopet. Hon skyllde sina egna utflykter bortom skaklarna på ungdomligt oförstånd. Men att ha ihop det med grannen var att gå ett steg för långt och när hon kommit på sin man var äktenskapet över. Efter det hade barnen växt upp i det skav som blir kvar när två halvor inte längre går ihop. Han var omgift sedan länge och hade en ny kull barn och bodde numera i Göteborg.

Ibland föll ensamheten över henne, tung och kvävande. Mest om kvällarna när mörkret föll och ingen skulle komma hem. En känsla av att vara lämnad åt sitt öde. Hon hade blivit över när alla valt och lagen blivit jämna. En sån som fick vara med på nåder.

Bilen bromsade in utanför advokatkontoret. Lasse styrde in på parkeringsplatsen och när bilen stannat klev han ur med rappa rörelser. Han gick mot porten utan att bry sig om att vänta in henne. Anna-Karin blev sittande. Hon kände plötsligt att hon inte hade långt till gråten.

Efter mötet kunde Lasse åka hem till Lisbeth, berätta vad som sagts och dela allt med henne. De kunde slå sig ner i sitt fula kök och dricka en kopp te tillsammans, gå igenom det som hänt och enas om en handlingsplan, därefter prata om annat som också fanns i deras liv.

Det kunde inte Anna-Karin.

Ingen fanns som ville lyssna och inget annat fanns att dryfta.

Och från och med nu skulle hon inte ens kunna kila över till Helena.

KAPITEL 16

Ett rum, oklart var. Huset är hennes men allt känns obekant. Hon kommer på att hon har en högtrycksspruta i en kartong någonstans men kan inte minnas var förrådet ligger. Högtryckssprutan är en gris, hon vet att den varken släppts ut ur kartongen eller fått mat på flera månader. Men just nu har hon inte tid. Hon står mitt på golvet och väntar på något, klädd i en vit gammaldags brodyrklänning. Uppklädd och fylld av förväntan.

Ett fönster står öppet och utanför lyser ett gyllengult, bländande sken. En skir gardin svävar ut över rummet, hon vet inte varför hon sytt den så lång. Den böljar i luften med våglika rörelser. Golvet öppnar en glipa och ur den slingrar en vacker orm. Fjällen skimrar i rött och orange när de smeks av ljuset från fönstret. Ormen lockar henne mot en okänd dörr, till storleken mer lik en lucka. Hon vet vad som väntar, hukar för att komma in och finner en stentrappa ner mot källaren. Den långa klänningen frasar mot trappstegen. Ormen är alldeles bakom, hon förnimmer dess närhet, anar en tungspets mot nacken. Hon vet vem han är och fylls av begär. Kroppen skälver av upphetsning. Hon är fullständigt trygg, de leker en lek. Snart ska hon känna hans händer, de kommer att gripa efter henne, begära henne, hon längtar efter att få ge sig hän inför kraften i hans åtrå. Hon känner hur han ...

Mamma.

Helena vaknade med ett ryck. Det var alldeles ljust i rummet och bredvid sängen stod Emelie, påklädd och med skolväskan i handen.

"Ligger du och sover?"

Helena satte sig upp. "Vad är klockan, har vi försovit oss?"

"Mamma, den är fem över tre på eftermiddagen."

"Herregud, jag skulle bara lägga mig ner en stund, jag måste ha somnat."

"Du är svart under ögonen."

Emelie gick och Helena drog med pekfingrarna under ögonen. Efter en blick på klockan insåg hon att hon sovit i fyra timmar.

Rengjord i ansiktet skyndade hon nerför trappan just som Anders klev in genom dörren. Hon hajade till vid åsynen av blåstället, en gång van att se det på en annan kropp.

"Hej, hur går det?"

"Jo, bra. Jag är färdig med väggarna i första rummet och ska börja med listerna. Jag tänkte bara ta mig en macka."

"Självklart, förlåt, jag borde ha fixat lunch. Jag fastnade i bokföringen." Hon gled förbi honom och gick mot köket. Skämdes över sin nonchalans. Mindes inte när hon senast sovit mitt på dagen. "Jag kan fixa en omelett om du vill."

"Nej tack, jag tar mig bara en macka och går ut och fortsätter. Jag vill få klart första strykningen så det kan torka över natten. Då kan jag köra en andra i morgon och sen är det rummet färdigmålat."

Hon log. "Wow, du låter ju som ett riktigt proffs."

"Det är nog att ta i, jag har bara läst innantill på färgburken. Men det är faktiskt riktigt kul."

Hon betraktade honom i smyg. Mindes mannen hon tagit emot dagen innan och fann den här väldigt annorlunda. Det var något med blicken, en annan lyster. "Här."

Smör, ost och skinka passerade Anders händer innan de ställdes på köksbänken. Han gick fram till skåpet där brödet fanns, hon tyckte om att se när han tog fram det. Samvaron kändes enkel. Under vardagligt småprat bredde de sina mackor och hon hämtade två lättöl i kylen. Sedan satte de sig vid bordet.

Han tog ett bett av smörgåsen. "Hur går det med bokföringen då?"

"Jodå, det ska väl gå den här månaden också. Just nu är det ju värsta lågsäsongen, men det lossnar framåt juni."

"Kör du ensam hela sommaren också?"

"Nej, jag har en kock anställd i juli och augusti." Ofrivilligt såg hon ut genom fönstret mot Anna-Karins hus. "Och så har jag en extrahjälp som kallas in vid behov, men hon har nog slutat."

Frågan gick att läsa i hans höjda ögonbryn.

"Det är lite oklart än så länge om hon ska jobba kvar eller inte. Vill du ha kaffe?"

"Nej tack." Han fortsatte äta och satt en stund och såg ut

genom fönstret. "Förresten, jag gick upp och tittade på övervåningen där ute, vad har du tänkt att ha där?"

"På logen menar du? Det var tänkt att bli konferenslokaler, men hela taket måste läggas om och det blir för dyrt i nuläget. Jag har fått skjuta det på framtiden."

"Det skulle gå att göra väldigt fint där uppe, med alla balkar och det i taket."

"Jo, jag vet."

Han lutade sig framåt och såg entusiastisk ut. "Med en konferenslokal skulle du bredda ditt kundunderlag till företag, för vad jag förstod är du turistbaserad nu och det är ju knutet till säsongen. Kunde du erbjuda ett par konferenslokaler och fick färdigt alla rum så skulle din potentiella omsättning kun..." Mitt i meningen avbröt han sig och de färgfläckade händer som nyss gestikulerat föll hastigt ner i knät. "Fast vad vet jag?"

Blicken blev inåtvänd och han tycktes generad över sitt utspel.

"Nej, men du har rätt. I längden skulle jag tjäna på att få ordning där uppe, men just nu är det inte möjligt."

Han stoppade in den sista biten smörgås i munnen och drack lite lättöl. "Tack för mackorna. Då går jag ut och fortsätter."

Han reste sig och gick mot köksbänken, satte locket på smörförpackningen och ställde in det de plockat fram i kylskåpet. Det skedde så naturligt att hon själv blev sittande. Hon iakttog honom när han gick mellan bänk, kylskåp och diskmaskin. Slogs av hur lite hon visste.

Första intrycket hon fått hade varit ett helt annat. Hon hade sett en trumpen man som verkat besvärad, nu tycktes han vara essensen av självklarhet. Den egenskap hos män som väckte hennes nyfikenhet.

I dörren stannade han och vände sig om. "Vi ses senare då, hej så länge."

"Blir det bra med middag klockan sju?"

Han nickade och log. "Perfekt. Vad ska vi laga?"

När han gått tog hon fram en fläskfilé ur frysen. De hade kommit överens om att gratinera den och råsteka potatis till. Genom fönstret såg hon honom gå över gårdsplanen och försvinna in i ladugården. Ett blåställ väckt från de döda. Synen påminde henne om morgonens lögn från Emelie och hon visste att allt i längden var ohållbart. Var lösningen fanns visste hon inte.

Borta på vägen kom Lasse och Lisbeths bil farande och körde in på uppfarten till Anderssons gård. Så snart den stannat klev Anna-Karin ur och gick med raska steg mot sitt. Lasse tycktes bli sittande, det dröjde innan förardörren öppnades. Hans steg syntes mindre målmedvetna än hans storasysters.

Helena suckade och gick ut i receptionen. Sent omsider var det dags för månadens momsredovisning och hon slog sig ner vid datorn. Över skärmsläckaren ringlade en mångfärgad rad av cirklar och hon mindes med ens sin dröm. De kom ofta nu för tiden, erotiskt laddade drömmar. Alltid lika förvånande, då hon trott att den driften sedan länge hade sinat. Många år hade gått sedan Martin och hennes samliv lagts i träda. Men som med så mycket annat i deras relation hade hon trott att det var tillfälligt. Det berodde bara på för mycket jobb, att de var stressade och trötta, att Emelie kunde vakna. Alltid fanns det något att skylla på. Stillatigande hade de låtit utvecklingen ske, till en början så gradvis att den varit svår att upptäcka. Först på avstånd blev förändringen skarp.

De första åren hade en blick eller en särskild smekning kunnat räcka. De hade alltid varit redo. Sexualiteten hade varit en gemensam resa fylld av äventyr och sinnlig upptäckarglädje. En plats att mötas på, oberoende av omvärlden. Det var svårt i efterhand att säga när, men pö om pö hade det smugit in en störande artighet. En ängslig önskan om att i förväg försäkra sig om att inviten var välkommen och tillfället lämpligt valt. Inget hände längre spontant, i stundens hetta. Tvärtom tycktes samlivet föregås av en könlös överenskommelse. Ett inplanerat borde i kalendern. Erotiken hänvisades till fredag- eller lördagskvällen, när dagens kläder lagts i tvättkorgen och de med nyborstade tänder gått till sängs för natten. Där under täcket förväntades lusten på något mirakulöst vis ta fart av sig själv. De gjorde det de vant sig vid, välplanerat och ändamålsenligt. Hennes lust slogs förtvivlat mot vanan och upprepningen. Hon saknade ett mått av ovisshet. Samtidigt var hon oändligt tacksam över stabiliteten Martin möjliggjort och ambivalensen närde både skuld och skam. Den fick henne att känna sig otacksam. Men hennes begär ville bli överrumplat, väckt i ett oförmodat ögonblick av någon som ville här och nu, av någon oförmögen att behärska sig. Hon fantiserade om att befrias från ansvar, ville att hans trygga händer skulle egga henne till en punkt där hon tvingades hänge sig och för en gångs skull tilläts släppa kontrollen. Men Martin var inte den obehärskade typen. Väluppfostrat bad han om lov, medan allt hon ville var att bli lägrad.

Det hela var motsägelsefullt. Medan den platonska förtroligheten hade växt, krympte benägenheten att blotta sexuella önskemål. En blygsel som inte gällde nakenhet utan de innersta fantasierna. En inre censor ingrep för att hålla deras vackra kärlek rumsren och fri från oanständiga begär. Till slut hade hennes lust gett upp. Hon hade inte ens saknat den. Bara stängt ner en avdelning djupt i sitt inre, en del av henne som inte längre togs i bruk. Efter separationen hade den gett ifrån sig vaga livstecken. När den blivit fri att rikta sig mot vem den ville.

Men bara i drömmarna.

Hon såg på händerna som vilade över tangentbordet. Nu syntes inte längre den lilla inbuktningen på vänster ringfinger där vigselringen suttit. Ett efter ett raderade tiden alla tecken. Spåren växte igen. Bara ilskan förblev oförändrad. Den satt som en påle rakt i bröstet och naglade fast henne i en hopplös väntan på bättre tider. Hon insåg med ens att det var i själva väntan hon satt fast, för om de där bättre tiderna skulle bulta på dörren vore hon inte förmögen att öppna den. Den ratade kvinnans skam, förvandlad till straffet hon förtjänade.

Hon undrade om deras år tillsammans en gång skulle framstå som en diffus parentes. Något hon lämnat bakom sig, likt ett par tankspritt glömda handskar.

Klockan var sex och momsredovisningen klar sedan länge. Hon hade varit uppe och tvättat av sig och bytt om. Tvekat en stund längre än vanligt framför garderoben. För en gångs skull såg hon fram emot kvällens middag, så beklämmande ovan vid vuxet sällskap. Nu stod hon nedanför trappan iklädd sitt svartblommiga förkläde från Marimekko. Hon hade börjat skala potatisen.

"Emelie! Vi äter middag klockan sju idag." Hon tittade uppåt trappan men inget hördes där uppifrån. "Emelie!"

"Ja, jag hörde."

"Bra. Och Anders du vet, han som målar i lagården, äter med oss."

"Okej."

Han var på sitt rum och duschade. De hade bytt några ord när han kommit in en stund tidigare och verkat nöjd över sitt dagsverke. Nästan motvilligt medgav hon att hans närvaro livade upp henne. Det vanliga ältandet fick mindre svängrum när det tvingats lämna plats för framstegen i ladugården.

Hon skulle just gå tillbaka ut i köket när hon hörde en bil köra in på gårdsplanen. Genom fönstret såg hon en skåpbil från FedEx Express och förbryllad gick hon ut genom entrédörren. Hon hade inte sett en FedEx-bil sedan hon jobbat i Stockholm. Bilen stannade framför huset. En man hoppade ur förarhytten och gick med raska steg mot bilens bakdörrar.

"Tjena, det är paket till en Anders Strandberg på Lindgrens Hotell. Det är här va?"

"Ja."

Han öppnade bakdörrarna och lyfte ut paketet, något mindre än en flyttkartong. "Ska jag ställa det där på verandan?"

"Visst. Vad är det för nåt?"

"Ingen aning." Han gick uppför trappan och halade fram en elektronisk skrivplatta. "Jag behöver en underskrift här."

Hon skrev sitt namn och han gick ner till bilen igen, klev upp i förarhytten och försvann lika fort som han kommit. Hon följde bilen med blicken en bit längs vägen. Sedan tittade hon på kartongen. Provlyfte lite. Inte tyngre än att hon kunde bära den.

Han hade en handduk runt midjan när han öppnade dörren. Håret var droppande blött. Innan hon hann ta kommandot gav sig blicken iväg på eget bevåg. Hans hud var knottrig av kylan och nedanför vänster axel fanns ett blåmärke. Det mörka håret på bröstet var krulligt med inslag av grått och här och var blänkte små vattendroppar. Förlägen lyfte hon blicken mot hans ansikte. Avklädd kändes han främmande.

"Det här kom till dig." Hon pekade på kartongen och vände tillbaka mot trappan.

"Vad bra, jag skickade efter lite kläder. Men inte skulle du bära upp den ända hit."

"Jag är van att bära."

"Jag vet, men den här gången hade du sluppit. Jag ska bara klä på mig så kommer jag strax."

Helena var redan halvvägs nerför trappan. När hon hörde dörren stängas stannade hon till. Leveransen gjorde henne konfunderad. Den bild hon omedvetet gjort sig av Anders skavde mot FedEx-bilen. Kläderna måste han ha skickat efter på morgonen, och dessutom gjort det express. Hon fann honom motsägelsefull. Att vara villig att arbeta för den usla lön hon erbjöd och samtidigt välja att lägga pengar på en extravagant expressleverans. Snabbt som vinden for tanken till hennes mamma. Beteendet hon så väl kände igen. Oförmågan att se konsekvenserna av att spela bingo med pengen som åtminstone skulle ha räckt till middag.

Hon gick ner i köket och fortsatte skala potatis. Ett ovälkommet styng av tvivel la sordin på hennes sinnesstämning. Martin hade alltid klandrat hennes djupt rotade misstänksamhet – tendensen att misstro människor tills de bevisat motsatsen. Av nöden tvunget för att överleva barndomen, men ofta ett hinder för gemenskap i vuxenlivet. Hon bestämde sig för att skjuta tvivlen åt sidan. Om inte annat för att slippa ge Martin rätt.

Tankarna skingrades tvärt när någon knackade på köksdörren. Hon kastade ett öga på klockan, la ifrån sig en halvskalad potatis och sträckte sig efter en kökshandduk. Med den i händerna gick hon ut i farstun för att öppna. Till sin förvåning fann hon Lisbeth på trappan, strax därefter upptäckte hon Lasse i mörkret en bit därifrån. Besök från dem båda var sällsynt och när den första förvåningen släppt tog oron över. Hade Anna-Karin berättat något om deras dispyt som förargat dem? Hon drog ett andetag för att stilla sig. "Hej."

"Hej Helena, är du upptagen eller har du tid en stund?"

"Visst, kom in, jag höll bara på att laga mat."

Lisbeth vände sig mot Lasse. Han stod kvar där han stod, med kutiga axlar och händerna djupt i jackfickorna. Lisbeth tycktes vara den som tog initiativet till besöket, Lasse syntes mera ovillig. Till slut gick han uppför trappan och Helena bjöd dem att hänga av sig. De skulle inte bli långvariga sa de och valde att behålla jackorna på. Gummistövlarna skavde de av sig och Helena bad dem stiga in i köket.

"Kan jag bjuda på nåt?"

"Nej tack, vi vill bara prata lite."

Helena kände Skuggan växa. Hennes sensibla antenner anade problem. Med ryggen mot besökarna svalde hon hårt och la ifrån sig kökshandduken. "Ska vi sätta oss?"

"Ja, det kan vi ju göra en liten stund."

De slog sig ner vid köksbordet. Helena på ena sidan och gästerna på den andra. Lasse undvek hennes blick och såg ut genom fönstret. Borta på Anderssons gård gick bara de upplysta fönstren att urskilja. Helena väntade i andlös spänning, medveten om hjärtats slag.

Ett osäkert leende drog över Lisbeths ansikte. "Vi känner ju inte varann så väl men jag ... eller vi, behövde få prata lite."

"Okej?"

Lisbeth gav sin man en blick men fick ingen respons. Han var fortfarande vänd mot fönstret.

"Har Anna-Karin varit här och sagt nåt om hennes och Lasses besök hos advokaten idag?"

"Nej."

"Men du kanske vet vad det rörde sig om?"

"Ja, jo, hon var här i morse och berättade lite."

"Vad sa hon då?"

"Det var något om planer på en keramikshop och om vägen förbi kastanjen."

"En keramikverkstad skulle det vara i första hand."

"Jo, det förstod jag. Jag tyckte det lät som en jättebra idé."

"Det är en dröm jag har haft i några år, men det kanske framgick vad Anna-Karin tyckte?"

Helena nickade. Samtalets inledning fick oron att bedarra. "Ja, jo. När Anna-Karin tycker nåt förblir det ju sällan en hemlighet."

Det hördes en fnysning från Lasse. "Nä, det ska gudarna veta."

Med ens såg Lisbeth ledsen ut. "Vi kommer inte så bra överens hon och jag, det kanske hon har sagt. Det var jag som ville att vi skulle gå hit och prata lite. Lasse tyckte inte vi skulle besvära dig med våra problem, men jag tänkte att eftersom du känner henne bättre så kanske … Jag vet faktiskt inte vad jag ska ta mig till."

Lisbeth såg ner i knät och la handen över ögonen. En besvärande tystnad föll, som det gör när någon gråter inför främmande. Den som drivit samtalet lämnade de andra åt sitt öde, nu flackade deras blickar mot varandra men ingen var i stånd att ta över. Till slut la Lasse sin hand över Lisbeths och beröringen utlöste ett hackande andetag. Helena reste sig och hämtade hushållspapper. Hon la det på bordet framför Lisbeth och satte sig igen.

Lasse suckade tungt och blicken återvände till fädernesgården. "Jag visste det egentligen redan från början, vi skulle aldrig ha flyttat hit."

Helena betraktade hans dystra ansikte. Mindes honom som barn med spensliga ben i glansiga kortbyxor. Trots att de var jämnåriga hade hon tyckt att han var barnslig, eftersom hon själv fick leka med hans storasyster. Helena visste inte mycket om honom, mer än att han självmant plogat uppfarten och gårdsplanen under vintern och motvilligt tagit emot en flaska whiskey som tack. Men pratat ordentligt hade de aldrig gjort. Det lilla hon visste var färglagt av Anna-Karin.

"Är det så illa?"

Lasse nickade sakta och la armarna i kors, lite krampaktigt, hela han uttryckte ovilja. Om det var för att tvingas redogöra för Helena eller om det gällde situationen i stort var svårt att avgöra. Han bytte ställning på stolen.

"Varken jag eller Lisbeth ville egentligen lämna Luleå. Vi gjorde det för Anna-Karins skull för att vi visste att hon inte skulle klara hela skötseln själv, med trädgård och snöskottning och allt underhåll, hon var ju nyskild och allt. Vi ville sälja men det kändes omöjligt att göra henne så besviken. Så vi sa aldrig nåt, vi vet ju hur mycket gården betyder för henne." För första gången såg han rakt på Helena och axlarna sjönk ner. "Men det har bara varit tjafs sen vi kom hit. Om precis vad som helst."

Helena nickade sakta. "Jag har förstått att det har varit lite si och så med grannsämjan."

Han fnös innan han talade. "Det är det minsta man kan säga. Det finns bara ett sätt som duger, och det är Anna-Karins." Han drog med händerna längs kinderna och suckade. "Efter mötet med advokaten idag så inser jag att det kommer att fortsätta vara så här. Att hon säger nej till Lisbeths keramikverkstad och bråket om den där kastanjen blev liksom droppen, jag orkar inte längre."

"Vad sa advokaten då?"

"Inte så mycket, hon var ju inte insatt i det hela. Hon skulle höra av sig nästa vecka när hon fått in alla formella handlingar om vem som ärver."

Det blev tyst en stund.

"Vad tänker ni göra då?"

Lasse ryckte på axlarna. "Vi kan inte bo kvar om det ska fortsätta så här."

Helenas insåg vad det skulle innebära. Släktgården var den navelsträng som höll Anna-Karin vid liv. Men ensam skulle hon aldrig klara att bo kvar. "Å herregud. Har ni sagt nåt till henne?"

Lasse skakade på huvudet.

Lisbeth harklade sig och drog med hushållspapperet under ögonen. "Jag har verkligen försökt, på alla sätt och vis, men det spelar ingen roll vad jag gör. Keramikverkstan var ett sista försök att stå ut. Vi har ju fått barnbarn uppe i Luleå och vill inget hellre än att flytta tillbaka, men hur vi än gör blir det fel. Vi är en förutsättning för att Anna-Karin ska kunna bo kvar, ändå får vi bara skit. Du får ursäkta Lasse, men den där jädra släktgården är som ett fängelse." Lasse såg ner i bordet och Lisbeth fortsatte. "Det är inte så att vi tänker kräva att hon köper ut oss, det vet vi att hon inte kan. Men det är illa nog om vi flyttar, hon har ju inte ens råd med egen bil."

Det hördes steg från trappan och allas blickar vändes mot receptionen. Ögonblicket senare klev Anders in i köket. Blöt i håret och med jeans och randig skjorta med tydliga förpackningsveck. Helena anade förvåningen som väcktes, både runt bordet och i dörröppningen. I ögonvrån uppfattade hon blicken mellan Lisbeth och Lasse.

"Det här är Anders som hjälper mig att måla i lagården, det här är Lisbeth och Lasse som bor i gården på andra sidan vägen."

Anders steg fram till bordet och gästerna reste sig och tog i hand.

"Hej, Anders heter jag, trevligt att träffas."

"Det var skönt att höra att Helena äntligen har fått lite hjälp. Välkommen till byn får vi väl säga."

"Tack ska ni ha."

"Vi kom bara över en stund för att prata lite med Helena."

Anders gjorde en osäker gest mot dörren. "Jag kan gå upp och vänta så länge om ni vill vara ifred."

"Nej, nej, sitt för all del."

Helena var tacksam att Lisbeth löst dilemmat åt henne. Alla satte sig igen, Anders på den enda stol som fortfarande var ledig.

"Vi behövde prata lite om Lasses storasyster Anna-Karin. Vi delar släktgården med henne och, ja, det har visat sig vara svårare än vi trodde. Helena känner henne lite bättre än vi nu för tiden."

Helena sneglade på Anders.

"Egentligen kom vi över för att fråga om du Helena kanske kunde prata med henne. Vi hade hoppats att mötet hos den där advokaten skulle hjälpa men det gjorde det inte, tvärtom. Jag tänkte att om jag håller kurser i keramikverkstaden så kommer dom ju bo här på hotellet. Det borde ju vara bra för oss alla, till och med för henne som jobbar här. Vi är villiga att göra ett sista försök men då måste hon också bjuda till."

Helena suckade. "Jag tror tyvärr inte att det skulle hjälpa om jag pratar med henne. Ärligt talat vet jag inte ens om hon tänker jobba kvar."

Beskedet togs emot med bestörtning. "Vad säger du? Varför inte?"

"Vi kom ihop oss lite i morse och hon var arg när hon gick härifrån."

Lasse fnös igen. "Jaha, får man fråga vad det handlade om?"

Oron som stillnat flammade upp i mellangärdet. Än en gång skulle hon ta ställning för Verner utan att veta om det passade sig. Den här gången uteblev modet. "Äh, det var bara en skitsak."

Lisbeth skakade på huvudet. "Det förklarar varför hon plötsligt skulle ha begravningskaffet i församlingshemmet. Men både Lasse och jag vill att vi tar det här på hotellet och då är vi två mot en." Hon vände sig mot Anders. "Det är Lasses faster som har dött. Begravningen blir på fredag klockan två, så Helena, det ville vi också fråga om. Hur ser det ut vid tretiden?"

"Det går bra. Hur många blir det ungefär?"

"Femton, tjugo, tror vi. Det är svårt att säga hur många bybor som kommer, dom flesta Helga kände är ju redan borta."

"Blir det många får vi väl hjälpas åt lite med serveringen. I vanliga fall är det ju Anna-Karin som rycker in."

"Jag kan hjälpa till." Allas ögon riktades mot Anders. När ingen sa något for hans ögonbryn upp i pannan och han slog ut med händerna. "Vadå? Hur svårt kan det vara?"

Helenas blick svepte över gästerna och hon hann se ett ögonkast fullt av underfundigt samförstånd, och inte blev det bättre av att hon rodnade.

Lasse slog händerna mot låren. "Nähä, vi ska gå igen så att ni får fortsätta med middagsbestyren. Men då vet ni i alla fall hur det ligger till."

Ordet ni i sammanhanget bekräftade det Helena skymtat. Det störde henne, då hon redan som sommarbarn i bygden lärt sig hur obefintligheter kunde svälla trots att de inte fanns.

Lasse reste sig och sträckte fram sin hand mot Anders. "Trevligt att träffa dig. Hoppas att du ska trivas här uppe. Då ses vi igen på fredag."

"Ja, det gör vi."

Helena betraktade besvärat proceduren, häpen över Anders beredvillighet att understödja deras missuppfattning. Begrep han inte hur ryktet skulle gå? När han for om några veckor skulle alla tro att hon blivit ratad av ännu en man.

Hon följde sina gäster ut i farstun medan Anders blev kvar i köket.

"Om du pratar med Anna-Karin så säg inget om att vi har varit här. Vi måste fundera lite mer och framför allt ska vi vänta tills efter begravningen."

"Jag önskar bara att det fanns nåt jag kunde göra."

"För mig var det till stor hjälp att bara få komma in och prata lite. Det är hemskt att erkänna, men det tröstade lite att veta att det är fler än jag som hamnar i konflikt med henne."

Helena besvarade Lisbeths leende. Ett uppgivet samförstånd. Lasse öppnade dörren och kvällskylan skyndade på deras avsked. "Då ses vi på fredag."

I köket hade Anders fortsatt potatisskalningen. Hon konstaterade snabbt att han var en bakåtskalare precis som Martin. De hade tjafsat om det där, vilket håll som var bäst. Martin hade hävdat att hennes sätt att skala framåt saknade precision och skvätte onödigt mycket. Hon hade tyckt att hans var ineffektivt och bara handlade om att överträffa sig själv i hur långa potatisskalsremsor man fick till. Efter ett tag behöll skalaren bara sin skärpa åt det håll den blivit van. Hon drog ut lådan och letade fram den som legat oanvänd sedan ett halvår. "Den här funkar nog bättre."

Han släppte den han hade och fortsatte med den nya. "Tack."

Potatisskalsremsor av ansenlig längd föll ner i slasken. Till och med Martin skulle ha imponerats.

"Vill du inte låna ett förkläde? Det är väl synd att fläcka ner den nya, fina skjortan."

Det fanns något vasst i hennes röst men Anders öron tycktes sakna sensor.

"Syns det så väl? Jag försökte släta ut dom värsta vecken

men dom måste ha kört över förpackningen med ångvält."

Hon hämtade ett förkläde på hängaren och han böjde huvudet framåt så att hon kunde trä på det. Knyta fick han göra själv. Hon gick till kylskåpet och stannade med handen på handtaget.

"Jag hoppas att du förstår att ryktet kommer gå."

"Vadå menar du?"

Hon tog fram champinjonerna. "Du skulle nog ha varit lite tydligare med att du bara var här ett par veckor och jobbade."

"Varför då, vad spelar det för roll?" Hans händer stannade upp och potatisskalaren klingade till mot diskbänkskanten. "Jaha, förlåt, du menar så." Han vände sig mot henne. "Ställde jag till med problem för dig nu?"

Hon suckade och ryckte på axlarna. "Jag vet bara hur det kommer att pratas."

Hon la en skärbräda på bänken och hämtade en kniv. Han torkade av händerna mot förklädet.

"Jag kan gå efter och förklara om du vill?"

"Nej, absolut inte. Det skulle verkligen övertyga dom."

Han suckade och återgick till skalandet. Hon gick fram till diskbänken för att skölja champinjonerna och han flyttade sig åt sidan. Hon gjorde ett hål i påsen och fyllde den med vatten.

"Finns det nåt jag kan göra?" Han drog med skalaren mot potatisen men stannade upp. "Jag kanske kan sätta upp en lapp på den där anslagstavlan vid kyrkan och förklara mig."

Hon log och klämde ur det sista vattnet. "Äh, det är väl jag som är fånig. Man blir lite överkänslig när man bor så här isolerat." Hon höll handen under påsen när hon gick tillbaka till skärbrädan. "Det funkar så här att man ofta pratar mer om än med varandra. Man vet det mesta om vad alla andra gör men känner egentligen inte varann. Det är svårt att vänja sig när man inte växt upp med det."

"Nästa gång ska jag vara mer försiktig, jag lovar. Jag är på okänd mark så du får lära upp mig efter hand."

Ännu en av de där kommentarerna som förvirrade henne. Till synes harmlösa, men med olika innebörd beroende på hur de tolkades. Hon fick inget grepp om honom. Varje gång hon fick en pusselbit försökte hon komplettera bilden men ingen tycktes passa med de tidigare.

Hon la ett första lager skivade champinjoner över de brynta fläskfilébitarna i den ugnssäkra formen. För sent kom hon på att även svampen skulle stekas och nu fick hon plocka bort dem igen. Något hade hänt med hennes koncentration. Hon hade just börjat skiva resten när Emelie kom in i köket.

"Hej, vad blir det för mat?"

"Gratinerad fläskfilé och råstekt potatis."

"Vad gott. Kan jag hjälpa till med nåt?"

Kniven stannade halvvägs genom en champinjon. Det var länge sedan Emelie självmant erbjudit sig, men Helena insåg att öppen förvåning skulle vara en illa vald reaktion. "Visst, du kan fortsätta här om du vill."

Utan krångel tog Emelie över kniven och fortsatte. Själv stod hon valhänt en stund innan hon kom sig för att ta fram en stekpanna.

Anders log mot Emelie. "Hoppas att det är okej att jag käkar med er?"

"Absolut, ska jag lägga svampen i stekpannan här?"

Under praktiskt småprat fullbordades rätten och formen ställdes i ugnen. Helena skivade potatisen i matberedaren och

Anders och Emelie gav sig gemensamt i kast med salladen. De hackade och sköljde och när han undrade var saker fanns var Emelie där och visade. Helena höll sig i bakgrunden och följde förundrat deras samtal. Hon skymtade dottern hon saknat så länge, den som av fri vilja deltog i samvaron. Snart var det rent av flamsigt där vid skärbrädan och Helena tillät sig njuta av den efterlängtade normalitet som lägrat sig i köket. De lagade mat tillsammans, där pågick ett samtal, ingen behövde tassa på tå. Nu för tiden så erbarmligt sällsynt. Stämningen kändes rent av gemytlig. Hon tänkte på morgonens samtal, undrade om Emelies förvandling var ett försök att sona sin lögn.

Nu stod hon vid köksskåpet och valde glas. "Ska du inte bjuda på vin? Det brukade du ju göra när vi hade gäster på middag."

Helena vände potatisen. Hon förstod att Emelie bara menat väl, ändå blev hon generad över den tydliga undermeningen att middagsgäster var ett avslutat kapitel. Den stackars misslyckade ensamma mamman. "Jo, det kanske jag borde." Hon vände sig mot Anders. "Vill du ha ett glas vin?"

"Gärna."

Emelie log och tog ner två vinglas innan hon fortsatte mot tallriksskåpet. "Jag dukar ute i glasverandan."

Helena gick för att hämta vin.

De hade inte ätit på glasverandan sedan förra sommaren, då Martin och hon firat sin femtonde bröllopsdag.

Det blev en trevlig middag. Emelie hade tänt varenda ljuslykta hon hittat och Helena njöt av hur vackert det var. Glasverandan var kronan på verket.

Emelie var i sitt esse. Den ena historien efter den andra

forsade ur henne, saker som hänt i skolan, lärares egenheter, små episoder Helena aldrig fått höra förut. Det var som att äntligen återse en förlorad dotter. Medan Emelie och Anders avlöste varann satt hon själv mest tyst och njöt. För första gången på en evighet fick hon se sin dotter skratta. Fastän hon visste att Emelie drevs av dåligt samvete ville hon bara en liten stund få låtsas att allt var normalt och som det skulle.

"Är det nån som vill ha glass?"

Emelie väntade förväntansfull på svar. Anders lutade sig tillbaka och la händerna på magen.

"För min del är det bra tack, det var verkligen supergott men jag har redan ätit mer än jag borde."

"Vadå, du är ju inte tjock. Du då mamma?"

"Nej tack, det är bra. Men ta du."

Helena gjorde en ansats att samla ihop tallrikarna när Emelie reste sig. "Nej, sitt ni. Jag kan fixa undan. Vill ni ha kaffe?"

Helena såg kärleksfullt på sin dotter. Nu hade Emelie gjort mer än nog för att visa sin ånger. "Det behövs inte Emelie, jag kan ta hand om det."

"Nej, men jag vill. Ska ni ha nåt kaffe?"

Anders tackade nej och Helena drack aldrig kaffe på kvällen. Tysta betraktade de Emelie när hon dukade av och försvann med första traven porslin mot köket.

"Vilken dotter du har."

Helena log. "Ja, hon är bra."

Hon tog en klunk vin och såg att flaskan var tom. Just i kväll hade hon önskat att den räckt lite längre. Ruset mjukade upp alla skarpa hörn och tillvaron blev dräglig. Det var ett förförande elixir. Hon hade alltid druckit ytterst måttligt med stor respekt för alkoholens verkan. För det var en bedräglig tröst som hon genomskådat redan som barn och betalat dyrt för erfarenheten. Men just ikväll, efter detta omtumlande dygn och när allt för en gångs skull kändes bra, kunde hon väl ändå få unna sig. Samtidigt var hon rädd för vad Anders skulle tro om hon erbjöd sig att hämta en flaska till.

De log mot varandra, lite skyggt, medvetna om att det blivit tyst när den som talat mest försvunnit. Det var dags att ikläda sig nya roller nu när regissören lämnat dem. Anders drog med handen över duken och föste samman några smulor.

"Den här Anna-Karin ni pratade om. Det lät ju inte så kul."

Helena suckade och fnös i samma andetag. "Nej, det är inte så kul. Eller ja, vad ska man säga?"

Emelie dök upp för att hämta det sista. "Säg som det är. Att hon är en riktig bitterfitta."

"Men Emelie! Vad är det för språk?"

"Men det är hon ju. Jag har aldrig hört nån snacka så mycket skit om folk som hon gör, hon är till och med värre än Emma i min klass." Hon plockade bort det sista från bordet och lyfte den tomma vinflaskan. "Ska jag hämta en till?"

Först förvånad över Emelies förslag, därefter rådvill, bollade Helena skickligt över beslutet till andra sidan bordet.

Anders ryckte på axlarna. "Gärna för mig. Om du vill ha, alltså?"

"Visst, varför inte?"

Emelie log och gick mot köket.

"Du! Ta en av flaskorna till höger på hyllan i mitten." Hon log mot Anders och sänkte rösten. "Vinet på nedersta hyllan serverar jag bara till elaka gäster."

"Det tar jag som en komplimang."

"Du måste ju hinna måla färdigt först." Hon förde vinglaset till näsan och luktade på vinet. "Är du duktig på vin, jag menar sån där vinkännare?"

"Nja, några sorter har jag väl druckit."

Emelie kom tillbaka med flaska och korkskruv men överlät öppnandet åt Anders. Helena hämtade två nya glas från bordet bredvid och Emelie återvände till köket. De hörde henne slamra med disken.

Anders fyllde på deras glas. "Skål då, och tack för en mycket trevlig dag och en ännu trevligare middag."

"Tack själv." De tog en liten klunk. "Det här trodde jag inte igår vid den här tiden. Att vi skulle sitta här ikväll."

"Nej, det kan man säga var en smula oväntat."

Hon fick syn på hans armbandsur. Det såg gammalmodigt ut, i guld och långsmalt och med armband av slitet läder. "Vilken fin klocka, den ser gammal ut. Är det arvegods?"

"Ja, det kanske man kan säga." Han strök med fingrarna över urtavlans glas. "Efter min far."

"Lever han?"

"Nej. Det är väl fem, sex år sen nu. Dina föräldrar då, lever dom?"

Hon skakade på huvudet. "Nä, mamma söp ihjäl sig för tio år sen och min pappa har jag aldrig träffat." Hon skrattade till. "Sicken familjeidyll." Hon insåg med ens att hon blivit berusad. Detta var inget hon brukade häva ur sig hur som helst. Anders såg plötsligt besvärad ut och hon log för att släta över. "Äh, jag har lagt min tråkiga barndom bakom mig nu. Det är ju tjugofem års preskriptionstid på mord, då kan jag ju inte hålla på att älta det där. Det gör ju ingen gladare."

En diffus parentes. Något hon lämnat bakom sig, likt ett par tankspritt glömda handskar.

Hon tystnade. Tankarna gick sina egna vägar, styrda av vinet hon druckit. För numera var det faktiskt så att barndomen kunde liknas vid en diffus parentes. Men för att bli fri hade hon ägnat ett par år till att formulera alla känslor och erkänna hur ont de gjort. Påhejad av Martin. Efter det hade minnet med tiden berövats sin makt.

För andra gången under dagen betraktade hon sitt vänstra ringfinger. Det utplånade spåret. Förändring åskådliggjord.

”Den här Anna-Karin, vill du inte prata om henne eller?”

”Va? Jo visst.” Hon kliade sig bakom örat. ”Vad vill du veta?”

Han gav henne en road blick. ”Nej, inget särskilt, jag bara tänkte om du kanske ville berätta lite. Jag förstod inte så mycket av det där samtalet i köket, när dina grannar var här.”

Fördämningen öppnades och orden rann ut. Medan vinet i flaskan sjönk berättade hon om Anna-Karin, om varför Lasse och Lisbeth inte orkade bo kvar och om sin nya bekantskap med Verner. Hon vecklade in sig i ovidkommande detaljer, tappade tråden och fick ta fart igen. Med jämna mellanrum blev hon rädd att hon tråkade ut honom och bad om ursäkt för sin svada. Han försäkrade att det inget gjorde, att det var ett bra sätt för honom att lära sig mer om trakten. Hennes behov att tala tycktes outsinligt. Det var så länge sedan det funnits någon som lyssnat. Orden trängdes i iver att få komma till tals. Till sist var det mesta sagt och förklarat. ”Jösses vad jag pratar.”

”Det är helt okej.”

”Jag tror bestämt att vinet hjälpte till, det blir inte så ofta nuförtiden.”

"Vilket då? Vinet eller pratet?"

Kanske såg hon förlägen ut, äsch, det kvittade. "Både och, om jag ska vara ärlig."

Han log mot henne och det kändes bra, att någon log mot henne. "Man blir ju rätt nyfiken på den där Verner."

"Verkligen. Han är en fullständig gåta."

Ljudet från köket hade tystnat sedan länge. Emelie hade gått upp till sitt rum. De hörde hennes steg från övervåningen. Helena blundade och förflyttades till barndomens somrar. Ljuden som varit likadana då. Det snurrade i huvudet.

"Vad härlig hon är Emelie. Vilken tjej."

Han satt och tittade mot taket. Kanske inbillade hon sig bara ett stråk av sorg. Han hade sagt att han inte hade några barn, det var en av få saker hon visste. Än en gång slog det henne hur mycket hon inte visste om honom. Hans bakgrund, var han bodde, hur han levde.

"Är du gift?"

"Va, nej."

"Skild?"

"Nej, inte ens det." Han tog en klunk vin. "Det har varit nära några gånger men ska jag vara ärlig har det nog mest varit dom som velat, själv har jag tyckt att det räckt med att vara sambo. Det juridiska blir så mycket krångligare om man är gift."

"Hur då menar du? Jag trodde att det var tvärtom."

"Inte om man ska skiljas."

"Nej, det är klart, men det är väl knappast därför man gifter sig."

Han ryckte på axlarna, log lite uppgivet. "Jag har väl helt enkelt inte varit särskilt bra på kärleksrelationer. Och du då? Var du gift med Emelies pappa?"

Hon nickade.

"Är han härifrån?"

"Nej, från Stockholm. Vi kom upp hit tillsammans, men han flyttade tillbaka för ett halvår sen." Hon grabbade vinflaskan och tömde den i glasen. En droppe rann längs flaskhalsen och fångades upp av hennes pekfinger. Synd att låta den gå till spillo. Hon slickade på fingret. "Skilsmässan går igenom om fyra dagar. Har man gemensamma barn blir man påtvingad sex månaders betänketid." Hon lyfte vinglaset mot munnen och klunken blev större än planerat.

"Fyra dagar säger du. Du har inte hunnit ångra dig då?"

"Vadå menar du?"

"Innan betänketiden går ut."

Hon skrattade till. "Vad får dig att tro att det är jag som behöver ångra mig?"

Hon spårade förvåning i hans ansikte.

"Jaha förlåt. Jag vet inte varför jag tog det för givet att det var du som ... Det verkade bara konstigt att ... jamen okej, *han* har inte hunnit ångra sig då?"

Hon kisade med blicken i ett försök att avgöra om hon just hade fått en komplimang. Säker var hon inte, lång tid hade gått sedan sist och hennes öra var ovant. Dessutom var det just nu fyllt av ett ganska behagligt brus. "Inte vad jag har hört i alla fall."

Han lutade sig fram och vilade hakan mot sin knutna näve. "Skulle du vilja att han gjorde det då, ångrade sig?"

Nej, var hennes första tanke. Varifrån den hämtats var mindre klart. För visst ville hon att Martin skulle ångra sig, det var ju hans beslut som gjort henne så arg. Löftet han brutit, pakten de haft, plikten mot Emelie. Framtiden han berövat henne. Men just nu gick tanken sin egen väg.

"Jag vet inte riktigt."

Han gjorde en vag gest mot husets inre. "Tänk dig att du hörde dörren öppnas och han kom in här nu. Att han sa att han ångrat sig och inget hellre ville än att komma tillbaka. Vad skulle du säga då?"

"Far åt helvete förmodligen."

Han skrattade. "Men skulle du mena det?"

"Äsch, jag vet inte. Sannolikheten är inte särskilt stor att det skulle hända så det är inget jag har funderat över. Måste vi prata om honom?"

Tankarna på Martin störde henne. I detta sammanhang fanns han inte och hon ville ha det så. Att han inte skulle finnas. I detta sammanhang. Inte i något sammanhang över huvud taget.

Hon såg att han betraktade henne, med ena armen vilande på bordet och den andra böjd till stöd för hakan. Han såg tankfullt på henne, lätt leende. Hon hade tvingats blotta sig och hon kände ett behov av att utjämna balansen. "Varför har du inte varit bra på kärleksrelationer?"

Den tog, det såg hon. Han rätade på sig och blicken som nyss varit skärskådande blev plötsligt vag. "Hopp! Och där bytte vi visst samtalsämne."

"Nej, vi bara flyttade fokus en aning västerut."

Han pekade med tummen över axeln. "Är det västerut?"

"Åh, snacka om att försöka byta samtalsämne."

Deras blickar hakade fast en aning för länge. Hans lossnade först. Den tog fäste på något i fjärran och tog sedan en omväg runt glasverandan. Hans hand låg på bordet och snurrade vinglaset. Fram och tillbaka, ett halvvarv i taget.

Hon betraktade hans långa fingrar, breda över lederna och med välklippta naglar. Här och var en fläck målarfärg från hotellrummen han hjälpte henne färdigställa. Han var en frände, en vän i nöden. Från ingenstans hade han dykt upp och just nu gjorde det ingenting att hon inte visste något om honom. Det räckte med att han satt där på andra sidan bordet och ägnade henne sin uppmärksamhet. Att hon tack vare honom fått vara med om denna kväll.

Plötsligt ville hon att de där händerna skulle röra vid henne. Att de skulle *vilja* röra vid henne, finna henne tilldragande. Hon ville att de där fingrarna skulle fläta in sig med hennes, vara ovilliga att släppa taget och bara göra det för att det fanns så mycket mer de ville upptäcka. Så oändligt lång tid hade gått sedan sist.

Värmeljuset slocknade i lyktan och hennes blick gled tillbaka till hans hand. Det var i den trösten fanns, den hon längtade efter. Att den skulle tränga igenom känslan av mindervärde och övertyga henne om att hon dög.

För någon annan än Martin.

KAPITEL 17

Frågan om han var gift kom oväntat. Raskt rutschade han
från vilsamma funderingar runt Verner och de andra Helena
berättat om och rakt ner i Anders Strandbergs privatliv. Där
såg han sig ganska förvirrat omkring, för just nu syntes det
avlägset. Det var inte bara konkreta mil som lagts emellan
utan också ett behagligt töcken.

Han drack av vinet.

Hon såg uppriktigt häpen ut av hans kommentar om
kvinnorna i hans liv. Att han aldrig velat binda sig. Han tänkte
över sitt spontana svar och insåg att han blottat mer än han
haft för avsikt. Där fanns koden till hela hans personlighet. Att
alltid försäkra sig om en bakdörr. När människor börjat antyda
långsiktiga planer och sökt garantier för framtiden hade det
varit tecknet på att de betvivlade sina tillgångar och det
gemensamma projektet. Så hade han levt och använt så många
bakdörrar att han nu stod ensam på en sluten innergård.

Att säga att han var dålig på kärleksrelationer var en under-
drift. Flera av hans kvinnor hade hävdat det. Mia hade varit

särskilt övertygande, trots att hon härdat ut längre än de andra. Hon hade försökt psykologisera runt hans mammas död och sagt att alla ville skydda det som blivit skadat, att ingen ville slå sig där det redan gjorde ont. Men till slut hade även hon gett upp. Vilket var begripligt i efterhand. En människa klarar inte att bli åsidosatt hur många gånger som helst, inte utan att själv gå under. Det hade hon också informerat om, när han glömt att ringa från London dit han åkt trots löftet att bjuda ut henne på födelsedagsmiddag. Både hon och hennes saker hade flyttat ut när han kom hem. Sedan dess hade han inte sett till henne.

Kanske var det ändå hon som kommit närmast. Det var henne han nästan gift sig med. Men efter att hon lämnat honom var det hennes kropp han saknat mest. Kanske inte själva sexet, men att ha henne intill om natten, ett sällskap i mörkrets ensamhet. Han hade aldrig tyckt om att sova ensam.

När samtalet kom in på hennes äktenskap tömde hon vinflaskan i glasen. Hennes finger fångade en flyende droppe och han följde det mot hennes mun där han anade spetsen av hennes tunga. Samtalsämnet tycktes störa henne, hennes rörelser blev yviga och rösten kärv.

Sex månaders betänketid för att skilja sig. Det måste vara svårt att ge sig till tåls för en sån som hon, så rationell och handlingskraftig. Han tog för givet att det var hon som tog beslutet. Kvinnan som visste vad hon ville, som aldrig skulle nöja sig med något halvdant. Hela hon föreföll vara en viljekraft. Vid närmare eftertanke slog det honom hur lite han egentligen visste. Upptagen av sitt eget, kanske i brist på intresse, hade han bara svalt det första han såg.

Nu hade hon väckt hans nyfikenhet. En flik av en oanad

sida kröp fram bakom den uppenbara. Den lockade med alla hemligheter, det som doldes bakom all kontroll. Hittills hade han inte funnit henne särskilt spännande, inte tittat så noga, hans intresse hade studsat mot ett visst mått av självhävdelse. Det fanns något taggigt hos henne, ett påslaget autoförsvar. Nu fick han lust att utmana den som var gömd. Han lutade sig fram och la hakan på sin knutna hand och frågade vad hon skulle göra ifall maken ångrat sig.

Hennes suck kom från djupet. Ansiktet rämnade och blottade en ledsen flicka, en han trängt in i ett hörn. Han iakttog skiftningen och förbannade tyst sin klumpighet. *Förlåt*, ville han säga, *du behöver inte prata om honom. Vi behöver inte prata om nåt vi inte själva vill. Det är själva anledningen till att jag är här, att vi inte behöver stå till svars eller förklara nånting.*

Men istället satt han tyst och betraktade sårbarheten han lockat fram. Han fick plötsligt lust att sträcka fram handen och röra vid hennes ansikte, stryka med fingret över de första vaga tecknen på åldrande. Linjerna i hennes panna, de små rynkorna runt ögonen. Erfarenheter som dragit förbi och lämnat spår.

Impulsen puttades bryskt åt sidan när hon frågade: "Varför har du inte varit bra på kärleksrelationer?" Han såg att hon var tillbaka igen, kvinnan med autoförsvar. "Hopp! Och där bytte vi visst samtalsämne." "Nej, vi bara flyttade fokus en aning västerut." Han pekade med tummen över axeln, okunnig om väderstrecken. "Är det där västerut?" "Åh, snacka om att försöka byta samtalsämne."

Deras blickar hakade fast en aning för länge. Han visste vad det innebar och valde att väja. Gick de till sängs tillsammans kunde allt bli förstört. Han ville hålla det rent, fritt från komplikationer, inte trassla in sig i andra förpliktelser än att måla hotellrum. Allt var omtumlande nog som det var.

Med blicken mot bordet snurrade han vinglaset. Ljuset i lyktan slocknade.

Han tvingades erkänna att han var lockad. Tänkte på löftet han gett till sig själv om att inte säga nej till att prova något nytt. Sanningen var att avstå skulle vara det nya. Den vanlige Anders Strandberg skulle knappast ha tvekat. Han skulle ha rest sig från stolen, sträckt fram sin hand och ordlöst fört henne uppför trappan. I morgon bitti skulle han packat sin väska och varit halvvägs till Stockholm innan hon vaknade.

Den nya Anders ville inte förlora vad han funnit.

Han lutade sig tillbaka på stolen. "Det börjar bli sent. Jag tror det är dags för mig att gå och sova lite. Jag har ju några omålade hotellrum att tänka på."

Hon tittade på klockan. "Oj, jösses, jag trodde inte den hunnit bli så mycket." Hon reste sig genast och det klingade till när hon lyfte deras vinglas. Med raska steg gick hon runt och blåste ut ljus. "Hur dags vill du ha frukost?"

"Det behöver du inte tänka på, det fixar jag själv."

"God natt då, och tack för ikväll."

"Det är jag som ska tacka."

Hennes blick smet undan. Han hade tänkt ge henne en kram men kom av sig. Hon försvann mot köket och han blev kvar en stund innan han gick mot trappan.

Trots att han gick väldigt långsamt hann hon aldrig ikapp.

Färgrollern dansade bakom ögonlocken. Synintrycket som fyllt hans dag hade blivit kvar på näthinnan. Sedan somnade han – belöningen efter ett tillfredsställande dagsverke.

Natten gick och gryningen kom. Som alltid när han druckit för mycket vin vaknade han tidigt. Efterdyningen var en lätt huvudvärk. Nuförtiden tålde kroppen mindre än den gjort förr. Ett glas för mycket eller några förlorade sömntimmar satte djupare spår. Förr hade sånt bara gått att ruska av sig.

Han låg en stund och tänkte på gårdagskvällen. Hur trevligt han haft. Både vid matlagningen och under den följande middagen. Ett behagligt lugn, för Helena och Emelie en självklarhet, för honom bara till låns. Därför oroades han av den där blicken mot slutet av kvällen, den han avböjt och dragit sig undan.

Måtte inget ha blivit förstört.

Tanken drev honom ur sängen. Han gick fram till fönstret och drog undan gardinen. Dagern slog in och han kisade mot ljuset, himlen var klar och solens första strålar silades genom skogen på krönen i fjärran. Det såg ut att bli en vacker dag.

I badrummet vaskade han av sig men hoppade över rakningen. Han ville ut i lagården och komma igång. Göra sig oumbärlig. Han ville få stanna nådatiden ut, hinna utforska upplevelsen i att vara vem han ville. Helena och den främmande platsen var en förutsättning. Det var i samspelet med henne han kunde spegla sig själv och pröva sitt nya förhållningssätt. Han drog på sig blåstället och smög ner i köket. Där laddade han kaffebryggaren och dukade fram frukost till Helena och Emelie, bredde några mackor och tog ett glas mjölk. Därefter gav han sig av mot lagården.

Kommen halvvägs över gårdsplanen fick han syn på Verner. Mitt på åkern, framför ett staffli och en målarduk, med en palett i ena handen och en pensel i den andra. På marken stod en liten ryggsäck med utfällbar stol. Anders stannade. Besöket i Verners stuga kändes avlägset. Tiden sedan dess hade varit så innehållsrik att den tycktes bra mycket längre än den egentligen var. Han blev påmind om skambudet han gett på gitarren. Ett domnat habegär ryckte till vid minnet, kanske var det ändå värt ett nytt försök? En annan del av honom blev genast upprörd och ville hellre gå och be om ursäkt. Anders blev stående mitt i korselden. Hans gamla insuttna jag tog för första gången strid mot allt det nya och märkliga. Vem var den där främlingen som invaderat omdömet och målade väggar och lagade mat och var allmänt inställsam? Jo, det ska jag tala om för dig, en som mår bra mycket bättre än vad han gjorde när du bestämde.

Det var enkelt att avgöra vilken tanke som kom från det gamla. Därför gick han trotsigt ut mot åkern, fast besluten att fortsätta vägen han valt.

Han hoppade över ett dike, följde en plogfåra och klev över stubbade tuvor. Jordskorpan var hård men för tunn att bära, gummistövlarna sjönk i lerig mull. Verner stod med ryggen till. Andedräkten kom som rök ur munnen. En flock fåglar skrämdes av Anders steg och med upprörda skrän lyfte de från marken och tog sin tillflykt till trädet på Anderssons gård. Det fick Verner att vända sig om. Vid åsynen av Anders höjde han handen till hälsning. Anders fann gesten betryggande. Vore Verner ilsken skulle han knappast vinka. Han insåg att det enklaste vore att bara börja om, inte låtsas om deras tidigare möte. Verner hade vänt ryggen till och fortsatt att måla.

"Hej Verner, det var väldigt vad du var idog i ottan."

"Så du är kvar i krokarna? Du fick så bråttom sist att jag trodde att du skulle springa ända till Stockholm."

Anders som just hunnit fram såg ner i marken. Han mindes den hala språngmarschen genom skogen. Sorgen som sprängt sig fram. En märkvärdig känsla av att det varit någon annan än han som flytt. "Jag tog in på hotellet. Innan jag visste ordet av var jag anställd som målare."

Verner sänkte sakta penseln, vände sig om och gav honom en grundlig inspektion. Lite väl utdragen, upplevde Anders. "Där ser man." Verner vände sig om och fortsatte måla. "Så det är du som ska hjälpa Helena att få färdigt. Det var roligt att se att du mår bättre."

Anders såg för första gången på tavlan. Redan på väg över åkern hade han tänkt ut några lämpliga ord för att uppmuntra Verners målarkonst, men stående inför den behövdes det nya. Tavlan var utsökt. Han var inte helt obevandrad i konst men även en lekman kunde se att den målats med avsevärd skicklighet. Anders lyfte blicken mot motivet. De två boningshusen och det stora trädet på Anderssons gård, tvärs över vägen ett hundratal meter från platsen där de stod. "Den är ju helt fantastisk." Hans blick återvände till tavlan. Husen som egentligen var röda hade på målningen fått en gråaktig ton. Skamfilade skelett som byggda av aska. Med förvrängda vinklar föreföll husen luta sig bort från varandra i vredesmod. Fönstren var svarta av sorg. Det väldiga trädet var det enda som bar färg. I fullaste prakt och översållat av vita blomställningar framstod det närmast som självlysande. Bladens färger fick Anders att snegla på Verners palett i undran över hur många gröna nyanser det egentligen fanns. Han återvände till tavlan och trädets försåtliga skönhet. För dolt under marken sträckte sig ruttnande rötter fram till de båda husen och fyllde dem med illvilja. "Jösses Verner, jag visste inte att du var konstnär. Den här tavlan köper jag gärna när den är färdig."

Orden kom från hjärtat. Det var sällan han kände något inför konst utan bekräftat värde, men den här tavlan ville han kunna fortsätta titta på, om inte annat som ett minne över en märklig tid.

Han hörde Verner frusta till. "Du är mycket för att köpa saker du."

Så kom där då ändå en påminnelse. Verner hade inte glömt han heller.

"Jag tänkte bara att om du vill sälja den så köper jag den gärna."

"Den är inte till salu."

Verner bättrade på en slingrande trädrot. Anders tänkte att det kanske ändå vore bra att erbjuda sig att köpa en tavla, även om det inte blev just den här. Om inte annat så för att visa sin uppskattning.

"Jag skulle gärna köpa en av dina tavlor. Du har ingen annan du vill sälja?"

"Nä, det här är den enda duken jag äger och har."

Anders tittade på målningen och sedan på Verner. "Vadå, menar du?"

"Det här är den enda duken jag har." Verner böjde sig ner och doppade penseln i en burk med genomskinlig vätska. "Först målar jag, sen skrapar jag av det värsta och täcker över med vitt. Får det bara torka nån dag går det hur bra som helst att måla nåt nytt." Han tog fram en trasa ur ryggsäcken och torkade omsorgsfullt av penseln innan han doppade den i ny färg.

Anders gjorde sitt bästa för att få någon logik i Verners redogörelse. "Så du menar att du ska måla över det här?"

"Nej, faktiskt inte. Just den här ska jag behålla."

"Men varför gör du så? Du skulle ju kunna sälja dina tavlor."

"Jag vet."

"Jamen, varför gör du inte det då? Det där du håller på med är ju bara slöseri med tid."

Verner sa ingenting.

"Om du sålde den här skulle du kunna köpa massor av dukar. Du skulle kunna ställa ut och visa upp din konst på gallerier. Så bra som du är skulle du säkert sälja massor av tavlor."

"Jag vet."

Precis som förra gången de möttes blev Anders alltmer förvirrad. Ett samtal med Verner följde ingen förnuftsenlig ordning. Rätt som det var vek det av mot ett regellöst fält där tanken var ovan att vistas. Inget svar gick att förutse. Allt fick beräknas utifrån sannolikheter.

Han gjorde ett nytt försök att förstå. "Men varför gör du inte det då?"

Verner lyfte penseln och höll den framför motivet, slöt ena ögat och jämförde färgerna. Trots att ingen av dem på målningen hämtats från verkligheten. "För att det är att måla som är det roliga."

"Men om du sålde dina tavlor skulle du ju kunna måla hela tiden." Verner log och Anders tog det som en uppmuntran att fortsätta. "Om inte annat är det väl alltid bra att få in en liten slant."

Verner lät en illasinnad rot slingra sig upp för ena husets farstutrapp. "Vad får dig att tro att jag behöver en liten slant?"

Nu insåg Anders att han var ute på samma hala is där han hamnat senast de sågs. Därför valde han att inte svara. Istället stod han tyst och betraktade Verner som började plocka ihop sina målarattiraljer. Det hade varit tyst en lång stund när Verner plötsligt tog till orda.

"Jag har tecknat och målat så länge jag kan minnas. Som barn hade jag alltid en pennstump och en bit papper i fickan. Jag blev tidigt en betraktare, en som ofta stod bredvid och iakttog, att teckna blev mitt sätt att hantera världen. Om nåt gjorde mig ledsen eller när jag såg sånt jag inte förstod blev det alltid lättare om jag ritade av det. Och ska sanningen fram så var det en del som gjorde mig ledsen på den tiden." Han ställde ner alla penslar han använt i burken med vätska. En efter en torkades av mot trasan. "Min mor var bara fjorton år när jag föddes och det var naturligtvis en skandal i sig, men på den tiden fanns det ju inga bekämpningsmedel. Vem far min var fick jag aldrig veta, det står Fader okänd i kyrkböckerna." Den ena penseln efter den andra försvann ner i ryggsäckens ytterfack. "Att jag dessutom var som jag var gjorde det hela etter värre. Det kallades sinnesslöanstalt på den tiden, dit ungar skickades när man tyckte dom hade nån vajsing. I folkmun sa man fortfarande idiotanstalt. Jag var sju när dom skickade iväg mig, i byskolan vågade dom ju inte visa upp mig. Men jag hade min penna och mitt block och det hjälpte mig igenom dom där åren." Anders stod blickstilla och lyssnade uppmärksamt, rädd att Verner skulle tystna om han så mycket som bytte fot. Han såg fram emot att kunna återberätta det hela för Helena. "Fjorton år gammal gick jag till sjöss, hemma var jag inte välkommen och det fanns inget som höll mig kvar, så jag gav mig av för att upptäcka världen. Men att vara på sjön var ett hårt liv för en tanig liten grabb, så snart jag fick en stund över så tecknade jag. Det fanns inte en knop eller sjöman ombord som inte blev avbildad i mitt tummade skissblock. Och hela tiden fanns drömmen om att en gång kunna leva på min konst, att en dag bli en ansedd konstnär. Den drömmen bar mig genom många tunga dagar och nätter när musklerna skrek." Han suckade och satte händerna i svanken, rätade på sig med en grimas. "Men man ska vara försiktig med vad man önskar, för det kan hända att det slår in." Verner betraktade sin målning, kisade lite och petade med lillfingret på en fläck där färgen klumpat sig, strax intill ena husets ytterdörr. "För mig tog det tjugo år. Men då jävlar slog jag igenom med buller och bång efter en konstutställning i New York. Jag bodde där över då, och mina tavlor blev så efterfrågade att jag inte kunde leverera i samma takt som dom såldes. Det blev ett evigt tjat från gallerier, jag målade så fort jag bara kunde och blev i och för sig ganska rik på kuppen, men det märkliga var att ju bättre det gick, desto räddare blev jag att förlora alltihop. Jag tyckte nämligen om att känna mig upphöjd, att vara beundrad och bli lite särbehandlad. Äntligen hade jag blivit nån och var inte längre vilken kreti eller pleti som helst. Så jag gnodde på och tog nya beställningar, började måla sånt jag trodde folk ville ha och använda tekniker som skulle imponera på konstkritikerna. Jag målade och målade och blev bara sämre och sämre, men tavlorna sålde lik förbannat. Så länge min signatur stod i hörnet verkade ingen se hur dåligt det var. Men för första gången i mitt liv började jag tycka att det var tråkigt. Jag fick tvinga mig själv till staffliet, det enda som drev mig var den där rädslan att förlora alltihop. Fåfängans makt är större än man tror, så jag höll ut några år. Tills en dag när jag inte längre stod ut. Jag hade mist min förmåga att verkligen se. Men att tappa lusten att måla var som att förlora förmågan att andas. Det var som att berövas mitt liv." Verner skruvade bort duken från staffliet, ställde den på ryggsäcken och lät den luta mot högerbenet. "Det har gått trettiofem år sen jag sålde en tavla, men om du visste vad roligt det är att måla."

En dörr slog igen borta på hotellet. Ljudet fick dem att vända sig om och strax därpå dök Emelie upp med brådska i stegen ner mot landsvägen. Hon höjde handen till hälsning och de vinkade tillbaka, Anders med tanken kvar i det Verner berättat. Den sista biten fick hon springa när bussen närmade sig, de stod båda tysta och såg den vänta in henne vid håll-platsen. När dörren stängts fick Verner liv igen och fällde ihop sitt staffli. "Den flickan finns det anledning att bekymra sig för."

Anders rycktes bryskt ur sina funderingar. "Hurdå menar du?"

Men med ens såg Verner förlägen ut. För första gången vek blicken undan och med raska rörelser krängde han på sig ryggsäcken. Staffliet la han över axeln och målningen tog han i andra handen. Han nickade ett avsked och gick sin väg med bestämda kliv. Anders blev kvar där han stod, häpen över Verners tvära uppbrott. Avståndet mellan dem tilltog och allt han ville fråga blev för sent. Halvvägs framme vid skogen sak-tade Verner plötsligt in, vände om och gick tillbaka. Ju när-mare han kom, desto starkare blev Anders förväntan. Ett tiotal meter återstod när Verner stannade.

"Jag gör det här för flickans skull och ingen annans. Jag borde sagt nåt redan igår men modet svek mig. Du kan hälsa Helena att hon kan komma förbi under dagen, för den flickan behöver hjälp."

Det var allt han tänkte säga, för med de orden vände han och gick igen. Anders alla frågor hade stockat sig. Förbluffad stod han kvar med armarna hängande längs sidorna. Länge stod han så och såg Verner lämna åkern och passera platsen där han själv en gång stannat till med bilen för att svälja värktabletter. Han såg honom gå längs grusvägen förbi ängen där han parkerat en gång. Och slutligen, som en prick långt bort, såg han honom försvinna mellan träden.

En bil passerade på landsvägen. Den fick honom att känna sig som en gammal fågelskrämma, kvarglömd på den bara åkern till ingen nytta. Han vände om och gick tillbaka mot hotellet, fullständigt villrådig om hur han skulle formulera Verners hälsning till Helena.

KAPITEL 18

Helena satt i köket och tittade på frukostmaten som Anders varit vänlig nog att plocka fram. Särskilt hungrig var hon inte, tvärtom var hon illamående av gårdagskvällens vin. Ovan som hon var hade magen reagerat.

Emelie hade gett sig iväg till skolan. Under morgonen hade hon återigen varit tvär i tonen som om kvällen före aldrig hade inträffat. Tydligen var skulden över lögnen gäldad.

Hon suckade och såg ut genom fönstret. En ny dag med nya timmar. Och där uppe tvärs över vägen satt väl Anna-Karin och var arg. Förr eller senare måste hon fråga henne hur de skulle ha det i framtiden. Om hon över huvud taget tänkte jobba kvar. Annars var det hög tid att annonsera efter någon annan.

Just som hon skulle resa sig dök Anders upp bakom magasinsknuten, till synes från en promenad på åkern. Hon lutade sig fram och öppnade fönstret. "God morgon!"

Han tycktes närmast bli förskräckt av hennes rop. "Hej, tack för igår, jag går in och sätter igång med målningen."

Utan att stanna fortsatte han över gårdsplanen och försvann in i ladugården. Hon blev genast illa till mods av den tydliga förändringen, hans uppenbara ovilja till småprat. Det hon befarat när hon gått och lagt sig hade alltså varit riktigt. Blicken hon råkat hålla kvar en stund för länge. Han hade övertolkat hennes avsikter och blivit trängd, nu kände han sig tvingad att markera sitt ointresse. Och det ordentligt, så att inget utrymme blev kvar för hennes ovälkomna närmanden.

Genansen drev henne från stolen. Frukosten blev hastigt bortplockad och med disktrasan avlägsnades de sista spåren. Inte en fläck eller smula fanns kvar när hon gnott färdigt. Hon kände ett ursinnigt behov av att förvissa honom om att det hela var en missuppfattning. Om det inte gick skulle hon be honom åka därifrån. Hon tänkte inte utsätta sig för att bli betraktad som en trånsjuk, ratad skilsmässomamma, så desperat att hon föll i farstun så snart en man klev över tröskeln.

Hon gick uppför trapporna och ställde sig i duschen. Länge stod hon där, i hopp om att genansen skulle sköljas bort. När hon klev ut var badrumsspegeln täckt av imma, hon torkade sig snabbt och drog på sig kläderna. Spegelbilden som fanns där bakom vattenångan lockade varken henne eller någon annan. Nu var det bekräftat en gång för alla.

Förmiddagen gick. Ännu ett mejl hade kommit från Martin men hon raderade det utan att läsa. Istället beställde hon varor till morgondagens begravningskaffe, ringde blomsterhandeln om vita liljor och dukade fram kaffekoppar och assietter trots att det gott kunde vänta. Så snart hon blev sysslolös tog olusten över. Den hon sluppit under gårdagskvällen hade bara skjutits upp, nu blev hon drabbad av både den och dagens vanliga obehag.

Vinets bedrägliga tröst. Trots hennes erfarenhet, ändå så enkelt förförd.

Några dagars konstgjord andning.

En ack så välkommen distraktion.

Det var vad Anders tillfört med sin närvaro. Under ett par dagar hade hon kunnat skjuta det mesta åt sidan och rikta uppmärksamheten mot honom. Nu, när även han hamnat på problemsidan, fanns inga flyktvägar kvar.

Hennes liv var i kaos, det var bara att erkänna. En härva av outredda problem.

Framåt eftermiddagen var hennes rastlöshet så stark att hon inte längre stod ut. Det fick bära eller brista, hon måste få återseendet med Anders överstökat för att åtminstone få ett obehag ur världen.

Hon drog på sig stövlarna och begav sig mot ladugården. Väggarna var klara och han var i färd med att måla fönsterkarmarna. "Hur går det?"

"Bra. Jag tänkte just börja lägga golvet."

Hon såg mot den inplastade traven askparkett. Den Martin och hon valt tillsammans, trots att hon egentligen velat ha valnöt. "Klarar du det då?"

Han gav henne en osäker blick, som för att se om hon skämtat. "Vadå, menar du?"

"Att lägga golv?"

"Ja, det tror jag väl. Det ligger en instruktion i paketet och läsa kan jag ju."

"Bra."

Hon besvarade inte hans leende. Istället plockade hon upp några bitar trälist som blivit kvar på golvet efter snickarna. Det kändes bra att markera en distans. Hon var chef och han var anställd, det han tyckt sig se utöver det var bara hans egen inbillning. Efter en sväng runt rummet där hon kontrollerade hans arbete gick hon tillbaka ut i korridoren.

"Du, Helena."

Hon ville fortsätta men tvingades stanna. Det fanns en antydan till vädjan i hans röst som var svår att förhålla sig till. Nu skulle det tydligen redas ut, det som aldrig ens varit något.

"Jag träffade Verner ute på åkern."

Orden kändes som en räddning. Upplysningen gick att bemöta på ett sakligt vis, utan att något skulle förklaras. Hon gick tillbaka och ställde sig i dörren. Log lite grann, för att visa sig öppen för neutrala samtal. "Jaha, gjorde du, vad hade han att säga då?"

"En hel del faktiskt, nu vet jag lite mer om honom. Han berättade en fullständigt fantastisk historia. Han är konstnär visade det sig, otroligt duktig, jag fick syn på honom mitt på åkern när han stod och målade."

Anders tog god tid på sig att berätta Verners historia. Ju längre han talade desto mjukare blev hennes sinnelag. Den var tillbaka igen, den otvungna samvaron hon trott gått förlorad. Hon tvingades erkänna att den hunnit bli viktig. På bara några dagar hade han lyckats ta sig en plats. Kanske mest beroende på att den var ledig. Praktiskt taget tom.

Hur hade hon som förr haft så stor bekantskapskrets kunnat bli så ensam?

"Förresten, han hälsade till dig."

"Tack."

"Nej, alltså han … han ville att du skulle komma förbi under dagen."

"Jaha, varför då?"

Anders vände sig om och började måla igen, utan att fylla penseln med färg. Hon fick känslan av att han dröjde med svaret. Hans tvekan gjorde henne nyfiken. "Sa han vad han ville?"

"Jag vet inte riktigt vad jag ska säga, jo det gjorde han väl egentligen, men det är bättre att du går dit och pratar med honom själv."

"Vad sa han då?"

"Äh, det var bara konstigt. Han kanske inte är riktigt som han ska i alla fall."

"Säg vad han sa."

Penseln stannade mot karmen och hon hann tänka att det skulle bli ett fult märke där. Sedan vände han sig om men svävade på målet. "Okej, du får ta det som du vill. Han sa nåt om att det finns anledning att bekymra sig för Emelie, nåt om att hon skulle behöva hjälp."

Först gick orden inte in. Sedan kom ilskan, ren och äkta. "Vad fan menar han med det?"

Hans händer slog ut i luften. "Jag har ingen aning, det verkar fullständigt befängt men jag säger bara vad han sa."

"Vad sa han då?"

"Ungefär det jag sa. Jag minns inte ordagrant."

Helenas tankar for åt alla håll. Ingenstans fanns en rimlig förklaring. Hur kunde Verner påstå sig veta hur Emelie mådde? De kände inte varandra. Påståendet att Emelie behövde hjälp var inget annat än en förolämpning. "Vad fan vet han om det?"

"Jag vet inte, han sa nåt om att han borde ha sagt nåt redan igår men att modet svek honom."

Igår? Vad hade hänt igår? De senaste dagarna hade det hänt så mycket. Men så mindes hon plötsligt Verner i köket, Emelies vädjande blick när han hållit hennes hand. Redan då hade Helena känt att något var fel. Hade Emelie träffat Verner förut? Var det rädsla hon sett i hennes ansikte? Ett skräck-scenario for igenom hennes hjärna.

Avvikaren Verner.

Var det därför Emelie var så förändrad? För att något hade hänt som Helena inte kände till. Hon fick plötsligt svårt att andas och tvingades ta stöd mot dörrkarmen. "Vad sa han mer?"

"Han sa bara det. Det hela var mycket märkligt. Vi såg Emelie springa förbi ner till bussen och det var efter det han sa det. Det kanske var dumt av mig att berätta det över huvud taget. Han kanske bara menade att det fanns anledning att bekymra sig för att hon har svartfärgat hår."

Men för att kunna andas igen behövde Helena försäkras om det. Innerst inne visste hon att det var något annat. Att det fanns någonting hon inte orkat se.

Anders la en hand på hennes axel, en beröring så sällsynt att hon stelnade.

"Jag kan följa med dig dit om du vill."

Tacksamheten hon kände var djup.

Anders stod på trappan, redo att knacka. Hon stod en bit ifrån och hade hjärtklappning. Egentligen ville hon inte in i Verners stuga, av hela hjärtat ångrade hon bekantskapen.

Hennes fåniga hjältemod när hon valt den svagas sida.

Nu kunde Anna-Karin sitta där och triumfera.

Hon bar en förkänning av katastrof i bröstet. Vad det än var hon skulle få höra innanför stugans väggar anade hon att det skulle göra ont. Det fanns ingen plats för den smärtan, för drabbade den henne skulle hon knuffas över gränsen. Där väntade bara handlöst fall, ner i ett djup hon inte visste om hon skulle överleva. I ett halvår hade hon hållit det ifrån sig. Nu var orken slut.

"Är du okej?"

Hon nickade och Anders knackade på dörren.

Det var en annan Verner än tidigare som kom och öppnade. Leendet var ersatt av en bister uppsyn och hon förstod att ingen av dem såg fram emot besöket. Med dörren lämnad öppen försvann han in igen och Anders vände sig om. "Kom nu."

Utan Anders skulle hon inte ha gått in. Tacksam över att han tog befälet gick hon fram mot trappen med ben som skakade av olust. De drog av sig sina leriga stövlar i en liten farstu, en svartvit katt kom spinnande och strök mot hennes ben. Verner var utom synhåll, hon hörde honom slamra i köket på vänster hand.

"Ni kan gå in så länge. Jag har kaffet klart."

"Nej tack, för mig är det bra." Anders gav henne en frågande blick och hon skakade på huvudet. "Helena är också nöjd."

Nu kände hon hans hand mot svanken, hur han manade henne framåt. Gesten var beskyddande men förödande för hennes självkontroll. Hans omtanke fick henne att vilja gråta.

Hon satt med Anders på en säng med en rutig filt som överkast. Rummet var så överbelamrat att det låga taket rent av tycktes vila på de höga travarna. Lådor, kartonger, böcker och tidningar. Två små spröjsade fönster. Trots strålande solsken därutanför kändes rummet mörkt. En radio, ett gökur, en gammal skrivmaskin. Galgar med kläder hängde lite här och var där det stack ut något att kroka fast dem i. Sinnebilden av ett hem bebott av en avvikare. Han stod i dörren med en koppkaffe. Hon valde att se åt ett annat håll.

"Jag föddes i en by inte olik den här."

Hon övervann sin motvilja och vände huvudet åt hans håll. "Vad har det med Emelie att göra?"

"Om du lugnar dig lite så ska jag förklara."

"Jag har bara kommit hit för att få veta varför du sa som du gjorde om Emelie. Var har du träffat henne?"

Han suckade. "Vill du veta varför jag bad dig komma får du ge dig till tåls. Det finns inget snabbt sätt att berätta det här. Det finns förresten inget sätt över huvud taget, det vet jag sen länge, så det är första gången på mycket lång tid som jag pratar om det här."

Han ställde ifrån sig kaffekoppen på en trave böcker, gick fram till en stol bredvid sängen, flyttade ut den en bit och satte sig. Tystnaden som följde tycktes oändlig. Helena ville upprepa frågan, skrika ut den, tvinga ur honom ett svar.

"Det finns sånt man inte ska berätta om sig själv. Åtminstone inte om man är en sån som jag. Men vissa saker rår man inte över, man föds som man gör, men jag hann skrämma bra många på flykten innan jag lärde mig att hålla tyst."

"Säg vad du har gjort med Emelie?"

Hans vrede var ögonblicklig. "Jag har inte gjort nåt med Emelie!"

Det höjda tonläget gjorde henne rädd. Kanske kände

Anders det, för han kom till hennes försvar. "Ta det lugnt Verner, det finns ingen anledning att bli arg. Det förstår du väl att det du sa gör Helena orolig."

Hon kände hans arm bakom ryggen och ville ha den där. Verner såg ut att slappna av igen och lutade sig framåt, med armbågarna mot knäna och knäppta händer.

"Jag måste få ta det här i min egen takt." Katten kom fram till hans fötter och han lyfte upp den i knät. "Jag blev arg för det fanns en tid när jag blev anklagad för så mycket dumt att jag hann väl bli lite överkänslig." Katten trampade spinnande runt och la sig till slut tillrätta. Verner strök med handen längs dess rygg. Så började han berätta, med långa tankepauser. "Som jag sa föddes jag i en by inte särskilt olik den här, men det är ju länge sen nu, så mycket var på ett annat sätt. Eller egentligen inte, om man tänker efter." Han gav ifrån sig en fnysning, eller kanske en suck. "Jag borde ha varit en vanlig bondunge men jag förstod rätt snart att jag var annorlunda. Inte ens i min egen familj passade jag in. Ibland trodde jag att det var dom andra som var tokiga, men eftersom dom var fler än jag så förstod jag rätt snart att det var med mig som det var nåt galet."

Oron steg i Helenas bröst. Det var som Anna-Karin hävdat. Något var onormalt och nu hade det drabbat Emelie.

"Först sa dom att jag bara hade livlig fantasi. Sen påstod dom att jag ljög och hittade på. Då blev jag ledsen och arg och inte fanns det en enda människa jag kunde fråga. Världen framstod som alltmer underlig. För mig var det ju lika tydligt som värmen från katten här, eller att jag ser dörren där borta. Men alla ville få mig att tro att jag bara inbillade mig." Han föll i tystnad en stund och kattens spinnande var det enda som

hördes. Helena kände värmen från Anders arm, oändligt tack-
sam att han var med henne.

"Men jag, dum som jag var, jag stod på mig. Och när dom
började inse att det stämde det jag sa blev dom rädda för mig
istället. Dom var vettskrämda att nån i byn skulle märka hur
jag var skapt så jag blev förbjuden att lämna gården. Kom det
nån på besök fick jag gömma mig." Han sänkte blicken och
såg ner i golvet, synbart plågad av minnena. "Ni kan ju tänka
er själva, en unge som såg färger runt folk, i en liten by där
inget fick avvika."

Den plötsliga vändningen fick hans bekännelse att gå i
en helt annan riktning än den Helena redan tänkt ut. "Vadå
färger?"

Verner såg mot fönstret. "Vi föds som vi gör, med olika
skavanker och förmågor, en del mer påtagliga än andra. Några
föds med absolut gehör, andra med fotografiskt minne. Jag är
född med nåt dom kallar synestesi. Det har forskats en del
men dom vet inte vad det kommer sig av, bara att våra hjärnor
arbetar annorlunda." Han kliade katten bakom örat. "Vi har
nån slags överlappning mellan sinnena. Det ett sinne tar in
förs över till ett annat. En del kopplar färger till olika bok-
stäver eller ord. Andra känner smaker när dom hör musik. På
en jag läste om sved det i huden när hon tittade på ett
rutmönster, en annan kände drag runt vristerna när han hörde
gitarrspel. Det finns många sorter."

"Så du har alltså nån slags gåva att kunna se färger runt
folk?"

"Gåva vet jag inte om jag vill kalla det. Många gånger i
livet har det mer känts som en förbannelse." Verner drog ett
djupt andetag, så djupt att katten ställde sig upp. Han strök

den över ryggen med långa, lugna tag. "Lägg dig du lilla katta, du vet ju redan det här."

"Jag förstår inte, vad har det här med Emelie att göra?"

Hennes röst var taggig, präglad av misstänksamhet. Verner reste sig och la försiktigt ner katten på stolen. Den gav honom en misslynt blick och hoppade ner på golvet, med svansen i vädret trippade den iväg. Verner gick fram till fönstret.

"Som barn förstod jag inte själv. Jag bara såg det jag såg och kände det jag kände. Sen dess har jag lärt mig en del och träffat på flera andra som jag, så nu vet jag lite mer."

"Och vad har du kommit fram till, menar du?"

Han petade bort lite flagnad målarfärg från fönsterlisten, suckade och dröjde med svaret.

"Ni som inte ser det jag ser brukar ändå påstå att människor har olika utstrålning. Ni säger att vissa gör er illa till mods medan andra sprider trevlig stämning. Ibland känner ni att nån tittar på er, ni tycker att det kan vara bra eller dåliga vibrationer i ett rum. Men det är inte många som söker en logisk förklaring, ni bara accepterar att det är så det är." Han lutade sig framåt, med händerna mot fönsterbrädan, som om han ville häva sig ut. I motljuset stod hans hår som en sky runt huvudet. "Av nån anledning kan jag se dom där vibrationerna som de flesta bara känner. Eller se vet jag inte, men jag får färger av dom i huvudet och dom där färgerna får mig att känna olika saker. Jag känner helt enkelt hur människor mår."

Helena och Anders såg på varann. Med handen framför munnen försökte han dölja ett leende. Deras gemensamma misstro blev ett kitt som förde dem samman.

Verner vände sig om och gick och satte sig på stolen. "Det

finns ett fält av energi runt allt som lever." Han sträckte ut handen med spretande fingrar, vred den fram och tillbaka som om synen av den vore sällsynt. "Det är ju egentligen inget konstigt, allt består ju i själva verket bara av energi och varenda atom vibrerar, ingenting är nånsin i vila." Anders drog plötsligt bort sin arm från hennes rygg och bytte ställning. Hans händer hamnade på låren där fingrarna rastlöst började trumma. "Dom där vibrationerna som blir färger för mig kommer väl från alla elektriska impulser i hjärnan, eller tankar och känslor, om ni hellre vill kalla dom det. Ni anar inte hur många färgnyanser det finns runt en människa."

Hon smittades av Anders otålighet och reste sig. "Så du menar alltså att du kan läsa folks tankar?"

"Nä, det kan jag inte. Men färgerna gör att jag kan se hur dom mår av det dom tänker."

Anders gav ifrån sig ett ljud, kanske en harkling.

Verner suckade när han såg deras nedlåtande samförstånd. "Tänk att det här alltid är lika provocerande. Folk stänger in sig i sin egen föreställningsvärld och när nåt kommer och inkräktar blir dom arga. Ni accepterar utan vidare att det finns olika sorters strålning, som mikrovågor och radioaktivitet trots att ni inte ser det med egna ögon. Dom flesta är till och med överens om att människor har olika utstrålning. Men när jag säger att dom har rätt i det, då slår dom ifrån sig och påstår att jag är galen. Och förresten har jag inte ens hunnit berätta att om jag rör vid nån blir det ofta ännu tydligare, för om en sinnesstämning är tillräckligt stark så förs den över till mig." Han reste sig och tog otåligt några steg över golvet, vände tillbaka till stolen och satte sig. "Det går inte att förklara så att det låter vettigt, inte för nån som inte har upplevt det själv.

Det är som att försöka beskriva hur det känns att äta äpplen för nån som aldrig har ätit."

Anders harklade sig igen, denna gång med mera kraft. "Som du säkert märker har både Helena och jag lite svårt att ta till oss det här, men det finns ju ett enkelt sätt att övertyga oss. Du kan ju tala om hur vi känner."

"Varför skulle jag göra det, vet du inte det själv?"

"Jo, men ... Då skulle vi kanske kunna tro på vad du säger."

"Det är mig fullständigt likgiltigt vad ni tror och inte tror. Enda anledningen till att jag bad Helena komma hit är att jag bekymrar mig för flickan." Han betraktade Anders en stund, med huvudet på sned och ett tankfullt uttryck. "Jag måste säga att just du gör mig lite förvånad. Nere på åkern i morse såg det ut som om du tänkt om, men det måste varit nån slags synvilla. Första gången jag såg dig var du nämligen ingen fager syn. Det är en sak om man är så sjuk att man inte kan ta ansvar för sina handlingar, men i övrigt har jag svårt för folk som tror att just deras bördor är så tunga att dom måste ta livet av sig. Det måste vara höjden av storhetsvansinne."

Helena såg förbluffad på Anders som blivit rödflammig långt ner på halsen.

"Och svaret på din fråga Helena, om du kan släppa din självömkan och lyssna en stund, så är det så att jag bara har träffat din dotter en enda gång, igår, i köket på hotellet. Det gjorde mig väldigt bekymrad men jag sa inte nåt för jag var så glad över att du och jag hade träffats. Och att berätta om min förmåga brukar vara snabbaste vägen att avsluta en bekantskap."

Kritiken kändes som ett piskrapp.

"Vadå självömkan?"

Verner fnös. "Där ser du själv, inte ens nu kommer din dotter i första hand."

Helena blev stående med öppen mun. När orden sjunkit in sjönk hon själv ner på sängen, det han sagt hade sårat henne djupt. Behovet var starkt att försvara sig. Vad visste han om Martins svek, hennes kamp med hotellet för att låta Emelie få bo kvar. Vad visste han om oron hon kände för sin dotter? Han hade lurat dit henne med sitt struntprat och tog sig dessutom rätten att förolämpa henne. Hon sneglade på Anders. Han satt med blicken i knät, den här gången fick hon ingen hjälp.

"Vad var det som gjorde dig så bekymrad över Emelie då?"

"Varför frågar du när du ändå inte tror på vad jag säger?"

Hon öppnade munnen, men insåg att hon saknade svar. Allt som ekade i huvudet var ordet självömkan. Hans anklagelse om att hon hade en brist.

"Att tvivla är helt i sin ordning, det är där alla framsteg har sin början. Att fördöma däremot är den lates sätt att värna sin bekvämlighet. Det är bra modigt att tycka sig ha så utmärkt förstånd att man tillåter sig att förakta det man inte begriper. Men för din dotters skull tänker jag ändå svara på din fråga för hon är enda anledningen till att jag berättat det här. Din dotter har inga färger. Jag såg ingenting, absolut ingenting alls, och om en människa saknar aura finns det anledning att oroa sig. Och när jag tog hennes hand kände jag en sån maktlöshet att jag tappade andan. Så ska inget barn behöva känna. Vad gäller dig själv så sa jag redan igår i köket vad jag ser, även om du var för upptagen av ditt eget för att orka lyssna. Jag sa att vi själva väljer om vi blir vinäger eller årgångsvin, för inte ens en vacker kvinna som du klär i den där bitterheten. Det är en av dom fulaste färger som finns."

KAPITEL 19

Det fanns ögonblick som tvingat honom byta riktning. Några hade rubbat fundamentet och blivit kvar som en tongivande beståndsdel. Kanske rymde de lika långa sekunder som andra ögonblick, kanske var det bara tyngden som var annorlunda. Det enda Anders visste var att han skulle tvingas släpa på begreppet "kanske" under resten av sitt liv.

Ett litet ögonblick, förvandlat till en skiljeväg.

Hans hundra miljarder hjärnceller ville fortsätta färdas i sina invanda banor, logiskt och tryggt, utan hot från något obegripligt. För obegripligt var vad det var, det som Verner sagt om honom utan rimlig förklaring.

Det pågick en strid i hans förnuft.

På ena sidan stod hans verklighetsuppfattning och hela hans livserfarenhet, ivrigt påhejade av den allmänt rådande acceptansen. På andra sidan stod en ensam liten incident, lätt att krossa om den bara gått att bortförklara.

Hans hjärna famlade efter logik. Inom det sunda förnuftet fanns det ingen, det som hänt tog spjärn och ville ut. Hjärnan kämpade för att hindra utbrytningsförsöket. För bortom förnuftet väntade okänd terräng där inget kunde tas för givet. Där skulle kunskap förvandlas till frågor.

När han insåg det blev han istället rädd, rädd för vad det nya innebar. Om han accepterade detta som sant, vad fanns det då mer som han inte förstått? Han skulle tvingas omvärdera vad han dittills ansett möjligt och omöjligt. Allt självklart skulle upplösas i kaos.

Han mindes Verner ord på åkern.

Man ska vara försiktig med vad man önskar, för det kan hända att det slår in.

Det hade varit så lätt att lova sig själv att inte säga nej till något nytt. Så länge han själv kunnat välja var det ett harmlöst löfte. Nu var han framme vid prövningen. Varsågod, du bad om förändring – vad ska du göra med den här?

Helena satt bredvid honom, med armar och ben i kors. Förvandlad till en fästning.

"Okej, då vet jag det, tack för besöket." Hon reste sig och det behövdes ingen förmåga att se färger runt folk för att se hur sårad hon var. Rösten dröp av syra. "Jag har gått igenom en jobbig skilsmässa, om du nu inte redan har sett det i min aura." Hennes händer tecknade två ilskna citationstecken i luften runt sista ordet. "Man blir lite trött när hela tillvaron rasar och allt går emot en. Jag ber om ursäkt om jag inte har orkat uppföra mig som du tydligen anser passande."

Verner slog ut med händerna. "Varför ber du om ursäkt?"

Hon drog efter andan som inför ett svar, men när läpparna rört sig en stund knep hon ihop dem och gick mot dörren. "Jag går nu Anders, ska du med?"

Hennes fråga förvandlade honom till ofrivillig domare.

Han blev sittande fylld av vankelmod. Vad gör en stackars hjärna med obestridlig information som inte passar in i ett enda mönster?

Helena stannade i dörren och vände sig om. "Kommer du?"

Verner suckade. "Du Helena. Om nu hela tillvaron tycks vara emot dig, finns det då inte anledning att söka orsaken hos dig själv?"

Det blev droppen och Helena vände och gick. Anders gav Verner ett osäkert leende, och efter en sista blick mot Lucys filtflik under sängen reste han sig och följde efter.

Han blev stående utanför Verners dörr. Helena hade hunnit en bit, han såg henne passera granen där han själv en gång gömt sig för Verner. Kanske borde han ha stannat kvar där bakom. Han suckade och såg Helena försvinna med raska kliv. Ville han hinna ikapp var han tvungen att springa, men där gick ändå gränsen.

"Helena, vänta!"

Hon stannade tvärt och vände sig om. Otåligt väntade hon in honom. Några meter återstod när hon började gå igen, med honom i hasorna. "Vilken idiot, jag var skiträdd när vi gick dit för vad han skulle säga om Emelie. Och så får man höra det här. Nu förstår jag verkligen varför han bor ensam i en stuga i skogen och ingen vill ha med honom att göra."

Anders sa ingenting. Hans svar tycktes ändå överflödigt. Hon gick på för egen maskin, förblindad av förnärmelse. Han lyssnade en stund, men tröttnade snart. Han hade sitt eget att tänka.

I skilda världar gick de där, genom samma Norrlands-

skog. Med samma händelse bakom sig, men med olika upp-
levelser.

Redan när Verner nämnt ordet atomer hade han känt impulsen
att gå. Hans prat om auror var enkelt att förkasta, men när han
kom dragandes med partikelfysik var det dags att akta sig. Där
visste han av erfarenhet att allt var mindre självklart. Ordet
atomer hade blixtsnabbt frambringat minnet av hans pappa
och i sammanhanget blev påminnelsen honom övermäktig.

*Hur mycket skulle inte världen förändras om vi alla en stund
varje kväll riktade blicken mot stjärnorna och ägnade en tanke åt
universums oändlighet. Världen är ett mysterium, men vi tar den
så för givet och har blivit så vana att vi helt har glömt bort att
förundras.*

Sånt hade han kunnat säga när allt Anders ville var att se
honom i publiken på en spelning. Nu kom Verner dragandes
med något som påminde om den där förbannade kvantfysiken,
den som ätit upp hans barndom inifrån. Dessutom på ett sätt
han inte kunde komma ifrån.

Varsågod, här har du din förändring.

De hade hunnit ända hem till gårdsplanen när Helena
stannade. Hon tycktes ha gått av sig den värsta vreden, nu såg
han mest uppgivenhet i hennes hållning. Sucken var djup när
hon vände blicken mot Anderssons gård. "Jag måste gå till
Anna-Karin och be om ursäkt."

"Varför ska du göra det?"

"För att jag inte stöttade henne när det gällde Verner. Nu
förstår jag bättre varför hon inte vill ha honom där uppe."

"Hur då, menar du?"

Hon iakttog honom tyst, som förbluffad över svaret. "För det första är han ju fruktansvärt elak, jag förstår att Anna-Karin tycker det är obehagligt att behöva ha med honom att göra. Sen allt det andra han påstår, hela den där grejen med färgerna." Hon skakade på huvudet när orden inte räckte till. "Eller du kanske tror på det?"

Kanske var det egentligen ingen fråga, utan ett sätt att understryka det befängda. Hon tycktes ovetande om att hon försatte Anders i dilemma.

Att ljuga eller inte ljuga, det var frågan. Hans feghet vann enklare än han hoppats. "Nä, nä, men vad spelar det för roll om han tror att han ser färger. Det gör honom ju inte särskilt farlig. Dessutom har du ju sagt att han mest håller sig för sig själv."

Fegis, ropade den nya delen av honom. Den som ännu inte hasat ner i några inkörda tankespår. Den gamle Anders slogs för livet, medveten om hotet. Tog han öppen ställning skulle det där nya, obehagliga förhållningssättet ta över. Inget skulle någonsin kunna återgå till hur det varit förut. Anders kände hjärtat slå med dova slag.

Helena såg ner i marken och drog med stöveln genom gruset. "Mig gjorde han fruktansvärt ledsen."

"Varför då, egentligen?"

Hon fnös. "Du hörde väl själv vad han sa?"

"Varför blir du så förbannad över det, om han nu har så fel är det väl inget att upproras över?"

Hans provokation var medveten. Om det Verner sagt om honom stämde var även oron för Emelie befogad. Men hennes mamma var innesluten i sina begränsningar. Oförmögen att erkänna några svagheter hade hon bara slagit ifrån sig kritiken och därmed stod Emelie fortfarande utan hjälp.

"Så du blev inte förbannad när han sa att du var en självmordskandidat med storhetsvansinne?"

"Nä, faktiskt inte."

Snarare upplyst, insåg han förvånad, naturligtvis tyst för sig själv. Det kändes plötsligt genant det han tänkt, bara några dagar tidigare. Det fanns sannerligen anledning till att människan var det enda djur med förmåga att rodna.

Jag blundar och räknar till trettio. Gör vad du vill med mitt liv.

Det han gjort tedde sig absurt. Det var bara slumpens förtjänst att han överlevt och att han inte krockat med någon annan bilist. Sitt eget ansvar hade han lättvindigt ställt åt sidan. Han tittade mot hyrbilen. Så annorlunda allting känts när han parkerat den där. Tömd på tillförsikt hade han hamnat på hotellet och hans plötsliga ingivelse att säga ja istället för ett självklart nej till Helenas fråga hade fått omedelbar verkan i hans liv. Likt fallande dominobrickor hade det ena lett fram till det andra. Allting kändes annorlunda.

Detta enda osannolika ja hade förändrat allt.

"Om jag ber Anna-Karin om ursäkt kanske hon jobbar kvar. Jag behöver henne under sommaren."

Han betraktade henne med nya ögon. Hur krampaktigt höll hon inte fast i den tillvaro där hon ansåg att allt gick emot henne. Samtidigt kände han avund. Hon kunde välja den enkla vägen och bara avfärda Verners kritik. "Så du ska hjälpa Anna-Karin med dom där protestlistorna den här gången?"

"Vadå, menar du?"

"Mot Verner, för att få ut honom ur stugan."

"Det behövs väl inga protestlistor, det är ju hennes stuga.

Jag förstår faktiskt om hon hellre vill ge den till sina barn."

"Så lät det inte igår."

"Nej, men det som har hänt idag har fått mig att tänka om. Jag tycker att han är obehaglig helt enkelt, jag vill inte ha honom så nära inpå. Med Emelie och allt."

"Varför inte då? Han verkar ju tvärtom värna om Emelie."

Hon fnös igen, strök sig generat under näsan när det kom lite snor. "Jag vet redan att Emelie mår dåligt. Barn gör det efter skilsmässor. Varenda människa här i byn vet att Martin har stuckit så det var ju inte så svårt för Verner att räkna ut att Emelie är ledsen." Hon tystnade och la huvudet på sned. "Jag förstår faktiskt inte varför du försvarar honom."

Det som hänt hade lagt sig emellan dem. Hon var oförmögen att se ut över sin egen försvarsmur. Ordet trångsynt for genom huvudet. Han insåg med ens att han var besviken. Under gårdagskvällen hade hon blottat en mjukare sida, en tilltalande känslighet. För första gången på många år hade en kvinna lyckats väcka hans intresse. Inför sidan hon visade nu falnade gnistan som glimrat till.

Han behövde en stund för sig själv. Ville få möjlighet att begrunda vad som hänt och välja ord. Han var inte redo att riskera sin trovärdighet.

"Jag går in och fortsätter måla."

Medveten om hennes blick i ryggen gick han mot ladugården. Han saknade den redan, deras trevande samhörighet som inte hunnit få någon benämning. I morse hade han längtat till ett fortsatt samtal, nu hade en del av tjusningen gått förlorad.

Det var det hon dolde som lockade honom, inte den oattraktiva taggighet han upplevt från första stund.

Eller kanske var det bitterhet, fastän han inte såg den fula färgen.

KAPITEL 20

Om en man kliver på nästa gång bussen stannar så kommer allt att lösa sig nu.

Emelie lutade huvudet mot sätet och blundade. I tre långa år hade hon åkt den där vägen och kunde var backe och kurva. I en evighet körde bussen vidare utan att någonsin sakta in. De passerade hållplats efter hållplats, till slut blev det dags att kliva av.

Om jag håller andan tills jag hunnit ut så kommer allt att lösa sig nu.

Hon fyllde lungorna och gick mot dörren, medveten om hur barnslig hon var. Hon försökte verka oberörd men tyckte ändå att några satt och stirrade. Ett hundratal meter återstod. När bussen äntligen stannade vädjade kroppen om luft. Dörren gick upp med ett pysande, två steg ner och hon var ute. Där drog hon ett andetag. En liten framgång, som egentligen kvittade lika. Det var bara ett simpelt tidsfördriv. En fånig lek där hon kunde låtsas att det hon gjorde hade någon inverkan.

Bussen for iväg och hon blev stående. Det fanns inget att skynda sig till. Ilskan kom så snart hon såg hotellet. Varje dag när hon kom hem låg det där och triumferade, utan att någonsin ha råkat brinna ner.

Ett skithotell i ödebygden, förvandlat till universums medelpunkt.

En bil kom farande. Hon stod stilla när den närmade sig. Ett steg ut i vägen och bara pang! Det skulle åtminstone tvinga fram en förändring.

Bilen passerade och blicken följde med tills den försvann. Med en suck korsade hon vägen. Grusvägen upp mot hotellet var förvandlad till lervälling, hon försökte undvika de värsta pölarna. Det roade några i skolan att Nollåttan bodde så långt ut på vischan och ofta hade leriga skor. Den satt som cement, trots att hon varje morgon försökte gno bort den med uppblötta pappershanddukar.

Att bara få åka därifrån.

Lämna allthop och kunna andas.

Om du mot förmodan inte trivs där uppe så flyttar vi tillbaka till Stockholm igen.

Ett löfte lätt som luft.

För vad fick vara viktigare än hotellet?

Men ens mamma var ens mamma, hur ens mamma än betedde sig. Och ledsna mammor kunde inte lämnas åt sitt öde. Då visste ingen vad de kunde ta sig till. De blev ett ofrånkomligt måste, ett klisterklibbigt ansvar, vare sig man ville eller inte satt man fast.

Allt skitsnack om hennes pappa med Anna-Karin. Lågmälda samtal som ingen av dem trodde att hon hörde. Men det gjorde hon, och häpnade. I början trodde hon att hennes mamma bara ljög, men förstod rätt snart att det hon sa var hennes syn på sanningen. Att hon faktiskt trodde på det själv. Ord som hennes pappa sagt gavs annan innebörd, rycktes ur sitt sammanhang och knuffades i nya riktningar. Allt förvrängdes för att passa hennes mammas egna syften. Och för att hon skulle slippa bära skuld. Emelie blev argare för varje dag som gick. Att hennes mamma skapat en förljugen bild av sanningen var illa nog, men den bild hon valt hade förvandlat Emelie till svikare. En Stockholmsresa över helgen blev ett förräderi. Ett telefonsamtal, ett sms, deras chattande på Facebook. All kontakt med pappa måste hemlighållas. Inget sas rakt ut, men förbittrad tystnad talade desto högre.

Hennes martyrbeteende hade växt till heltidssysselsättning.

För dem båda.

Och raseriet växte inombords.

För Emelie hade också hört. Det som sas i köket den där dagen.

"Sätt dig lite Helena, vi måste prata du och jag."

Hon har just kommit in i farstun, men ingen tycks ha hört henne. Bussen hade gått när hon var halvvägs ner till vägen, nu är hon tillbaka för att be om skjuts. Hon vet inte varför hon blir nyfiken. Kanske är det tonen i hennes pappas röst.

En stol dras ut i köket.

"Jag vet inte var jag ska börja."

"Har det hänt nånting?"

En lång stund blir det tyst. Emelie förstår att det som nu ska sägas inte är för hennes öron, men ögonblicket då hon kunnat komma fram hinner passera.

"Tycker du att du känner mig?"

"Vadå menar du?"

"Jag undrar bara om du tycker att du känner mig."

"Det är väl klart jag gör, jag förstår inte frågan."

"Okej, låt mig fråga så här istället då. Vad tror du att jag känner för flytten hit upp till Norrland, för hotellet, att vi bor här uppe?"

"Jag vet det du har sagt, att du inte trivs särskilt bra."

"Så det har jag alltså lyckats kommunicera. Hur kommer det sig då att vi över huvud taget aldrig pratar om att jag faktiskt vill flytta tillbaka till Stockholm?"

"Det har vi väl pratat om."

"Har vi? När då?"

"När du sa det där om att du inte trivdes."

"Det är snart ett år sen nu. Sen dess har du inte frågat en enda gång om det har förändrats." Ett litet hopp tänds i Emelies bröst. Kanske betyder det här att de ska flytta tillbaka. Hem till Stockholm. Där alla hennes vänner finns. "Allvarligt talat Helena, vad var det egentligen vi trodde att vi skulle hitta här uppe?" Hon tycker det finns något uppgivet i hennes pappas röst.

"Men vi har ju inte ens fått färdigt hotellet. Vi kan ju inte ge upp utan att ens ge det en chans."

"Det handlar inte om hotellet. Vi har bott här i två och ett halvt år och det tycker jag är att ge det en rättvis chans. Jag trivs inte här. Jag känner mig ensam. Jag saknar våra vänner." Han suckar. "Jag vill inte bo här, Helena. Jag vill flytta hem till Stockholm."

"Om jag inte vill det då?"

"Det är det jag försöker säga. Att vi har ett problem."

Någon reser sig och går över golvet. Så tyst hon bara kan öppnar Emelie skafferidörren och smiter in. Vattenkranen spolar, sedan stegen igen, därefter stolsbensskrap och tystnad. Emelie lämnar dörren på glänt. "Jag vet att det här stället är din barndomsdröm och jag ville så gärna att du skulle få återuppleva den. Jag trodde att det skulle vara bra för oss, att saker skulle förändras ... Men det har det inte gjort."

"Det är ju för att vi inte har fått färdigt än, det kommer bli annorlunda när allt är klart."

"Vad är det du ska bevisa med det här hotellet? Varför inte bara inse faktum och erkänna att det hela var ett misstag? Vi kommer inte kunna försörja oss på det här, åtminstone inte om vi ska ha råd att göra nånting annat än att jobba. En av oss måste ta ett annat arbete och då är vi där igen, i samma ekorrhjul som vi ville lämna i Stockholm. Fast ännu värre, med tanke på allt som måste göras på hotellet."

"Om vi gör konferenslokaler uppe på logen kommer ekonomin gå ihop."

"Är det inför våra vänner som du tycker att det är pinsamt?"

"Vilket då?"

"Att erkänna att flytten och hotellet var ett misstag."

"Varför skulle jag göra det?"

"Ingen kommer att tycka att du är misslyckad bara för att vi flyttar tillbaka."

"Jag struntar väl i vad dom tycker."

"Jaha, sen när då?" Det blir tyst. Hennes mamma svarar inte. "Vad är det annars då som gör att du absolut vill bo kvar? Vad är det du tycker har blivit så fantastiskt? Är det närheten till naturen, den vi ändå aldrig hinner njuta av? Anna-Karin som kommer förbi och drar ett vidrigt bögskämt? Kanske det härliga lugnet här på landet? Vi hinner ju inte ens prata med varandra längre, vi jobbar mer än vi gjorde hemma i Stockholm."

"Emelie då? Nu när hon äntligen har börjat rota sig."

"Du vet lika bra som jag att Emelie helst vill flytta tillbaka. Hon sa det senast för några dagar sen."

"Inte till mig."

"Nej, hon kanske inser att det inte är nån idé." Det blir tyst så länge att Emelie undrar vad som försiggår därute. Om hon inte märkte att de gick. Sedan talar hennes pappa igen. "Helena låt oss vara lite ärliga, det var aldrig Stockholm som var problemet."

"Vad menar du?"

"Vi ville ha en förändring. Vi trodde att ett hotell i Norrland var lösningen. Men se bara hur det har blivit. Vad är det som har förändrats egentligen, mer än omgivningen? Det var inte Stockholm, inte våra yrken, inte nåt av allt vi skyllde på som var problemet. Det var du och jag, Helena, vi, och vår relation."

"Så känner inte jag, vad skulle det vara för fel på den?"

Hennes pappa fnyser, ett obehagligt ljud som skrämmer henne lika mycket som hans ord.

"Vi kan ju börja med en sån liten detalj som vårt sexliv." Emelie drar igen dörren för det här vill hon inte höra. Men väggen in till köket är för tunn. "Hur länge sen är det nu? Ett par år? Den gången stålsatte jag mig för att våga närma mig, jag känner så väl att du egentligen inte vill. Eller hur, visst är det så?" Hon sätter händerna för öronen men det bara ökar hennes obehag. Det är något hotfullt som sker på andra sidan väggen, hon måste förvissa sig om hur farofyllt det är. Ljudlöst gläntar hon på dörren. "Jag har försökt att acceptera att du inte vill, jag har hoppats att det ska gå över. Men jag kanske har svårare än du att leva utan nån som helst beröring. Jag saknar vårt sexliv, och jag saknar din uppmärksamhet." Tystnad. Bara ljudet av hennes egna hjärtslag. "Svara mig ärligt Helena, vad ska du ha mig till egentligen? Mer än till att snickra och måla och skicka på enklare ärenden?"

"Är det så du känner det?"

"Ja. Det är så jag känner det."

"Du är ju min man, vi är en familj."

"Du svarade aldrig på frågan."

"Vadå ha dig till. Jag … Jag tycker om att vara med dig. Du är klok och rolig och en jättefin pappa."

"Men vi gör ju aldrig nåt tillsammans. Mer än att få vardagen att gå ihop."

"Är det så lite då?"

"Vet du vad jag tror? Jag tror att jag mer har blivit en gammal vana, nån du vant dig vid att ha i närheten, men som egentligen inte är så särskilt intressant."

"Varför säger du så? Jag kan inte tänka mig ett liv utan dig."

"Är du säker på det? Handlar det inte mer om att du inte kan tänka dig ett liv utan vår lilla kärnfamilj?"

"Det är väl samma sak?"

"Nej, det är det inte. Åtminstone inte för mig." Telefonen ringer men ingen verkar bry sig. Bara det är oroväckande. Det går en evighet innan signalerna upphör. "Om jag nu är så viktig för dig, och du vet att jag inte trivs, hur kommer det sig då att vi bor kvar här uppe?"

"Jag visste ju inte att det var så här du kände."

"Men nu när du vet, betyder det då att vi kan flytta hem?"

Det blir alldeles tyst i köket. Emelie rycker till när kylskåpet plötsligt brummar igång.

"Jag tycker bara att vi ska ge hotellet en chans."

"På bekostnad av vad?" Hennes pappa låter plötsligt arg. "Emelie vill tillbaka, jag vill tillbaka, det är bara du som vill bo här uppe. Jag har gett det en ärlig chans men det funkar inte. Vårt äktenskap är på god väg att gå åt helvete! Jag vet att du har fantastiska barndomsminnen härifrån men det som fanns här då går inte att återskapa, det tillhör det förflutna. Svara mig ärligt nu, Helena, älskar du verkligen mig?"

"Va?"

"Jag frågar om du älskar mig."

"Ja."

"Varför säger du aldrig det då?"

Nu var det hennes mamma som fnös. "Ingen kan väl påstå att du heller säger det särskilt ofta."

"Nej, och vet du varför? Jag känner inte dig. Jag vet inte vad du tycker och tänker om saker, vilka drömmar du har, vad du tycker är roligt. För vi gör ju aldrig nåt tillsammans längre, mer än stressar runt här i våra blåställ. Jag har försökt få igång ett samtal men det är som att försöka studsa en vattenfylld ballong mot en vägg. Det säger bara splatt och inget kommer tillbaka. Det är bara jag som pratar och pratar och pratar. Jag är så jävla trött på att höra min egen röst och på att du aldrig säger vad du tycker."

"Jag har ju just sagt vad jag tycker!"

Det är första gången Emelie hör dem bråka. Rädslan fladdrar i bröstet för hon vet inte riktigt vad det innebär. Samtidigt slår det henne hur sällan hon ser dem skratta tillsammans. De pratar mest om tapeter och färger på väggarna. Om ledningar som måste dras. Hon brukar inte lyssna så noga utan har bara förutsatt att det är sånt föräldrar pratar om.

"Varför säger du allt det här just nu?" Hennes mamma låter besviken.

"Du menar när vi har så mycket annat att göra?"

"Nej, jag bara tycker att ..."

"Vadå? Att jag har fel? Det har hänt nånting som får mig att inse att vi måste ta tag i våra problem. Nu, på en gång. Jag ser det som en varningsklocka."

"Jaha?"

"Det här kanske kommer att göra dig ledsen, Helena, men tyvärr måste jag säga som det är. Jag lovade en gång för länge sen att jag skulle berätta om nåt sånt skulle hända. Och det har det gjort nu, även om jag bara ser det som en ..."

"Du har träffat nån annan."

"Nej, det vill jag inte kalla det. Men jag har blivit förälskad."

Ett storpack basmatiris kommer länge att förknippas med ögonblicket. Det är vad ögonen ser när hon hör dessa svindlande ord. Sedan förlorar hon fästet. Hon kan inte tro att det är sant. Förälskad är sånt hon och hennes kompisar blir, inte fyrtiofemåriga pappor. Särskilt inte hennes pappa. Han är impregnerad mot sånt. Allt annat vore äckligt.

"Jaha då förstår jag, det förklarar varför du har varit på så gott humör dom senaste veckorna. När Mikaela har varit här." Hennes mammas röst har förändrats. Den är inte ledsen, inte arg, bara fullständigt främmande.

"Ja, tyvärr är det så, jag skulle ljuga om jag sa nåt annat.

Men det betyder inte att nånting har hänt."

"Nähä, så du tycker inte att nånting har hänt?" En symaskinsnål. Det är så rösten låter. Bitande vass och effektiv.

"Jag menar mellan Mikaela och mig. Vi har pratat några gånger, det är allt. Och om det räcker för att jag ska bli förälskad så är det ju nåt som är fel."

"Okej, så det är alltså mitt fel att du måste vänstra, är det vad du säger?"

"Det är ju precis det jag inte har gjort. Om du lyssnar så kanske du hör att jag försöker rädda vårt äktenskap eftersom jag helt uppenbart håller på att tappa taget."

"Det var väl det jag visste hela tiden."

"Du, kom inte och lägg hela din ryggsäck i knät på mig nu. Jag vet att du tror att alla sviker förr eller senare, men blanda inte in mig i det. Jag har varken varit otrogen eller gått bakom ryggen på dig, jag sitter ju här och berättar. Antingen bestämmer vi oss för att försöka ta oss igenom det här, eller också får vi väl ..." Meningen avslutas abrupt och följs av en suck ur djupet. Tystnaden tar över köket, som om hennes föräldrar har fått slut på luft. För det är de som sitter därute och säger allt detta. Emelie står alldeles stilla. Ingen får upptäcka henne och veta att hon har lyssnat. "Kan vi inte bara sälja den här jävla gården, flytta hem och börja gå i familjerådgivning. Vi kan väl åtminstone göra ett försök att hitta tillbaka till varann?"

"Mikaela då? Ska hon också vara med på familjerådgivningen?" Symaskinsnålen rusar vidare.

"Mikaela är ju bara ett symptom, fattar du inte det. Om det inte funnits en spricka hade det ju aldrig hänt."

"Ett symptom på att jag inte duger längre då eller? Eller vadå?"

"Jösses Helena, du låter som en jävla femåring. Det är ju för fan jag som inte duger längre! Du vill ju inte ens ta i mig!"

Om hon hade gått upp fem minuter tidigare. Bara fem ynka små minuter. Då hade hon hunnit med bussen och sluppit höra det här. Nu vet hon sånt hon aldrig velat veta. Som hon från och med nu måste låtsas att hon aldrig har hört.

Det är hennes pappa som fortsätter. "Om vi ska klara det här så måste vi göra det tillsammans, vi måste vilja båda två."

"Jag tyckte just du sa att vi var tre."

"Okej, ska jag tolka det svaret som att du inte är intresserad?"

"Du kan tolka det hur fan du vill. Ring och fråga Mikaela vad hon tycker."

"Lägg av nu Helena. Vi har bara pratat med varann några gånger. Hon har ingen aning om att jag blev förälskad."

"Det måste ha varit intressanta samtal."

"Ja, det var det! För omväxlings skull fanns det nån här att prata med! Nån som till och med verkade uppskatta mitt sällskap. Det var riktigt förvirrande. Men det bästa av allt, vet du vad det var, det var att hon vågade stå för sina åsikter." En stol skjuts ut med ett ilsket ljud. "Helena förlåt, det var dumt sagt, gå inte nu när vi äntligen har satt oss ner och börjat prata." Steg passerar i farstun och köksdörren stängs med en smäll. Andra steg följer efter och dörren öppnas igen. "Okej, gå då för fan, då vet jag åtminstone vad det är som gäller!"

En bildörr slår igen och motorn startar. Emelie står kvar och håller andan. Köksdörren stängs och alla ljud försvinner bort. Hon sjunker ner på golvet och blir sittande. Länge stannar hon där, på golvet, i skafferiet. Först när hon är säker på att ingen ser smyger hon ut och skyndar upp på sitt rum. Där gömmer hon sig tills det blir eftermiddag. När bussen passerat nere på vägen väntar hon en stund innan hon går ner och låtsas att hon just har kommit hem.

Några dagar masar sig förbi. Hennes föräldrar gör det de brukar. Utifrån sett verkar allting normalt, men henne lurar de inte längre.

IlskaOroÄckel. Allt hon känner går omlott.

Hon smyger på dem under kvällarna men hör inget annat än tystnad. De tycks sällan ens befinna sig i samma rum. Middagarna äts i hast, hon är den som pratar mest, de säger inget till varandra. Det går att ta på alla icke-blickar. Tomheten över bordet fylls istället av obehag. Hennes mamma börjar duka undan innan de hunnit äta färdigt.

Dag nummer fyra kommer hennes pappa för att prata. Han sätter sig på sängen i hennes rum men tycks för en gångs skull ha svårt med orden. *Jag är ledsen Emelie*, säger han till slut, *men jag och din mamma har svårt att komma överens nuförtiden. Hon vill stanna här men jag vill flytta tillbaka. I början kommer jag att bo hos farmor och farfar, men sedan när jag har skaffat lägenhet får du själv bestämma om du vill stanna här eller bo med mig i Stockholm.*

Han nämner inte Mikaela.

Inte förrän en månad senare, när Emelie åkt ner över helgen. Han bor fortfarande hos farmor och farfar, men hon inser att något har hänt. Hennes pappa är annorlunda.

Gladare, på något vis. Helgen fylls av sånt de inte gjort på mycket länge. Det finns inga måsten som stör dem, tiden är bara deras. På lördagskvällen är de bjudna på middag till Mikaela, hon som var gäst på hotellet. *Kan vi väl*, säger Emelie, och låtsas att hon ingenting vet. Hon vill gärna ta sig en närmare titt på kärringen som förhäxat hennes pappa. Men kvällen blir inte som hon trott. Hennes hat är plötsligt grumlat av ovälkommen sympati.

På tåget hem på söndagen är hon tyngd av dåligt samvete. Hon har haft roligt med pappa medan mamma varit ensam och ledsen. Och ska sanningen fram har hon faktiskt även haft roligt med Mikaela.

Om jag håller andan tills jag hinner till kökstrappan kommer allt att ordna sig nu.

Emelie gick vidare mot hotellet, höll andan en bit men tröttnade. Det där var bara trams, nu fanns ett verkligt projekt att ta sig an. Det projektet hette Anders Strandberg. Han skulle bli hennes räddning. Det gällde att få honom att trivas ordentligt. Få honom att stanna och ta över hennes ansvar.

Om jag bara ser till att de blir kära kommer allting att ordna sig nu. Då kan jag äntligen flytta till Stockholm och bo med pappa och Mikaela.

KAPITEL 21

Det brann marschaller på grindstolparna till Anderssons gård. Anna-Karin hade varit ute och tänt så att barnen skulle känna sig välkomna. Äntligen kom de hem på besök och Anna-Karin tänkte njuta av varje ögonblick. En helg tillsammans, det var så länge sedan. Trots att ärendet var Helgas begravning kände hon sig upprymd. Även det en sällsynthet i dessa tider. Varken Lasse och Lisbeth eller Helena skulle få lägga sordin på de dyrbara dygn som stundade, i tre dagar skulle hon få rå om sina barn. Kylskåpet var fyllt med läckerheter. Sånt hon trodde att de tyckte om. Hon hade tagit bussen till affären under eftermiddagen, vin hade de lovat att köpa längs vägen.

Det doftade trattkantarell i köket. På spisen stod en älggryta och puttrade. Potatisen låg skalad i kastrullen och på bordet var det dukat till fest. Vinbärsgelé från fjolårets skörd och hemodlade, syltade tomater. Under eftermiddagen hade hon varit uppe på vinden och rotat igenom sina flyttkartonger. Plockat fram porslinet de mindes från sin uppväxt och låtit

Helgas bli kvar i skåpen. En smula nostalgi skulle hjälpa deras hemlängtan på traven.

I väntan på att de skulle komma satt hon vid fönstret och höll skymning. Stråk av dimma svävade över fälten, som andedräkt ur den varma myllan. Himmelen skiftade ännu av ljus, i väster glödde den i rosa. Skimret strök över markerna och i dagerns sista skälvande stund förvandlades världen där ute. Allting fick en annan lyster. Sakta mattades ljuset av och förtrollningen bröts i det ögonblick då sista strimman sol försvann och kvällsmörkret tog över.

Det pep till i hennes mobiltelefon. Ett sms från Susanna.

Vi är framme om ca 30 min. Är det nåt mer vi ska handla?

Hon knappade in ett svar. *Nej. Kör försiktigt. Tänk på älgfaran! Välkomna!*

Hon hade inte sett dem sedan i julas. Niklas träffade hon bara de enstaka tillfällen då hon själv for ner till Stockholm, men han slog en signal varje månad. Susanna däremot kom ett par gånger om året. Hon hade ringt igår och sagt att David inte kunnat ta ledigt. Han var sällan med när Susanna kom hem, vilket delvis var en lättnad. Belevad och van vid storstadsfinesser gjorde han ofta Anna-Karin nervös. Till och med maten blev till en vånda, för vad dög åt en sån som han? Hon brukade ringa Susanna i förväg men hennes oro viftades bara bort. Dottern blev mest irriterad och påstod att det gick bra med vad som helst. Samtidigt blev Anna-Karin provocerad av att David nästan aldrig kom med. I synnerhet nu till Helgas begravning. Men han var väl för fin för Norrlandspatrask, vare sig de levde eller var döda.

Däremot skulle Jonas komma. Niklas hade ringt och sagt att han var duktig på datorer och kunde hjälpa henne med installationen av den hon fått i julklapp. Det kom verkligen lägligt nu när hon inte längre ville låna Helenas på hotellet.

Nu var det bara minuter kvar. Hon tände stearinljusen i fönstret och på bordet. Med hjälp av en gaffel spetsade hon en bit älgkött för att förvissa sig om att det var genomkokt, och i samma stund hörde hon bilen på gårdsplanen. Raskt bytte hon vatten i potatiskastrullen och vred på värmen till plattan.

Hjärtat slog av förväntan. Äntligen liv och rörelse.

"Vad fint du har gjort och vad gott det luktar."

"Jag har gjort Niklas favoriträtt så nu hoppas jag att ni är riktigt hungriga."

"Är det älggrytan?"

Klamp av fötter och slammer från galgar i hallen. Trängsel av väskor och människor och klirr från påsar med vin. Under munter stämning intogs huset och Anna-Karin njöt av ljuden som fyllde tystnaden.

"Kom ska jag visa er var ni ska sova."

Åt Susanna hade hon bäddat i kammaren, åt Niklas i vardagsrummet. Jonas fick ta extrarummet på övervåningen, det hon tänkt göra till arbetsrum när datorn kom på plats. Än så länge var det påvert möblerat med Helgas schabrak till vävstol som tveklös medelpunkt. Därutöver rymdes bara sängen Jonas skulle sova i och den golvlampa hon ställt in. Hon trodde att han var en sån som läste innan han somnade.

"Kanske inte världens mysigaste, men jag hoppas att det går bra ändå. Jag ska montera ner vävstolen vad det lider men än så länge har det inte blivit av."

"Det här blir jättebra." Jonas ställde ner sin väska och Niklas som följt med och stod i dörren sa att det var väl ett bra projekt för helgen nu när de var där och kunde hjälpa till.

"Vill ni det så är jag mer än tacksam, men först och främst behöver jag hjälp med fönstertvätt. Sen tar vi vad vi hinner."

De gick ner i köket där Susanna stod och rörde i grytan. Niklas öppnade en flaska vin och de fick varsitt glas att smutta på medan potatisen kokade färdigt. Orden smattrade i rummet. Samtalet drog åt alla håll och gick så snabbt att Anna-Karin hade svårt att hänga med. Just när hon tänkt säga något hade ämnet glidit över på något annat. Det gjorde henne inget, hon var nöjd med att bara ha dem där. Och mycket av det de sa angick ändå inte henne. Lägenhetspriser i Stockholm, nyöppnade restauranger, konstutställningar och filmer. Livet de levde där nere var så annorlunda mot hennes.

"Och du då mamma, hur har du det?"

"Jo, det är väl som vanligt. Jag tänkte börja fixa lite i huset nu när det blir mitt på riktigt."

"Vad har du tänkt göra då?"

"Inget märkvärdigt. Kanske ta fram trägolven och slipa upp dem."

"Det skulle bli jättefint. Förresten på tal om att renovera, hur är det med Lasse och Lisbeth?"

"Jo, det är väl bra. Så, nu tror jag bestämt att potatisen är färdigkokt. Kan du hälla av den Niklas så tar jag underlägget."

Hon tänkte inte säga något om bråket om kastanjen. Eller om sin relation med Lisbeth över huvud taget. En gång, när osämjan just börjat, hade hon ringt till Susanna och berättat. Men dottern hade inte sagt det hon ville höra. *Vet du mamma, om du inte hade så mycket tid över skulle du aldrig orka ödsla så mycket energi på att reta upp dig på sånt där. Varför skaffar du dig inte en annan hobby?* Efter det hade hon slutat anförtro problemet till henne. Med Niklas hade hon inte ens försökt. Han hade svårt för bråk och försökte alltid hitta lösningar. Även i situationer som liknade denna, där inga lösningar fanns.

"Varsågoda att ta för er, och nåde er om det är nåt kvar när vi har ätit färdigt. Jonas, börja du."

Tallrikarna fylldes och alla åt med god aptit. Anna-Karin fick beröm, särskilt av Jonas som hört Niklas beskriva rätten och nu förstod att han inte överdrivit.

"Är det Lasse som har jagat?" Susanna tog en potatis till. "Schyst att han delar med sig av köttet."

"Skogen är ju lika mycket min."

"Jo, men älgarna skjuter och styckar ju inte sig själva."

"Finns det mer vin?"

Jonas reste sig och hämtade en flaska till. Anna-Karin fick glaset fyllt och började känna sig redo.

"Hörni, minns ni Kullmyrstorpet här uppe i skogen?"

"Nej, vilket är det?" Susanna skakade på huvudet. De var uppväxta i samhället dit Anna-Karin numera åkte och handlade och så här långt bort hade deras barndomslekar inte sträckt sig.

"Du menar den där fallfärdiga stugan där vi brukade smygröka?"

"Gjorde ni?"

"Ja, vi körde dit med moped."

"Det har du aldrig berättat." Jonas log mot Niklas.

Anna-Karin fortsatte. "Den hör i alla fall hit till gården, så nu när jag och Lasse ärver blir den vår. Jag tänkte höra med er om ni är intresserade. Visst behöver den viss renovering men den ligger fint där uppe i skogen."

Blickar korsade bordet. För första gången blev det tyst.

"Vad menar du med intresserad?" Susanna tog en klunk vatten.

"Som ett sommarställe här i era hemtrakter där ni kunde få rå er själva."

"Fast vi är ju inte här så ofta. När vi är det så bor vi ju här. Det är ju dig vi kommer för att träffa."

"Jag tänkte bara att om ni hade nåt som var ert eget så kanske ni skulle vilja komma lite oftare."

Niklas fyllde på sitt glas. Susanna såg mot fönstret. Jonas gaffel buffade en kvarlämnad lökbit över tallriken.

"Jag kan ju bara tala för David och mig och för oss är det inte aktuellt." Susannas blick var kvar i det mörka fönsterglaset.

Anna-Karin drack av vinet. "En dag kommer gården här att bli er och det vore synd om ni tappar kontakten med bygden helt och hållet innan dess."

I det ögonblicket hördes knackningar på ytterdörren. Anna-Karin suckade. Vardagens bekymmer trängde sig på, för ett av dem torde det vara som stod där på trappan och störde. Någon annan hade knappast vägarna förbi. Anna-Karin reste sig motvilligt för att gå och öppna. Lät hon bli skulle barnen undra.

I hallen banade hon väg genom stövlar och kängor och blev blöt om strumporna. Hon öppnade dörren och mulnade. Det räckte med åsynen av Helena för att göra henne arg. Men denna kväll skulle ingen få förstöra. "Jag har inte tid just nu, jag har barnen hemma och vi sitter och äter."

"Jag förstod det, jag såg marschallerna så jag ska inte störa. Jag ville bara komma förbi och be om ursäkt, dels för det jag sa och dels för att jag inte stöttade dig när det gällde Verner."

Först blev Anna-Karin bara ännu argare. Komma här och be om ursäkt som om allting därmed vore bra. Det fanns minsann en del hon också ville säga. Men inte inför barnen, det fick vänta. "Vi får prata om det en annan gång." Efter det hade hon tänkt stänga dörren, men de andra hade hunnit ut i hallen för att hälsa. Susanna sträckte fram sin hand. "Det var länge sen."

"Hej Susanna, är allt bra med er?"

"Absolut. Och du då, hur går det på hotellet?"

"Jo tack, jag kämpar på så gott det går, med god hjälp av din mamma."

Anna-Karin såg Helenas hyckelleende som sändes i hennes riktning. Hon vände blicken åt ett annat håll. Inget skulle någonsin bli som förut dem emellan, det kände hon tydligt nu. Helenas ursäkt förändrade ingenting. Något var förstört, om det ens varit helt från början.

Niklas krånglade sig fram. "Hej, det är jag som är Niklas."

"Helena. Kul att äntligen träffa dig."

"Ska du inte komma in och ta ett glas vin?"

"Nej, nej, jag ska verkligen inte störa, jag håller på att laga mat därhemma."

Jonas hade blivit stående i köksdörren, någon plats i hallen fanns inte över. Nu sträckte han fram handen genom trängseln.

"Hej, Jonas heter jag, jag är Niklas pojkvän. Eller alltså jag menar … jag delar lägenhet med Niklas."

Handblommorna till begravningen. Visst hade hon bett blomsterhandeln leverera dem vid kyrkan? Jo, det hade hon gjort, tillsammans med själva kransen. Stomme av ekblad, vita liljor, vita rosor, vita nejlikor, vit brudslöja. Varför stirrade alla på henne? Alla utom Jonas, han tittade på Niklas.

Anna-Karin slog ihop sina händer. "Nä, vi ska väl gå in och äta färdigt. Det finns hemmagjord glass och hjortronsås, hej då Helena."

Hon klämde sig fram och gick in i köket. Med raska rörelser plockade hon undan på bordet och bänken fylldes av disk. Det var konstigt det där, att tallrikar döptes om så snart de blivit använda. Inte dukade man någonsin med disk? Och likadant var det med kläder. Så snart de lämnat kroppen blev de kallade tvätt, men tillbaka i lådor och garderober var de kläder igen. Vadå pojkvän, det var väl inget konstigt med det? Alla hade ju olika kön, vänner såväl som andra, Helena kunde kallas hennes flickvän. Åtminstone som det varit förut. Hon sänkte tallrikarna i diskvattnet. Just det, det var ju hjortronsylt hon skulle hämta. Godast blev det om hon värmde den lite och enklast gjordes det i mikron.

"Mamma, kom och sätt dig istället."

"Jag ska bara diska undan det värsta."

"Vi fixar det sen, kom och sätt dig."

"Men efterrätten då. Vill ni inte ha glass med hjortronsylt? Både glassen och sylten är hemmagjord och jag tog lite lime i grädden för att …"

"Mamma, snälla, kom och sätt dig."

Men benen vägrade lyda. Någon la en hand på hennes axel, en ovälkommen beröring. Susanna tog diskborsten ur hennes hand.

"Så. Jag gör det här."

Någon av de två som satt vid bordet gav ifrån sig en ljudlig suck. Hon vägrade vända sig om.

"Anna-Karin, jag är ledsen att Niklas inte hann berätta innan ..."

"Säg inget! Jag vill inget veta."

"Men mamma, du kan väl åtminstone gå och sätta dig ner en stund."

Det var vädjandet i Susannas röst som fick henne att explodera. Som om det var hon som gjorde något fel. En vrede utan dess like sprängde fram och hettade i ansiktet. Händerna sänktes i diskhon och fångade traven av tallrikar. I nästa stund låg de på golvet, i en pöl med skärvor och flisor.

Hon vände sig om och till och med blicken värjde sig. "Hur vågar du komma här, va, sitta här vid mitt bord efter vad du har gjort mot Niklas! Det ska du ha klart för dig, att såna som du, såna som du är inte välkomna i detta hus."

Niklas for upp från stolen. "Nu är du tyst, mamma, så där säger du inte till Jonas, det här handlar inte om honom, det handlar om mig."

"Han har ju lurat dig, förstår du inte det?"

"Jösses mamma, vilket århundrade kommer du ifrån egentligen?"

Jonas reste sig. "Jag lämnar er ensamma en stund." Han gick ut ur köket och de hörde hans steg uppför trappan.

"Hur länge har du hållit på med sånt där?"

Niklas fnös. "Hur länge jag har hållit på att böga mig menar du, som du brukar säga? Ja, jag var väl ungefär elva, tolv år när jag började ana att jag var homo, eller sjuk i huvudet som jag trodde. Det piggade upp ska du veta, att gå här och lyssna på dig. Minns du till exempel gubben som dom hittade ihjälslagen på parkeringen vid fotbollsplanen, han som alla trodde var bög. Alla visste att det var raggare som slagit ihjäl honom men polisen gjorde inte ens nån riktig utredning. Man sa bara att han varit full och kört omkull på cykeln. Och minns du vad du sa? Minns du det? Du sa att han fick skylla sig själv så som han betedde sig."

"Det har jag aldrig sagt."

"Jo, det har du. Jag var fjorton och från den stunden räknade jag dagarna tills jag kunde flytta härifrån." Anna-Karin såg ner i golvet. Där låg småbarnstidens tallrikar i spillror. "Den där gången när jag bröt benet och sa att jag kört omkull på skotern. Det hade jag inte. Jag körde den rakt över ett stup. Jag var ta mig fan redo att göra vad som helst för att slippa göra dig så besviken." Han satte sig på stolen och sträckte sig efter sitt vinglas, tog en klunk och skakade på huvudet. "Så nej tack mamma, nån sommarstuga häruppe har jag ingen längtan efter. Jag är bara oändligt tacksam över att jag kom levande härifrån."

Anna-Karin gick fram till bordet och sjönk ner på en stol. En annan än den Jonas suttit på.

"Kände du till det här, Susanna?"

"Ja."

"Sen hur länge då?"

"Susanna var den enda som jag berättade för, då under högstadiet och gymnasiet när det var som jobbigast. Hon var den enda jag kunde prata med." Niklas tystnade och blicken blev inåtvänd. "Tänk bara alla flickvänner som jag hade för att ingen skulle ana nåt. Stackars dom, det kan inte ha varit så roligt. För dom heller."

"Jag kan bara inte förstå varför du vill förstöra ditt liv. Du kommer göra det med ett så korkat val."

Niklas mun böjdes i ett glädjelöst leende. "Vet du mamma,

jag tog med en informationsbroschyr till dig. Ifall jag skulle våga säga nåt den här gången. Jag tycker att du ska läsa den. Då vet du åtminstone vad du pratar om i fortsättningen. Det här är inget val man gör, jag är född sån här och du borde veta bättre än jag varifrån generna kommer. Fast det är klart, just böggenen kanske kommer från pappas håll."

"Ingen av oss har några ... bögar ... i släkten."

"Hur vet du det?"

Det blev tyst en lång stund. Bara ljudet av Helgas köksklocka hördes. Ett gytter av känslor slogs i bröstet. Hennes son påstod att han var bög och under alla år hade hon hållits ovetande. Den familjegemenskap hon sett som självklar hade aldrig existerat.

Hennes barn var två främlingar.

Om de sagt något redan när han varit tonåring hade hon kanske kunnat göra något. Sett till att han fått hjälp innan böjelsen tagit över helt och hållet. Nu var hon mamma till en bög och istället för en svärdotter som kunnat ge henne barnbarn hade hennes son valt en sexfixerad livsstil som gick emot naturen. Det konstiga var bara att det inte märktes på vare sig Niklas eller Jonas. Hon hade sett den där Prideparaden på tv, hur halvnakna män i perversa läderbyxor öppna både fram och bak stod och skämde ut sig på lastbilsflak. Tanken att hennes son skulle vara en av dem gjorde henne illamående. Och vad skulle folk säga om det kom ut? Hon visste hur det skulle pratas.

Susanna gick ner på huk för att samla ihop de största tallrikskärvorna. En efter en försvann ner i soppåsen.

Niklas reste sig. "Jag och Jonas tar in på hotellet i natt och så åker vi hem i morgon bitti." Han vände sig till Susanna. "Är det okej för dig att ta tåget hem på söndag?"

Susanna nickade.

"Nej, ni får stanna här över natten." För allt i världen fick de inte ta in på hotellet. Helena hade hört och satt väl redan där och gladde sig.

Niklas gick fram till diskbänken och ställde ifrån sig glaset. Sedan vände han sig om och såg på Anna-Karin med en blick hon önskade ha sluppit. "Jag tror faktiskt varken jag eller Jonas har lust att stanna här. Vi sover på hotellet. Jag lägger informationsbroschyren i vardagsrummet."

KAPITEL 22

"Var är Anders?"

"Jag vet inte. På rummet antar jag."

"Ska han inte vara med och laga mat idag?

"Tydligen inte."

Emelie vände och gick.

Helena hackade vidare. Gul lök som gav henne tårar i ögonen. De hade inget samband med trycket över bröstet, krypet i kroppen, att köket med ens tömts på luft.

Löken var det, inget annat.

Inte en enda gång hade hon gråtit sedan Martin lämnat henne. Att visa svaghet var andra förunnat, hon var en sån som stod stark. Så hade hon alltid försäkrat sig om sin överlevnad. Släppte hon efter nu visste hon inte var hon skulle hamna. Hon var rädd att falla så djupt att det aldrig mer gick att ta sig upp. Men någonting inom henne hade gett efter. All hennes kraft var förbrukad, det fanns inget kvar som höll emot. Tankar hon kunnat tygla jagade runt utan styrsel. De hade väckt ett mummel av röster.

Hon blundade och tryckte en knuten hand mot bröstet. Var det här verkligen hon? Som så helt förlorat kontrollen. Först över livet, nu till sist över sig själv.

Hon var en patetisk människa. Oduglig, inte värd bara sitt eget förakt, utan allas.

Så var hon då slutligen avslöjad.

Knogen var vit runt kniven. Ett handtag att hålla sig i. Allt annat gled ifrån henne. Allt hon tog i blev förstört. Skräckvisionen hon alltid burit med sig var förverkligad.

Nu var hon ensam, på riktigt.

När Anders vänt henne ryggen på gårdsplanen hade rädslan överväldigat henne. Hon hade tydligen gjort sig besvärlig – nu fick hon inte längre vara med. Hon förstod bara inte vad hon gjort för fel. Det var ju Anders som gett henne modet att bli arg på Verner. För en gångs skull hade hon vågat visa vad hon verkligen kände. Anders var där och beskyddade henne, försvarade henne, hans blickar var idel medhåll. Hon hade upplevt en stark samhörighet, en vi-känsla, hans arm hade vilat mot hennes rygg som om platsen vore självklar. Men efteråt på gårdsplanen blev han plötsligt en främling. Som om armen aldrig legat där och deras känsla av samhörighet aldrig funnits. Sedan dess hade han hållit sig undan. Och rädslan hade drivit henne till Anna-Karin. Den krävde att hon försäkrade sig om att någon enda människa fanns kvar. Men det gjorde det inte. Beskedet stod skrivet med versaler i Anna-Karins ansikte. När sedan Jonas tydligen försagt sig och det var uppenbart att Anna-Karin inget vetat, hade Helena förstått att hon för all framtid skulle förknippas med ögonblicket. Hon var den som kommit dit och lockat fram det onda. Så var reglerna i Anna-Karins värld. Och alldeles nyss hade Niklas och Jonas varit där och checkat in på hotellet. Inte sagt så mycket, mer än att de skulle åka tidigt i morgon bitti och inte ville ha någon frukost.

Någon kom nerför trappan och hon torkade sig snabbt i ögonen. Ingen fick tro att hon stod och grät. Hon drog ett ojämnt andetag och försökte hålla samman.

"Anders kommer ner om en stund." Emelie var tillbaka och gick till skåpet för att hämta tallrikar. "Jag dukar."

"Vi äter i köket ikväll."

"Varför då?"

"Det är förberett för begravningskaffe."

"Men ett bord kan vi väl använda? Det är ju mycket mysigare att äta på glasverandan."

Helena hade ingen kraft att bjuda motstånd.

Vilket Emelie uppfattade som ett ja.

Så en halvtimme senare satt de där i skenet av levande ljus. Emelie hade tänt varenda veke inom synhåll. Hon hade till och med fått fyr i den antika fotogenlampan. Hennes vackra dukning stämde illa överens med Helenas vardagliga spagetti och köttfärssås, serverat ur stekgryta och kastrull. Tillsammans med ketchupflaskan skämde de bordet. Men Anders hävdade att det var gott. I övrigt fördes ett sparsamt samtal, artigt och undvikande, i små kringgående rörelser runt det som lämnats osagt.

Helena petade i maten. Det var så svårt med luften, att få ner den dit den skulle, obehaget gjorde henne illamående. Kroppen var fylld av rastlöshet. När hon insåg att händerna skakade gömde hon dem i knät. Ett främlingskap, så kändes det, när hon betraktade sig själv. Det fanns inget ursprungligt kvar, hon klängde sig fast vid något som egentligen inte var hon. Kroppen interagerade med omgivningen men inuti var hon bara en reaktion på vad andra människor gjorde. Hon hade ingen kärna. Hon bottnade inte längre i sig själv och nu höll hon på att gå under.

Emelie suckade och la ifrån sig besticken. "Vad är det med er då?" Helenas och Anders blickar stötte hastigt samman över bordet. "Har det hänt nånting?"

Helena kunde inte svara. *Snälla, hjälp mig Anders, säg nånting! Jag förstår inte själv vad som händer.* Men Anders teg, en högljudd bekräftelse.

Helena lyckades övervinna sig själv och tvingade fram ett leende. "Nä vadå, vad menar du?"

"Ni verkar så sura."

"Gör vi?"

"Ja."

Det lilla ordet var fyllt av förebråelse och Helena undvek dotterns blick. Orkade inte se det som numera alltid fanns där, ett illa dolt stråk av avsky. Sekunder gick, utdragna som en bestraffning. Ingen tycktes ha något mer att säga. Tre tigande människor och en lögn.

"Skit i det då." Emelie reste sig och gick.

Helena blundade. I mörkret fanns hennes egen puls. Hjärtslagen sprängde i bröstet. En murbräcka slog sig fram genom något som till varje pris måste hålla. Och där var Emelies steg i sommartrappan. Detta välsignade barndomsljud. Trofast och oförändrat. Där hennes egna härdade barfotafötter sprungit och lärt känna varje knarrande steg. Korna hon fått hämta till mjölkning, hönsen som skulle ha mat. Alla vindlande skogsstigar till hemliga gläntor som bara Anna-Karin och hon vetat om. Balansgång på höskullens bjälkar. Ekan de rott i skymningen när sjön gått i stiltje för natten. Fulländad barndomslycka. Den vackraste gåva hon kunnat ge till sin dotter.

Som hellre ville sitta vid sin dator.

Som hellre ville bo i Stockholm.

Ljudet från entrédörren räddade henne. Blixtsnabbt fick tanken fäste och styrde in på en tryggare väg. Någon klev in på hotellet och det krävde hennes uppmärksamhet. En skyddad stund med en tydlig riktning, förankrad i något hanterbart.

"Hur är det?" Anders satt och tittade på henne med ett underligt uttryck i ansiktet.

"Jag måste gå och se vem det är." Hon tog stöd mot bordet för att resa sig men benen var konstigt stela.

"Jag kan gå om du vill."

"Det behövs inte, jag går, jag fryser bara så väldigt."

För nu skakade hela hon och för det krävdes en förklaring.

"Sitt Helena så går jag. Du ser inte ut att må riktigt bra."

Hon nickade och försökte sig på ett leende. Han reste sig och gick mot entrén.

Helena satt kvar i tron att hon för stunden hade kommit undan.

Det fanns nästan 7 miljarder människoansikten i världen. Konstigt nog gick alla att särskilja. Det fanns också 7 miljarder röster och fastän ett halvår gått sedan hon hört den visste hon direkt vem den tillhörde.

Martin.

Jag är Emelies pappa, jaha du är Anders, tjena, Emelie har nämnt ditt namn.

Helena sitter ute på glasverandan.

Jag vill bara hälsa på Emelie först. Är hon där uppe?

Steg igen i barndomstrappan, men nu gav ljudet ingen trygghet. Martin var där, på väg upp till Emelie.

"Det var ditt ex som kom."

Hon ryckte till av Anders röst, hon hade inte hört honom komma. "Varför är han här?"

"Inte vet jag, han gick upp till Emelie."

Helena tittade mot taket. Hade Emelie vetat att han skulle komma? Allting var förvirrande. Hon lutade sig fram med armbågarna mot bordet och gömde ansiktet i händerna. Hon skulle kvävas snart om ingen luft kom ner, det gjorde så förtvivlat ont i bröstet. "Jag klarar inte det här, varför kommer han? Jag orkar inte träffa honom."

Vacker med lagom mycket smink, välklädd och fixad i håret. Oändligt många gånger hade hon föreställt sig deras återseende. Hur hon oberörd och självklar skulle uttala alla formuleringar hon mejslat ut till perfektion under sömnlösa nätter. Nu mindes hon inte en enda. Fick inte ens fatt i sin ilska. Där fanns hennes kraft, men den hade gett upp.

Anders la sin hand på hennes axel. "Det där du berättade om betänketiden. Han kanske är här för att hinna säga att han ångrat sig."

Orden tog som en stöt i mellangärdet. Så kunde han väl ändå inte göra? Längre hann hon inte förrän målmedvetna steg hördes i trappan, fortsatte in i matsalen och kom allt närmare stolen där hon satt.

Redan tillintetgjord.

Så stod han där. Smalare och med ny frisyr och annan klädstil. En gammal bekant hon känt en gång men tappat kontakten med. Någon hon inte längre kände så väl, och som inte heller kände henne. Det var inte märkvärdigare än så. Han var en människa bland många andra, med den lilla skillnaden att det var på den här hon hakat upp sitt liv.

Sitt icke-liv.

"Emelie följer med ner till Stockholm över helgen."

Hon ryckte på axlarna. "Vill hon det så, visst."

"Jag har ringt till skolan och begärt ledigt i morgon."

Anders harklade sig. "Jag ska lämna er ensamma. Jag går upp på rummet."

Helena nickade och Anders gick. Martins blick följde honom, kritiskt granskande. Det blev tyst och glasverandan var bedrägligt vacker i stearinljusskenet.

"Har du över huvud taget läst mina mejl på sistone?"

Märktes det hur hon kände sig? Varje hjärtslag smärtade som om något gått sönder. Syntes hennes skakningar, krampen i benen, det hårda som spänts runt bröstkorgen och gav henne andnöd?

"Jag fattar bara inte hur du kan bete dig så här. I ett halvårs tid har du försökt tiga ihjäl mig, vägrat svara när jag ringer och bara skitit i mina mejl. På vilket sätt tycker du att det hjälper Emelie? Ska hon inte heller få ha nån pappa eftersom inte du hade nån, är det så du resonerar?"

"Nej."

"Hur tänker du då?"

Hur tänkte hon? Det gick inte att få grepp om tankarna. De hade sipprat ut i en sörja och höll inte längre ihop, hon fick inte plats i sin egen kropp och skalet var på väg att sprängas. Var det så här det kändes när förståndet rämnade och vansinnet tog över?

"Om det är din egen barndom du försöker återskapa så har

du verkligen lyckats. Emelie vill flytta ner till mig i Stockholm. Hon stannar här av en enda anledning och det är för att hon är orolig över dig. Det låter väl bekant, att alltid behöva oroa sig för sin mamma."

En enda uthärdlig tanke måste hon fånga och hålla sig i. En enda, tills Martin försvunnit. Föll hon väntade inget annat än undergång.

Så stod plötsligt Emelie i öppningen mot matsalen. Hennes svarta skinnbag var packad och hon såg ut att vilja komma iväg. "Ska vi åka då eller?"

"Jag kommer."

Hon gav Helena en hastig blick. "Hej då."

"Vänta lite Emelie."

Det var Martin som stoppade henne och Emelie suckade otåligt.

"Pappa, vi åker nu."

"Nej. Det är lika bra att vi reder ut det här en gång för alla, nu när vi är samlade alla tre."

Emelies ögon smalnade. "Lägg av, du lovade."

"Men älskade unge, det är ju för din skull, du ska inte behöva ha det så här. Nu har du chans att säga precis hur du verkligen känner. Ingen kommer bli arg. Vi vill ju bara att du ska må bra igen. Säg nu ärligt, vill du stanna här uppe eller vill du flytta ner till mig i Stockholm? Valet är ditt, du bestämmer själv."

Det kom något mörkt i Emelies blick. Den studsade ilsket mellan dem båda, de två tiggarna som skulle föreställa hennes föräldrar. Helena såg ner i knät. Hur var det möjligt att hon blivit en del av detta, att allt kunnat bli så fel?

"Sluta nu, Martin."

"Nej. Det är dags för dig att få höra sanningen. Säg nu Emelie, var vill du bo?"

Som mamma skulle hon få chansen göra allting bra. Hon skulle bli den mamma hennes egen aldrig förmådde bli. Allt skulle hon vara beredd att göra, allt skulle hon vara villig att försaka.

Helena gömde ansiktet i handen i skam över det som hände. Över att hon satt där och tillät det ske.

"Jag bor kvar här hos mamma."

Utan att ge henne så mycket som en blick vände Emelie och gick.

Helena blundade. Martin var besegrad, men hon kände ingen segerglädje. Bara en skoningslös sorg som vek undan i sista stund. En liten stund till måste hon hålla.

Ute i entrén slog dörren igen med en smäll.

Martin suckade tungt. "Ser du inte vad det är du gör?"

Bara andas, bara andas en liten stund till.

"Okej, då får vi göra så här istället. Jag säljer min del av hotellet. Eftersom du har vägrat skriva på några bodelnings-papper så äger jag fortfarande hälften. Det här handlar inte om dig utan om Emelie. Jag kontaktar en värderingsman. När han ringer vore det bra om du kunde svara för en gångs skull."

Och med de orden lämnade han glasverandan, matsalen, entrén och Lindgrens Hotell.

Helena blev ensam kvar i det vackra stearinljusskenet. Hon hörde när dammen brast. När allt hon trängt in bakom värken i bröstet slet sig och kom vältrande. Nu var hon utom räddning. Hon föll framåt, med armarna hårt om sig själv, vaggande fram och tillbaka.

Andas, bara andas, luften räcker inte till! Nu är vansinnet här för att hämta mig.

"Helena, försök att andas lite lugnare."

Anders var där men han fick inte se henne. Hon måste gömma allt svagt som var hon. Ingen fick se henne, ingen kunde hjälpa henne, hon var instängd, ensam, avskuren. Det fanns inget utifrån och inifrån, bara frätande, sylvasst kaos.

"Allt är lugnt Helena, jag är här, kom så hjälper jag dig upp."

KAPITEL 23

Modet att stanna. Att våga vara bredvid en människa som gått sönder inuti. Se, och möta vanmakten i att inget kunna göra. Trots oändligt avstånd till den andras mörker visa att hon inte är övergiven.

Ett par timmar hade gått sedan han gått ner till Helena på glasverandan. När han ömsom lett och ömsom burit henne upp för trappan hade hon inte varit kontaktbar. Djupt innesluten i förtvivlan hade hon låtit det ske, men försökt vrida sig ur hans åsyn som om hon skämdes. Han hade lagt henne på sängen i sitt rum. Bäddat ner henne under en filt och tvingats övervinna ynkryggen som sagt åt honom att fly. Att se henne lida så svårt och vara oförmögen att hjälpa hade drabbat honom. Ändå hade han stannat. För bara några dagar sedan var det han själv som legat där. Efter den erfarenheten förstod han vad hon gick igenom. Sedan dess var något förändrat, för längst in i mörkret hade han hittat något han trodde sig ha tappat.

Försiktigt strök han henne över håret. Hon låg fortfarande

hopkrupen i fosterställning men den uppjagade andhämtningen hade planat ut. Kanske hade hon äntligen somnat. Oändligt långsamt tråcklade han ut sina fingrar ur hennes och reste sig.

"Gå inte."

"Jag ska bara gå ner och släcka alla ljus, jag är tillbaka om några minuter."

Hon protesterade inte mer utan lät honom gå.

På glasverandan stod middagen kvar där de lämnat den. Ett stilleben över ett uppbrott. Han lät resterna stå, gick bara runt och släckte ljusen som han lovat. Han ville tillbaka upp till Helena. Hon behövde honom nu och det gjorde det lättare att tygla det egna missmodet som efter att ha slumrat några dagar väckts till liv. Det var inte av samma förlamande slag som tidigare, nu kändes det mer som en varning. En påminnelse om att det var något han glömt. För vad hade egentligen förändrats? Vad var han annat än på rymmen? Hans riktiga liv fanns kvar där han lämnat det, men dit var det omöjligt att återvända.

Han blåste ut det sista ljuset, gick en runda för att låsa och fortsatte uppför trappan. Där gläntade han försiktigt på dörren till sitt rum. Helena låg kvar där han lämnat henne. Ögonen var slutna och andningen lugn, han var tacksam över att hon valt att stanna. Så tyst han kunde drog han av sig skorna och gick fram till sängen, satte sig och tog hennes hand. Hon tittade upp och utan att släppa taget vände hon sig om och makade plats. Han följde med i rörelsen och la sig bakom henne, med magen mot hennes rygg och benen böjda längs med hennes. Han kände att hon skakade och drog upp överkastet som täcke. Kröp intill igen, ännu närmare denna gång. Hon grep efter hans hand och tryckte den mot halsgropen. Så blev de liggande, långt bort från allting annat. En ensamhet tryckt mot en annan i en stund av tröst.

Det gick en timme, kanske två. Ingen av dem rörde sig. Ibland slumrade han till men väcktes av doften från hennes hår. En människa vilade intill honom.

Helena.

Han drog henne intill sig, plötsligt rädd att hon skulle dra sig undan när deras gömställe avslöjades av gryningen. Så väl hade han hunnit lära känna henne att han förstod att förtroendet han fått var ytterst ömtåligt. Han var vittnet som sett när ångesten gått till angrepp. När alla försvar hade svikit och hon tvingats blotta sig. Antingen skulle det göra honom till fiende eller till oskiljaktig bundsförvant. Valet var hennes. Dessvärre visste han alltför väl vad han själv hade valt. Oddsen blev inte bättre av hans eget fega tassande runt sanningen. För vad annat hade han visat upp än en vag kopia, kanske den han innerst inne ville vara men sannerligen inte den han lyckats bli. Hon hade lärt känna en fantasifigur på flykt. En man som inte fanns, annat än som en förhoppning.

Tydligen hade han somnat om för rummet var fyllt av dagsljus när han vaknade av steg i huset. Båda låg kvar i samma ställning. Om beröringen bröts var det inte självklart att den någonsin skulle hitta tillbaka. Deras närhet var bara till låns.

Han lyfte huvudet och såg att hon var vaken. "Ska jag se efter vem det är?"

"Det är bara Niklas och Jonas, dom skulle åka tidigt."

De hörde entrédörren stängas och strax därefter en bil-motor.

Han somnade om.

Nästa gång han vaknade trodde han först att hon gått. Ryggen var stel och han satte sig upp och vred på överkroppen. Sedan hörde han toaletten spola och förstod att hon var kvar, till hans förvåning gav det honom hjärtklappning. Hans förflutna var fyllt av liknande situationer då han vaknat upp efter en tillfällig natt med en kvinna. För de morgnarna fanns givna fraser, att ha sex hade aldrig varit särskilt komplicerat. Efter denna natt var han ställd inför något annat. Intimiteten de delat var av annat slag. Den hade smugit in på ett plan där han blev förvandlad till nybörjare. Där fanns inget inövat, inga självklara ord att ta till. Bara en vilsen undran.

Han drog snabbt med fingrarna genom håret. Badrums-dörren gick upp och Helena kom ut, ögonen var svullna och undvek honom, hon vred bort sitt ansikte och gick fram till fönstret. En lång stund stod hon så och han lät henne vara. Han ville låta henne tala av egen vilja. Han visste fortfarande inte vad som utlöst hennes sammanbrott, vad som sagts på glasverandan efter att han gått. Bara sett genom fönstret att Emelie och Martin åkt iväg.

"Jag har gjort Emelie illa. Fruktansvärt illa." Hon sjönk ner i en av fåtöljerna och lutade huvudet i händerna. "Hur kunde jag som borde förstått precis hur hon känner sig bli så alldeles blind?"

Han motstod impulsen att gå fram till henne, osäker på om han var välkommen. Vad hon än syftade på gick det säkert att ställa tillrätta. "Vi gör alla våra misstag."

Men hon skakade på huvudet. "Nej. Vissa misstag är oförlåtliga."

"Inte om man tänker om och försöker ändra sig."

Hon svarade inte, bara fortsatte skaka på huvudet med ansiktet nerböjt.

Och så blev de sittande, han på sängen och hon i fåtöljen, utan att någon sa något mer. För ingen av dem kunde hitta ord som skulle hjälpa.

KAPITEL 24

Det började dra ihop sig till begravningskaffe. Helena hade gång på gång tittat på klockan och ju närmare tre den kom, desto djupare blev hennes suckar. Nu var hon inne hos sig för att duscha och byta om. Anders stod i köket och bryggde kaffe. Hon hade berättat var termosarna fanns och nu stod de i rad på bänken, redo att fyllas.

När Helena kom ner gick hon raka vägen ut på kökstrappan och kom tillbaka med en stor kartong och en välinpackad blomsterbukett. "Tack och lov att det är plusgrader. Jag hade glömt att det skulle levereras nu på morgonen."

"Vänta ska jag hjälpa dig."

Hon lät honom ta kartongen och han lyfte upp den på bordet. Tillsammans packade de upp smörgåstårtor och kaffebröd, Helena hämtade uppläggningsfat. Kakorna arrangerades i konstfulla rader och Anders förundrades över hur hon lyckats ta sig samman.

"Är du säker på att du klarar det här?"

Hon nickade, öppnade ännu en förpackning med kakor.

"Vet du, det här kanske blir det sista begravningskaffet jag har här på hotellet."

"Varför skulle det vara det?"

"Jag måste sälja och flytta tillbaka till Stockholm."

Hon tog kakfatet och gick. Anders blev kvar, stirrande på dörröppningen mot matsalen där hon försvunnit. Han stod fortfarande orörlig när hon dök upp igen.

"Ska du sälja hotellet?"

Hon tog blomsterbuketten och gick fram till diskbänken. Där rev hon av omslagspapperet och spred ut ett fång vita liljor. "Emelie vill tillbaka till Stockholm. Hon kommer bo hos Martin varannan vecka i fortsättningen. Kan du hämta några vaser på hyllan där?"

Nu var hon idel effektivitet. Med raska rörelser snittade hon de långa stjälkarna. Han gick fram och tog ner två vaser, sedan blev han stående. Beskedet hade kommit så oväntat.

"Vill du sälja då?"

"Nej, men jag vill vara där Emelie är. Får jag dem?"

Hon nickade mot hans händer och han blev påmind om sitt uppdrag. Han gick fram och ställde vaserna på diskbänken. "Varannan vecka då, när Emelie bor hos Martin? Då kan du ju vara här uppe."

"Vem ska sköta hotellet när jag är i Stockholm då? Nej, det funkar inte. Dessutom vill Martin ha ut sin del. Jag har varken råd att lösa ut honom eller köpa mig en lägenhet där nere om jag inte säljer."

Hon stack ner några liljor i varje vas och gick med dem mot matsalen.

När bilarna en stund senare kom körandes på gårdsplanen

lyste än en gång ljusen på glasverandan. Buffébordet var smyckat med vita liljor och svag musik av Vivaldi fyllde rummen. Helena och Anders stod i entrén och tog emot, hon hade bett honom att finnas vid hennes sida. Först kom Lisbeth och Lasse och deras vuxna barn, barnbarnet sov i en rutig barnvagn. Efter dem kom några bybor, därefter prästen som hjälpte en mycket gammal kvinna i rullstol. Hon presenterades som Margit, Helgas forna klasskamrat och närmaste väninna genom livet. Helena hälsade vänligt leende på alla som kom och Anders imponerades av hennes skådespel. Hon visade var de kunde hänga av sig och följde med dem in i matsalen. När kön ebbat ut gick Anders fram till entrédörren för att stänga. Han fick hejda sig med handen på handtaget för mitt på gårdsplanen stod två kvinnor kvar. Den äldre av dem rökte, den yngre gestikulerade otåligt mot huset och ville att de skulle gå in.

Anders förstod vilka de var och lämnade dörren öppen.

I matsalen hade gästerna börjat ta för sig. Några hade satt sig med välmatade tallrikar och runt de få borden som fyllts fördes försiktiga samtal. Det var ingen stor skara som samlats till Helgas begravning. Rummets alla tomma stolar fick den att se ännu glesare ut. Detta var vad som blivit kvar efter nittio år på jorden. Anders slogs av att det var sorgligt att ha levt ett sånt ensamt liv, men i nästa stund kom insikten att rusningen till hans egen begravning knappast skulle generera större trängsel. Utom möjligen om någon hoppades få ta del av arvet. Det var en beklämmande tanke, men ack så sann. Den sköts åt sidan när Anna-Karin klev in i rummet. Samtalet tystnade vid Lisbeths och Lasses bord och när barnbarnet i vagnen gnydde reste sig båda två och ilade dit, till synes tacksamma över distraktionen. Anders såg sig om efter Helena. Hon var inte kvar i rummet. Han hittade henne i köket, framåtlutad mot diskbänken.

"Hur känner du dig?" Hon skakade på huvudet. I fjärran hördes ljudet av en motorsåg. "Gå upp du, jag tar hand om det här."

"Är du verkligen säker?"

"Gå nu. Allt är ju redan i ordning."

Dörren till matsalen slogs upp och Helena rätade genast på sig. Lisbeth stack in huvudet. "Halloj, hörrni finns det lite mer mjölk?"

Helena vände sig om och log. "Självklart, jag fixar det."

Lisbeth försvann och Helena sjönk ihop som när luften går ur en ballong.

"Gå upp nu."

"Lova att hämta mig om du behöver hjälp."

"Sluta nu, vad skulle kunna hända?"

Han hade just ställt ner den påfyllda mjölkkannan på buffé-bordet när han hörde entrédörren öppnas. Först trodde han att det var Helena som gick ut, de hade nyss skilts åt i köket, men när han gick dit för att se efter möttes han av Verner. Han stod innanför dörren och torkade noggrant av gummi-stövlarna på dörrmattan. Den blå fleecetröjan var beströdd med sågspån och under armen bar han något Anders kände igen – tavlan han sett honom måla på åkern.

"Hej Verner."

"Hej du, är du på benen än. Det gläder mig att se att du fortfarande lever och har hälsan."

Anders log, men Verner såg inte ut att ha skämtat. "Du

Verner, vi har begravningskaffe idag så hotellet är egentligen stängt. Men jag bjuder gärna på en kopp i köket om du vill."

"Nä tack, jag är inte här för kaffet." Han tog av sig kepsen och strök med handen över hjässan. "Jag är här för att träffa några av gästerna."

"Jaha du, men ... jag tror inte riktigt att det här är rätt tillfälle."

Verner hejdade sig och gav honom ett förvånat ögonkast. "Det beror väl på vad jag kommer i för ärende."

Och innan Anders hann stoppa honom gick han in i matsalen. Där blev det lika tyst som om huvudpersonen själv klivit in i rummet. Anders insåg genast att han bar något slags ansvar för det som hände, men hade ingen aning om hur det skulle hanteras. I brist på andra uppslag slog han ut med handen, som vid en presentation. "Eh, jaha, det här är Verner."

Verner såg på honom med ett förvånat leende. Sedan fäste han blicken strax bredvid hans huvud och nickade förnöjt.

Anna-Karin for upp från stolen. "Du är inte välkommen här, det här är en privat tillställning."

"Jag ska inte störa länge, såna här kalas har aldrig varit nåt för mig, jag ville bara komma förbi och berätta att nu har jag löst problemet ni har haft med arvet."

Anna-Karin riktade en ilsken blick mot Lisbeth och Lasse som om hon anade att de hade sina fingrar med i detta fula spel. Men Lasse ryckte bara på axlarna och såg lika förvirrad ut som alla andra.

Verner tog vid igen. "Den där kastanjen ni har bråkat om, den är borta nu så det är bara att dela tomten tvärs över."

Anna-Karins läppar rörde sig men det kom inga ord. Som på ett tyst kommando reste sig alla och rusade ut mot entrén.

Alla utom prästen och Margit, som blev kvar i sin rullstol. Anders hörde ett tjut från verandan och tittade på Verner. "Säg inte att du har sågat ner den?"

Verner tog en kaka från buffén. I nästa stund kom alla tillbaka och återvände till platserna de nyligen lämnat. Alla utom Anna-Karin som blev kvar på tröskeln.

Anders tittade mot taket. *Lova att hämta mig om du behöver hjälp.*

Verner lyfte upp tavlan och sträckte den mot Anna-Karin. "Den här tänkte jag överräcka som ett litet minne."

Det kom ett underligt ljud från Lasses håll. Först lät det som återhållen gråt, men när han inte längre förmådde hålla emot lutade han sig tillbaka och skrattade. Ett skratt, så befriat och uppriktigt att det smittade av sig på Lisbeth som lyckades hejda sitt genom att pressa handen mot munnen. Det pös bara ut några stötar genom näsan.

"Din jävla galning! Förstår du inte vad det är du har gjort?" Allas blickar återvände till Anna-Karin. "Du ska bort härifrån, fattar du det, jag ska ringa polisen och se till att dom hämtar dig, ingen vill ha dig här och om det så är det sista jag gör så ska jag ..."

"Nu ska du hålla truten, Anna-Karin."

Alla såg sig förvirrat omkring i undran över vem som talat. Med ledning av prästens häpna blick, han som satt närmast källan, vändes nu intresset mot Margit. Späd som en fågel och med ryggen krökt av år satt hon hopsjunken i rullstolen med stålblå ögon riktade mot Anna-Karin. "Det man en gång har sått, har man också rätt att skörda."

Verner sänkte blicken och tittade ner i golvet. De övriga såg sig om i rummet i jakt på en förklaring. Margit sträckte ut handen efter sin handväska och prästen hjälpte henne öppna den.

"Jag har ett brev här till dig Verner, jag lovade din mor att ge dig det när hon var borta."

Anna-Karin tog några steg in i rummet och sjönk ner på den stol som stod närmast. Margits krumma fingrar fick upp kuvertet ur handväskan men Verner stod med nerböjt ansikte och syntes ovillig att ta emot det. "Hon var så ung, Verner, bara fjorton år." Margit sänkte handen och brevet blev liggande i hennes knä. "Din far var dräng där på gården, de var så kära i varann må du tro, men när föräldrarna förstod hur det låg till skickade dom iväg honom. Han var av tattarsläkt och några såna ville dina morföräldrar inte veta av." Margit försjönk i minnen. "Men på den tiden sågs det inte med blida ögon att vara mor till ett oäkta barn. Hon fick det kämpigt Helga, och besvikelsen tog hon ut på dig, arma barn. Att du var lite … ja, eljest, gjorde det ännu värre." Margit tittade på Helgas brev i knät och skakade på huvudet. "Men du ska veta att hon aldrig förlät vare sig sig själv eller sina föräldrar för att dom skickade iväg dig. Ju äldre hon blev desto mer plågade det henne. Men Helga hade alltid svårt att erkänna när hon gjort fel." Margit suckade och såg på Verner. "Sån var hon, din mor, så när du äntligen kom tillbaka visste hon inte hur hon skulle bete sig. Visst lät hon dig bo däruppe i Kullmyrstorpet, men jag vet att hon egentligen ville så mycket mer. Men så fick hon sin hjärnblödning, innan hon hann." Anders gick och hämtade en stol åt Verner. Han nickade ett tack och satte sig, framåtlutad med armbågarna mot knäna. "Men en sak ska du veta Verner, att under alla år har hon vårdat den där kastanjen du sådde, som gällde det liv eller död."

Verner drog med handen under näsan. Anders snappade åt sig en servett från buffébordet och gav den till honom. Margit sträckte fram brevet igen och prästen reste sig och la det i Verners knä. De andra i rummet satt tysta och försökte ta in denna avgörande förändring.

Lasse var den som hann först. "Men då är det ju du som ärver gården!"

Verner gav ifrån sig ett svårtytt ljud. "Nähädutack, på den gården vill jag aldrig mer bo." Han snöt sig i servetten. "Jag behåller Kullmyrstorpet, nu när kastanjen är borta kan ni bara dela resten på hälften."

"Men gården är ju din, rätt ska vara rätt." Lasse stod på sig nu när möjligheten öppnat sig. "Jag vill inte heller ha den, Lisbeth och jag ska flytta tillbaka till Luleå."

Anders tittade på Anna-Karin. Hennes ansikte var nerböjt och fingrarna trevade under ögonen. Han tog en ny servett från den krympande högen och gick dit.

Verner reste sig och knycklade ner brevet i byxfickan. "Och kastanjen behåller jag också, den blir bra att ha till värme nästa vinter. Men jag får väl hämta den lite i bitar."

"Jag kan hjälpa dig och köra upp den med traktorn."

Det var en av byborna som erbjöd sig. Verner log ett tack. Sedan tog han tavlan och gick och ställde den hos Anna-Karin. "Varsågod då, kusin."

Med de orden lämnade han rummet och när entrédörren stängts tog tystnaden över. Det stod klart för alla att Margits oväntade bokslut över Helgas liv även innebar slutet för hennes begravningskaffe. Anna-Karin var den som reste sig först. Utan att säga ett ord försvann hon ut genom dörren, tavlan blev kvar där Verner lämnat den. Susanna nickade ett tack till

Anders och följde efter. Resten troppade av i en stilla ström och Anders ställde sig på verandan och tog avsked. När alla gått gick han in och sjönk ner på det nedersta steget i trappan. Där satt han kvar när han hörde Helenas steg på övervåningen. Hon kom ner för trappan och slog sig ner vid hans sida, såg på honom och log.

"Tack ska du ha för hjälpen. Har allting gått bra?"

KAPITEL 25

Än en gång var kvällen kommen i det kök som en gång varit Helgas. Men denna afton var inget sig likt och livet kunde aldrig mer bli detsamma. Anna-Karin satt vid köksbordet och lyssnade på sjörapporten. En gammal vana, i stunden en motvikt till förvirringen hon kände. Något vant och tryggt, trots att vindarna till havs hade föga inverkan på hennes liv och platserna där de ven var henne obekanta. Svenska Högarna, Harstena, Måseskär. Hon visste inte ens var de låg men under alla år hade hon upplyst sig om vad där var för väder.

Hon satt och tummade på Niklas informationsbroschyr. *Höra hemma.* Det var ingen skrift hon längtade till och titeln stärkte hennes tvekan.

Än var hon inte redo.

Sanningen om Verner krävde också sitt och tillsammans hade allt det nya sådan vidd att det var svårt att omfatta. En stor del av hennes liv hade bestått av villfarelser, så mycket stod klart. Hon hade varit omgiven av hemligheter hon inte ansetts värd att anförtros. Nu skulle allt ovälkommet plötsligt klämmas in och knuffa undan alla självklarheter. Och själv stod hon maktlös, det fanns ingenting hon kunde göra för att få tillvaron att återgå till hur det alltid varit.

Den tanken var den som skrämde mest.

Hon reste sig och gick fram till bänken där vinflaskan stod, den de öppnat under gårdagskvällen men aldrig hunnit dricka. När hon vände sig om stod Susanna i köksdörren och Anna-Karin tog fram ett extra glas. "Vill du ha lite vin?"

"Nej tack."

Susanna slog sig ner vid köksbordet. Anna-Karin vred av radion, en bra stund gick utan att någonting blev sagt. Det var bara tickandet från Helgas köksklocka som naggade små hål i tystnaden. Nu bar det förr så trygga ljudet en annan klang – en påminnelse om att Helga gått där i alla år och lyssnat till tid som gått förlorad.

Susanna tog upp broschyren och lät sidorna rinna under tummen. "Har du läst den än?"

Anna-Karin smakade på vinet. "Jag har inte hunnit."

Susanna suckade och såg mot fönstret. Anna-Karins blick följde efter. Tack och lov var det så mörkt att det inte längre gick att se vad som fattades därutanför.

Frågan hon ville ställa värkte inombords, närd av skymfen att hon under alla år hade lämnats utanför. Hon tog en klunk av vinet. "Varför berättade ni aldrig för mig?"

"Du menar om Niklas?"

Anna-Karin nickade. Susanna la ner broschyren.

"Vad tror du själv?"

Känslan av orättvisa var så stark att hon inte ville medge att hon visste svaret. Vem skulle stå kvar på hennes sida om hon inte ens gjorde det själv? Eller kanske var det egentligen ledsen hon kände sig. Niklas hade oroat sig för hennes reaktion och igår kväll hade hon besannat varenda farhåga.

"Det är faktiskt helt obegripligt att du inte har förstått. Han har ju levt med Jonas i flera år och vi har alltid pratat om dom som ett par. Det är som om det inte går in i dina öron. Du slår ifrån dig varenda antydan vi har gjort."

"Då kunde ni väl ha sagt det rakt ut?"

"Niklas har inte velat det. Han har helt enkelt inte vågat, han visste ju hur du skulle reagera. Det är därför han har hållit sig undan så mycket och så sällan kommer upp hit till dig och hälsar på."

Anna-Karin ställde ifrån sig vinglaset, gick fram till bordet och sjönk ner på en stol. Tanken hade aldrig någonsin slagit henne att Niklas kunde vara homosexuell. Det hade inte funnits i hennes sinnevärld. Hon kände inga såna och trodde att det skulle märkas tydligt utanpå. Hon hade ju sett de där på tv, där det inte rådde någon tvekan.

Susanna suckade. "När vi nu äntligen pratar om det här … Det är en sak varken jag eller Niklas har förstått med dig mamma." Hon tystnade och när Anna-Karin tittade upp såg hon att dottern dröjde med fortsättningen.

"Vad är det ni inte har förstått?"

"Hur du orkar bry dig så mycket om vad alla andra gör hela tiden, det verkar bara vara så himla jobbigt. Är det inte bättre att koncentrera sig mer på sitt eget?"

"Det gör jag väl inte?"

"Jo, du kanske inte är medveten om det själv men det gör du faktiskt. Och nästan alltid är det nåt som är fel. Lasse och Lisbeth till exempel, att dom väljer att renovera sitt hus. Vad har du med det att göra?"

"Men det är ju en släktgård."

"Vad spelar det för roll? Du väljer att ha det så här och inte förändra nåt, dom väljer nåt annat. Varför skulle just ditt sätt vara bättre?"

"Man har väl ändå rätt att ha en åsikt?"

"Har man? Varför har man det? Om saker man inte ens har med att göra." Susanna såg på henne med huvudet på sned. "Du skulle ju aldrig nånsin finna dig i att nån hade åsikter om dig och vad du gör."

"Det skulle jag väl. Folk får väl tycka vad dom vill."

"Minns du inte hur förbannad du var när du och pappa hade skilt er, när mormor hade en massa åsikter om hur du skulle leva."

"Det är väl en helt annan sak."

"Först var hon arg över att ni skilt er, sen tyckte hon att du var ute för mycket. Hon sa att ryktet gick, minns du inte det? Ni pratade ju inte med varann på flera år."

"Det var ju för att hon la sig i saker som hon inte hade med att göra."

"Men det är ju precis det jag säger." Susanna nickade mot Niklas broschyr. "Vad har du med att göra vem folk blir kära i eller vad dom gör i sina sovrum? Varför bryr du dig över huvud taget? Hur kan det störa dig om nån är homosexuell?"

Nu kände hon sig påhoppad och ville försvara sig, men Susanna var arg och om hon också vände henne ryggen fanns där ingen kvar.

Susanna suckade djupt. "Är det så konstigt tycker du, att Niklas inte har velat berätta för dig?"

"Det kan väl hända att jag har sagt klumpiga saker men jag har aldrig menat att …"

"Vad har du menat då?"

Anna-Karin tänkte efter men fann inget svar. Det var ju sånt hon bara sagt. Skämt och formuleringar hon hört andra säga. "Jag har väl inte menat nåt särskilt."

Susanna fnös och Anna-Karin tyckte inte om hennes min. Hon gjorde sitt bästa nu, men det var så svårt att tänka om. Två män som ... Nej, hon kunde inte hjälpa att hon fann det onaturligt. Varför skulle någon vilja göra så?

"Jag tycker bara att det är ... att det är så svårt att förstå."

"Vilket då?"

"Det här med att två män som ... eller kvinnor, jag tycker bara att det är ... konstigt."

"Du kanske inte behöver förstå. Du kanske bara behöver låta folk få göra som dom själva vill."

Anna-Karin sa ingenting och en stund satt hon och såg på broschyren. *Höra hemma – En bra start för dig som vill få en sammanfattande bild av HBT-gruppen.* Hon slog upp en sida på måfå och det första ögonen läste var *Trakasserier och hatbrott.* Orden gjorde verklighet av det som jagat henne under natten. Tanken på Niklas utsatthet. "Jag tänker bara på hur svårt han kommer att få det, alla fördomar han kommer att mötas av, hatet som finns. Det gör ont i hela kroppen när jag tänker på att nån skulle se så på Niklas."

"Gör inte det då."

Anna-Karin stirrade på henne. "Det förstår du väl att jag inte hatar Niklas."

"Följ med ner till Stockholm på söndag och säg det till honom istället."

"Stockholm?"

"Ja. Tåget går tio i tolv."

"Nu på söndag? Men jag har …"

"Jo, du har visst nåt att ha på dig och du har hela morgon-dagen på dig att packa och ställa in dig på att resa."

Anna-Karin såg sig ängsligt om i köket. Blommorna som skulle behöva vattnas, all mat som stod i kylskåpet, allt hon behövde tänka på om hon skulle resa bort.

"Kom igen nu morsan, hur svårt kan det va? Jag har redan beställt en extra biljett."

Susanna log och sträckte fram sin hand och la den över hennes. "Jag har tänkt på det där Margit berättade om Helga. Du mamma, gör inte om hennes misstag."

KAPITEL 26

Sanningen erbjöd sin vägledning först när den vilsegångne vågade lyssna. När fäktandet mot omvärlden upphört och bristerna måste sökas i det inre. Hur långt hade hon inte lyckats driva sig själv för att slippa se åt det hållet. Kanske var karaktären inget annat än summan av alla undanflykter. Hon hade valt att bli blind, men när självbedrägeriet förbrukat alla flyktvägar återstod bara ett bråddjup. Och där, på dess botten, var smärtan omöjlig att uthärda. Var det dit en människa måste komma för att bli förmögen att tänka om? Var det först där, i bottenläget, som tanken kunde ta spjärn?

Helena stod med pannan mot fönstret i det lilla vindsrum där hon bott som sommarbarn. Hennes alldeles egna rum, under vintrarna öde och utkylt i väntan på hennes återkomst. Alltid med en kvarlämnad lapp under skyddspapperet i mellersta byrålådan. En hemlighet hon gömde när hon själv tvingades hem, som vaktade hennes domäner tills hon äntligen fick komma tillbaka. Det lilla rum med gulnade blomtapeter hon som vuxen skulle komma att återskapa i minnet var gång hon kände sig rädd. För alltid sinnebilden av trygghet. Bara en sån sak som att ha skyddspapper i botten av en byrålåda. Grönt med vita prickar och noggrant vikt för att passa i hörnen. En utopi i hemmet i Vällingby, där det sällan ens fanns lakan i sängen. Än mindre något rent att lägga undan i en byrålåda.

Tolv år gammal hade hon rest därifrån för sista gången, ovetande om hur stor del av henne som blev kvar. Hennes längtan hade aldrig lämnat platsen. Under åren hade den vandrat mellan rummen och vördsamt vårdat barndomens paradisgård. Hålet den lämnat i henne hade fyllts av saknad efter svunna tider. Till slut så stark att hon återvänt. Men de som ingick i hennes längtan var borta och skulle aldrig mer finnas eller delta. Avskedet hade skett för länge sedan, när ingen förstått att det var sista gången.

Nu stod hon där, på den plats där hon ankrat sin tillit. Men inget byrålådspapper i världen kunde skyla att hon ljugit för sig själv. Att hon någonstans längs vägen gått vilse.

Den heliga drömmen om Familjen. En gång så lätt att få att gro ur allt som fattades. Det var ett tidigt löfte när hon själv varit liten men aldrig fick möjlighet att vara barn. Vem skulle då ha tagit över allt ansvar? Det enda hon visste var att den dag hon själv kunde bestämma skulle allting göras annorlunda. En kärnfamilj var livets lösning. Tio år gammal, tjugofem år gammal, fyrtio år gammal. Vid det laget var tanken så självklar att den gick tvärsigenom all förändring och på säkert avstånd från allt som kunde störa. Den ville inte kännas vid frustrationen hon kände, lusten till Martin som försvunnit, att hon var så till lags att hon slutat erkänna vad hon egentligen tyckte och kände. Innerst inne hade hon vetat att deras relation skulle gå under om den utsattes för tärande konflikter. Och kärleken mellan en mamma och en pappa fick inte ta slut, inte i hennes värld, det stred mot allt hon trott på.

Därför hade hon låtsats att den funnits kvar.

Men det hade den inte.

Kanske hade den slocknat redan under småbarnsåren, när vardagen blev en evig kamp och dygnet förvandlats till en hopplös jakt på extra tid. Till en början hade de kämpat sida vid sida men till slut varit så andfådda att orken till närhet ebbat ut. Samtalen tystnade. På kvällen hade de somnat allt längre ifrån varandra. Hon hade tänkt att den dag de var framme skulle de ta igen vad de missat. Med facit i hand förstod hon att deras relation hade gått sin egen väg medan de själva varit upptagna av annat.

Och var *framme* låg, hade hon aldrig begrundat.

Hon huttrade till och drog koftan tätare omkring sig. Rummet var utkylt, men först nu kände hon att hon frös. I minnet var det alltid sommarkvavt och det var där hon ville vara en stund. I en liten glipa mellan det som varit och det som väntade.

Känslan av att bli ratad hade berövat henne sans och vett. Den, och rädslan för att bli övergiven. Han hade svikit henne och valt en annan kvinna. Så hade hon tänkt, och under ett halvår vältrat sig i förödmjukelsen. Skulden för skilsmässan var bara Martins, den *fick* inte vara någon annans. Igår, när han stått framför henne hade sanningen krävt sin rätt. Deras flytt från Stockholm var inget annat än ett försök att bryta sig loss. Ett sätt att pressa fram det beslut hon själv var förbjuden att ta. För innerst inne hade hon vetat från början att han aldrig skulle trivas i Norrland.

Anders hade tänt en brasa när hon kom ner. Han hade ställt Verners tavla på spiselkransen och bryggt en kanna te, hon blev glad när hon såg den extra tekoppen på bordet mellan fåtöljerna.

"Där är du ju, det finns te om du vill ha."

"Gärna."

Hon gick och satte sig och han lutade sig fram och fyllde hennes kopp. "Det blev tre smörgåstårtor över om du är sugen. Dom hann inte få i sig så mycket innan Verner kom."

Målande hade han beskrivit hur han känt sig under begravningskaffet och nu log hon igen, förundrad över att reflexen fungerade trots hur hon kände sig. Men underligt nog fanns där också en känsla av befrielse.

Tillbakalutade i vilsam tystnad satt de och läppjade på teet. När elden började falna gick han fram och fyllde på med ved. Glöden kröp upp i det torra träet och växte till flammande lågor. Anders blev stående framför tavlan, lyfte handen och strök försiktigt med fingret över kastanjen. "Den är verkligen helt fantastisk, så målar bara en sann konstnär."

Helena nickade. "Jag får väl gå upp med den till Anna-Karin när hon lugnat sig lite, den kanske är värdefull."

Han gick tillbaka och satte sig. "Om hon säljer den kan hon köpa sig en bil. Sa ni inte att hon behövde en om Lasse och Lisbeth flyttar?"

"Är den värd så mycket tror du?"

"Ja. Hon kommer kunna köpa sig en bil. Jag kan ta det med henne om du vill." Han gav henne en svårtydd blick hon inte orkade analysera. Visst fick han gå med tavlan till Anna-Karin om han ville, själv var hon glad om hon slapp.

Anders ställde ifrån sig koppen. Ett par gånger såg han åt

hennes håll som om han avbröt något han tänkte säga. Han påminde om någon som ville hålla tal men ängslades inför de inledande orden.

"Vad är det?"

Han harklade sig med handen framför munnen. "Det är en sak jag vill berätta som har med Verner att göra, om det som hände när vi var i hans stuga." Han sträckte sig efter koppen igen som ville han hålla i något. "Den där dagen när jag kom hit."

"Ja?"

"Jag hade tillbringat natten på Sundsvalls sjukhus."

"Varför då?"

"Jag körde av vägen med bilen."

Hennes blick sökte sig mot fönstret där hon stått när hon såg honom första gången. Sittande med slutna ögon i förarsätet i sin bil.

"Det var inte med den, den jag körde blev skrot."

"Jösses, var det så allvarligt. Då måste du haft änglavakt."

Han drog på munnen utan att le. "Det kan man tycka, det var bara det att ... det var ingen olycka."

"Vad menar du?"

Han lät bli att svara och såg ner i koppen och Helena förstod med ens att hon just hade fått ett förtroende. Ett av ömtålig art, främmande för honom att ge ifrån sig.

"Men. Varför?"

Han ryckte på axlarna. "Jag vet faktiskt inte, jag minns inte ens hur jag tänkte. Det är det som är så märkligt, att jag inte ens kan få tag i känslan längre." Han blev tyst en stund innan han fortsatte. "Jag hade fastnat i en känsla av meningslöshet, att ingenting spelade nån roll. Men så kom jag hit och

började måla i lagården och då var det nånting som hände."
Han slog ut med händerna i ett försök att beskriva det obe-
skrivbara. "Jag förstår inte själv hur det är möjligt. Kanske är
det bara så enkelt att jag gjorde nåt jag inte brukar göra, att jag
fick nåt annat att tänka på. Alla samtal med dig, allt Verner
har sagt, Emelie, jag vet inte, men nånting har förändrats här
inne." Han pickade med fingret mot pannan.

Helena lutade sig tillbaka och betraktade honom. Anders,
mannen i fåtöljen bredvid, en människa, ett mysterium. Av
alla ställen i världen hade han råkat hamna just där hon be-
fann sig. "Så det Verner sa om dig var alltså sant?"

"Ja, hur konstigt det än verkar."

Helena såg in i elden. Den svåra konsten att tänka om.
"Det han sa om mig var också sant, jag var bara inte redo att
höra det."

Hon lyfte blicken och betraktade Verners blommande
kastanj. *Världen är inget annat än vars och ens egen uppfinning,
den blir vad vi gör den till.* Så hade Verner sagt.

Kanske var det inte svårare än så?

Eller också var det just det som var det svåra.

KAPITEL 27

Fyrtiosju år, fyra månader och sexton dagar. Så länge hade livet varat. Under natten hade han legat vaken och räknat samman tiden, fylld av funderingar om den som återstod.

Tidigare hade han aldrig sett var livets skiljevägar började, inte förrän han kommit en bra bit på väg och det blivit nödvändigt att se sig om. Den här gången var det annorlunda. Han var medveten om att han stod vid ett vägskäl och att vägen tillbaka var stängd. Han måste välja en av dem som gick framåt, men ingen hade någon säker skylt om vart den skulle leda. Där stod bara "riskfylld chansning". Särskilt på en, för valde han den skulle han tvingas släppa alla försvar.

Den oroande tanken hade hållit honom vaken.

För en gång förr hade han gjort det misstaget och smärtan hade han aldrig glömt.

All den där tiden som smugit förbi. Håret som börjat skifta i grått. Rynkorna i hans ansikte. Orken som förr varit obegränsad fordrade numera regelbunden vila. Vad hade han ägnat sig åt när den första rynkan kom och medan resten av förvandlingen skett? Uppenbarligen något som dränerat hans livslust.

Så snart gryningen kom klev han ur sängen. En lång stund blev han stående vid fönstret medan den nya dagen kom. Han såg ut över bygden i förundran över att det var just där han hamnat. En duva flög förbi och försökte slå sig ner på taket över köksentrén. Nocken hade spetsiga taggar för att hålla taket fritt från fåglar. Duvan flaxade några gånger innan den gav upp och Anders tänkte att taknocken påminde mycket om honom själv. Lika avvisande hade han varit om någon kom för nära, om någon stannat till för att slå sig ner.

Han drog på sig blåstället och gick ner i köket. Där åt han frukost på stående fot, lämnade en lapp på bordet och fortsatte ut till bilen. Han hade ett ärende att utföra.

Några timmar senare gick han med en nyinköpt målarduk längs grusvägen mot Verners stuga. Ett stilla duggregn föll och löste upp den sista snön. Doften från den blöta myllan fyllde luften. Det var som om hela skogen vibrerade i otålig väntan på ett startskott från våren. Ett rådjur en bit bort fick honom att stanna till. Deras blickar möttes, djuret tvekade, stod kvar i några ögonblick innan det vände och sprang. Anders blev stående i stillheten. När ljudet av hans egna steg försvunnit fanns där bara vindens sus. Han slogs av hur självklart allting tycktes vara runtomkring honom. Inget där i skogen bad om någon anledning, allt bara växte där det gjorde. Genomsyrat av livsvilja och i förnöjsam harmoni med allting annat. Lika levande som han själv. Men av allt att döma klokare.

När han klev in på det som en gång torde varit torpets tomt steg Verner ut på trappen. Han hade en vedkorg i handen och såg inte Anders och tätt följd av katten gick han mot stugknuten.

"Hej Verner."

Han stannade och vände sig om. Ansiktet sprack upp i ett leende. "Hej du, det var värst vad mycket besök man får nuförtiden."

"Jag tänkte att du behövde en ny målarduk."

Verners leende försvann. Anders blev rädd att gåvan inte var välkommen, men Verner såg mest generad ut, möjligen lite misstänksam. "Jag tänkte nu när du gett bort den gamla. Behöver du inte en ny?"

"Jo, för all del."

Verner fortsatte gå mot vedskjulet och Anders följde efter. "Det var bara en liten present."

Verner tittade på honom igen, fortfarande med tvivel i blicken. "Jag är inte van att få presenter, men tack ska jag väl säga."

"Det behövs inte, det är jag som vill säga tack."

Verner la några vedträn i korgen och Anders hjälpte honom fylla den. Tillsammans gick de tillbaka mot stugan och Anders stannade nedanför trappan. Han hade fortfarande målarduken i handen och nu sträckte han fram den mot Verner. Han gav den en blick medan han drog av sig stövlarna. "En kopp kaffe ska du väl ha i alla fall."

"Om du ändå hade tänkt dricka så."

"Nej, det hade jag inte. Men kom in för all del."

Anders sänkte ansiktet och gömde ett leende. Verner följde

inga vanliga umgängesregler, det visste han redan, men det han i början funnit förvirrande var numera bara befriande. Det fanns inget elakt i hans udda beteende, bara en oförmåga att låtsas. Anders ville gärna följa med honom in. Efter varje möte med Verner hade han känt sig berikad. Hans annorlunda perspektiv hade lärt honom mycket och just nu var han i stort behov av nya infallsvinklar.

De gick in och Anders lutade målarduken mot en trave lådor. Sedan fortsatte han in och slog sig ner på Verners rutiga överkast. En tanke hann förirra sig ner till det som låg på golvet under sängen, men innan den hunnit få fäste kom Verner in med kaffet. Än en gång tog Anders emot en missfärgad kopp med naggade kanter. Verner lyfte undan några kläder från stolen och satte sig, sörplade lite kaffe, gjorde sig som vanligt ingen brådska med att påbörja ett samtal.

Anders betraktade koppen i sin hand och såg sig om i det överfyllda rummet. "Har du läst alla dom här böckerna?"

"I stort sett alla. Inte har jag dom för att det är praktiskt i alla fall."

Anders log och det blev tyst en stund igen. "Blir det aldrig ensamt att bo så här?"

Verner såg på honom med viss förvåning. "Det är klart det är ensamt. Det bor ingen mer här än jag."

"Jag menade så här isolerat?"

"Jag är van. Jag har alltid bott lite undan för resten av världen. Det blir lite enklare så." Han drack upp det sista kaffet och ställde ifrån sig koppen på golvet. "Jag har aldrig riktigt begripit mig på det där med folk."

"Vilket då?"

"Med folk. Dom beter sig ofta väldigt konstigt. Säger en

sak men menar nåt helt annat. Som när du var här och ville köpa gitarren." Anders kände hur han rodnade. Men han uppfattade ingen anklagelse, bara ett konstaterande. "Jag har alltid haft svårt att hänga med i det där spelet, jag förstår helt enkelt inte reglerna. Jag har till och med papper på det." Verner reste sig och gick fram till en kartong, lyfte upp en trave papper och tidskrifter och började leta. "Jag ska ha dom här nånstans. Det var under åren när jag hade mina framgångar med måleriet. Bygga all den beundran jag fick på så dålig grund, nä, jag kände hela tiden att det var nåt som fattades. Till slut mådde jag så dåligt att jag fick söka hjälp." Han fortsatte bläddra bland papperen i kartongen men gav upp och sökte med blicken runt rummet. "Äh, jag vet inte var jag har dom där journalerna. Men där kan man läsa om min hjärna må du tro, varenda millimeter blev undersökt för när dom upptäckte min synestesi ville dom ha med mig i ett forskningsprojekt."

"Och det ville du?"

"Ja. När dom lovade att dom skulle undersöka min hjärna. Jag har ju själv alltid undrat vad det är som är fel. Han är förresten professor idag, doktorn jag hade, vi skriver fortfarande till varann ibland."

"Vad hittade han då?"

"Intelligensen var det inget fel på, tvärtom faktiskt, och det var ju roligt att få det bekräftat." Verner gick och satte sig på stolen igen och försjönk i tankar. "Och så fick jag konstaterat det jag redan visste och för mig blev det en befrielse att äntligen få en diagnos. Jag tror det var först då jag egentligen kunde börja leva. Störningar i den känslomässiga kontaktförmågan, sa dom. Jag minns orden ordagrant. Och inte minst vad dom trodde det berodde på." Han suckade och såg mot fönstret. "Jag lärde mig mycket om mig själv under den där tiden. Det är allt en bra märklig tingest vi använder oss av för att tänka med, det är ingen som riktigt begriper sig på den. Livet igenom bygger den om sig beroende på vad vi tänker och gör. Men ska man ge ett enda råd, så var noga med vilka föräldrar du väljer."

"Tack, det ska jag komma ihåg."

Verner höll kvar sin blick mot fönstret. "Det är mycket som ska växa till sig dom där första åren, i skallen också, när föräldrarna är allt man har att lita till." Katten dök upp i dörren och gned sig mot dörrposten innan den trippade fram till Verner och hoppade upp i hans knä. "Jag minns inte så mycket av den där tiden innan jag skickades iväg på anstalt. Bara att jag alltid var ensam. Jag fick inte lämna gården och där hemma var det ingen som pratade med mig. Det var som om jag inte fanns." Han blev tyst och med tankarna på annat håll strök han katten över ryggen. Spinnande trampade den runt en stund innan den kurade ihop sig i hans knä. "Jag satt inte ens med vid bordet när dom åt, jag hade min matplats nere på golvet hos hunden."

"Vilka svin."

"Det kan man tycka. Men dom hade också danats av nån när dom var små, och bland det dom fått lära sig fanns det inte plats för såna som jag."

Anders satt tyst en stund. "Varför kom du tillbaka egentligen, efter allt dom gjort mot dig?"

Verner gav ifrån sig ett ljud, ett mellanting mellan suck och fnysning. "Ja, visst är det märkligt. Men vet du, hela livet har jag gått och undrat varför min mamma gjorde som hon gjorde. Det spelade ingen roll hur långt bort jag for. Jag behövde nån sorts förklaring." Han strök sig under näsan. "Eller kanske upprättelse."

Anders satt tyst en stund. "Fick du det då?"

Verner ryckte på axlarna. "Jag vet inte. Hon lät mig ju i alla fall bo här uppe."

Anders såg sig omkring i röran. Ingen vidare upprättelse, kunde man tycka. Ett fallfärdigt torp utan el och vatten, men tydligen ville Verner bo kvar. Om man drog dit el och isolerade? Skickade dit några snickare? Om nu Verner skulle gå med på det. Det tålde att fundera ut ett bra sätt att lägga fram förslaget, om redan en målarduk varit svår att ta emot. Anders kände att idén livade upp honom.

"Vad hade din mamma skrivit i brevet?"

"Ingen aning."

"Har du inte läst det än?"

"Nej. Jag har bränt det." Verner lyfte ner katten och gick fram till fönstret, stödde sig med händerna mot karmarna och tittade ut. "Jag har bestämt mig för att hon skrev dom orden som jag alltid har längtat efter, så nu är det så för mig. Och om du visste vilken lättnad det är."

Anders betraktade hans ryggtavla och fylldes än en gång av fascination. Verner hade ändrat sin tanke och därigenom förändrat sin värld. Precis som han själv hade gjort de senaste dagarna. Så vilket kom egentligen först – tanken eller verkligheten?

Han satt tyst en stund och funderade. Tittade än en gång på Verner och önskade att han träffat någon som han tidigare i livet. "Du Verner, du som har läst så mycket och verkar så klok, vad tror du allt det här går ut på egentligen?"

"Vilket då?"

Anders slog ut med händerna. "Det här med livet."

Verner vände sig om med en förvånad min. "Livet? Det går väl inte ut på nåt särskilt. Måste det göra det?" Anders svarade inte. För det hade han nog ändå tänkt att det måste. "Men vad vet jag, det kanske det gör. Särskilt bråttom är det i alla fall aldrig, det är väl det enda jag har begripit. För vad eller vart är det man tror man ska hinna?"

"Nej, det var just det jag frågade om."

Verner gick och satte sig på stolen igen. "Fick jag börja om igen med allt jag lärt mig fram till nu så finns det saker jag skulle gjort annorlunda. Det var en del som aldrig blev av." Han petade bort något från byxbenet och funderade en stund. "Har man aldrig älskat har man aldrig riktigt levt, så stod det i en bok jag läste en gång och det gjorde mig så förfärligt sorgsen. För se det där med kärlek, det har jag aldrig riktigt vågat mig på." Katten hoppade upp i hans knä igen och han strök den över huvudet. "Utom till dig då förstås, lilla katta." Han vände sig mot Anders och log. "Så det där blir nog bra ska du se."

Anders satt alldeles stilla i väntan på fortsättningen, men Verner sa inget mer om saken. Bara log förnöjt med uppmärksamheten riktad mot katten. En lång stund satt de så, tillsammans, med tankarna på varsitt håll. Till slut reste sig Anders för att gå och Verner följde honom ut på trappen. Han stod med katten i famnen. När Anders kommit en bit på väg hördes hans rop: "Du förresten!"

Anders stannade och vände sig om.

"Den dag du visar att du kan spela ordentligt så vet du var du har din gitarr."

Det hade slutat regna. Solen skymtade bakom ett uppsprickande molntäcke och ljuset silades mellan trädstammarna. Den var nära nu, våren. Med samma oförtrutna iver som alltid var den i antågande, trots att den aldrig skulle bestå. Allting var förgängligt, allt var inbegripet i en evig process av förändring.

Men just nu fanns han här.

Detta var hans lilla stund på jorden.

Hon stod på kökstrappan när han kom hem, med ansiktet mot solen och såg ner mot sjön.

"Titta, Anders", log hon. "Ser du? Isen har gått upp."

- - -